RUTH MARIA KUBITSCHEK | Im Fluss des Lebens

Über dieses Buch

Agnes Berg, siebzig Jahre alt, früher Gymnasiallehrerin und heute Schriftstellerin in Stein am Rhein, soll für ihren letzten Roman, in dem sie einfühlsam über Leben und Sterben geschrieben hat, einen wichtigen Literaturpreis erhalten. Doch dann geschieht das Unfassbare: Durch einen tragischen Unfall verliert sie selbst die Menschen, die ihr am nächsten sind. Und der Schicksalsschlag trifft sie härter als sie es sich je hätte vorstellen können, nichts, was sie sich zuvor in ihrer Fantasie ausgemalt hat, hat sie hierauf vorbereitet. Doch ihre langjährigen Freunde Katharina und Reto stehen ihr zur Seite, als Agnes realisiert, dass sie nicht einmal Zeit hat für die Trauer – ihre beiden Enkelkinder Maximilian und Natascha brauchen sie. Schwierige Entscheidungen stehen an: im Tessiner Montagnola, der bisherigen Heimat der Kinder? Oder in Agnes' geliebtem Stein am Rhein? Und wird es ihr in ihrem Alter überhaupt gelingen, den Kindern über den Verlust der Eltern hinwegzuhelfen und ihnen eine gute Erziehung zukommen zu lassen? Und was wird aus ihren Freunden Katharina und Reto, wenn sie in die Schweiz ziehen würde?

Über die Autorin

Ruth Maria Kubitschek, geboren 1931, besuchte die Hochschule für Theater und Musik in Halle und später das Stanislawsky-Institut in Weimar. 1958 verließ sie mit ihrem Sohn die damalige DDR und ging ans Schlosstheater in Celle. Dann wurde sie von Fritz Kortner entdeckt. Durch ihre Rollen in den TV-Serien »Monaco Franze«, »Kir Royal« und »Das Erbe der Guldenburgs« erlangte sie Berühmtheit. Ihre beiden Bestsellerromane »Das Wunder der Liebe« und »Der indische Ring« wurden mit ihr in der Hauptrolle verfilmt, auch für »Im Fluss des Lebens« ist eine Verfilmung geplant.

RUTH MARIA KUBITSCHEK

Im Fluss des Lebens

Roman

Diana Verlag

FSC
Mix
Produktgruppe aus vorbildlich bewirtschafteten Wäldern und anderen kontrollierten Herkünften
Zert.-Nr. SGS-COC-001940
www.fsc.org
© 1996 Forest Stewardship Council

Verlagsgruppe Random House FSC-DEU-0100
Das für dieses Buch verwendete
FSC-zertifizierte Papier *Holmen Book Cream*
liefert Holmen Paper, Hallstavik, Schweden.

Taschenbucherstausgabe 07/2010

Herstellung | Helga Schörnig
Umschlagmotiv | © Hemant Jarilawa / Getty Images
Umschlaggestaltung | Hauptmann & Kompanie Werbeagentur,
Zürich, Teresa Mutzenbach
Satz | Leingärtner, Nabburg
Druck und Bindung | GGP Media GmbH, Pößneck
Printed in Germany 2010
978-3-453-35435-7

www.diana-verlag.de

Der weiblichen und der männlichen
Energie gewidmet.

Dass wir nach all dem Leid,
das wir uns angetan haben,
wieder in Liebe und Respekt
zueinanderfinden.

Ihre

Ruth Maria Kubitschek

1

Die Reise

Agnes lag in ihrem so geliebten, ausladenden Bett, wie immer auf der linken Seite, als hielte sie für jemanden den Platz an ihrer rechten Körperhälfte frei. Das ist doch absolut lächerlich, dachte sie, kein Mann hat seit zwanzig Jahren das Bett mit mir geteilt und das ist auch gut so. Sie rutschte in die Mitte des Bettes.

Als Alleinherrscherin von Tisch und Bett konnte Agnes tun und lassen, was sie wollte. Nichts Männliches neben ihr, niemand, der sie im Schlaf umklammert hielt und sie liebevoll »Schnuggere« nannte.

Die Erinnerung an diesen Mann tauchte auf, der, wenn er bei ihr gewesen war, die ganze Erde und den Himmel füllte, sie verschlang, umschlang, aufsaugte, aß und trank. Doch für ihn hatte es, wenn er unterwegs gewesen war, noch andere Frauen gegeben. Ob er mit ihnen dieselbe tiefe Nähe erlebt hatte? Sie wusste es nicht und würde es auch, Gott sei Dank, nie erfahren.

Zwanzig Jahre war das nun her, dass sie sich selbst diese Trennung auferlegt hatte und daran beinahe zugrunde gegangen wäre.

Sie rief sich zur Ordnung. Das wollen wir ja schon gar

nicht: in die Vergangenheit einsteigen. Heute ist heute, gestern war und morgen ist noch hinter einem Schleier verborgen.
So verhielt es sich auch mit ihrem Preis, den sie morgen für ihren neuen Roman bekommen sollte: den Bayerischen Literaturpreis. Wozu aufgeregt sein und sich Gedanken machen über das, was erst morgen geschieht? Sie hatte ihren Koffer gepackt und der Anzug für die Preisverleihung hing griffbereit im Flur am Schrank. Genüsslich drehte sie sich wieder auf die linke Seite ihres Bettes. Es ging ihr gut. Sie war glücklich, auch wenn sie auf der linken Seite ihres Bettes allein schlief.
Als Großmutter verhalte ich mich absolut moralisch, kam ihr in den Sinn. Darüber musste sie selbst lachen. Was ist denn das für ein blöder Gedanke, absolut moralisch? Wäre es denn unmoralisch, wenn sie einen Freund oder Liebhaber hätte?
Natürlich, Mama, hörte sie ihre Tochter Johanna sagen. In deinem Alter, bist du noch zu retten? Wozu willst du denn mit siebzig noch einen Liebhaber?
Ja, was glaubt sie denn! Dass mit siebzig das Leben vorbei ist oder, besser gesagt, das Liebesleben? Dass man keine erotischen Vorstellungen mehr hat, keine Träume von Zweisamkeit, Wärme und Zärtlichkeit? Man denkt doch nicht daran, wie alt man ist. Innen ist man noch jung, das sieht nur im Außen etwas ältlich aus.
Agnes riss sich zusammen. Sie dachte spöttisch: Warum habe ich heute lauter so komische Gedanken? Ich sollte besser schlafen, damit ich morgen gut aussehe. Sie ku-

schelte sich auf ihre linke Seite, zog die Beine an und fühlte sich geborgen. Mit einem liebevollen Gedanken umhüllte sie alle, die in ihrem Herzen wohnten. Sie seufzte tief und schlief ein.

Am Morgen donnerte es an ihre Schlafzimmertür.
»Agnes, Agnes«, schrie es, »wach auf, ich fasse es nicht. Verschläft dieses Weib ihren großen Tag. Du Babe, wach auf, es ist sieben Uhr.«
»Es grenzt an ein Wunder, Katharina, dass du nicht mit der ganzen Tür in mein Schlafzimmer gefallen bist.« Damit sprang Agnes fröhlich aus dem Bett. »In zehn Minuten bin ich fertig. Du weißt, ich bin Improvisieren gewohnt.«
»Ha, ha, diesen Spruch kenn ich. Doch allein mit Improvisieren wärst du in deinem Chaos ganz schön aufgeschmissen.«
Katharina nahm den Anzug, den Agnes bereitgehängt hatte, gab ihn in eine Schutzhülle und zog mit dem ganzen Gepäck ab. Sie schrie noch im Flur: »Reto wartet schon unten am Auto, wir sind bereit, nur die Künstlerin trödelt.«
Agnes hörte das nicht mehr, weil sie unter der Dusche stand und heißes und kaltes Wasser über sich laufen ließ. Ja, ja, eiskalt, eiskalt, jetzt bin ich wach.
Sie schlüpfte in ihre Jeans, in einen Pullover und nach zehn Minuten stand sie vor Katharina und Reto, die beim Auto warteten. Agnes dachte: Was für ein guter Typ Mann Reto doch ist. Er sah schon am Morgen elegant

und seriös aus. Sein silbergrauer Pullover harmonierte mit seinen kurzen Locken. Katharina stand daneben, wie immer schlank und schmal in ihren Jeans und für das bevorstehende Ereignis hatte sie sich verschiedenfarbige Strähnen ins Haar machen lassen. Die Farben auf ihrem Kopf sahen aus wie die einer Glückskatze.
»Guten Morgen, meine Lieben, ich hasse Leute, die zu spät kommen, Entschuldigung!«
Reto küsste sie, wie in der Schweiz üblich, rechts, links und wieder rechts auf die Wange, indem er immer in gefährlicher Nähe an ihren Lippen vorbeirutschte und sein Oberlippenbärtchen sie kitzelte. Sie hätte ihn gerne mal geküsst, einfach so, doch war sie schließlich zehn Jahre älter. Das tut man nicht und sie traute es sich auch nicht. Sie fuhr ihm durch sein lockiges, silbergraues Haar, das war weniger gefährlich, und sprudelte heraus: »Ich freue mich so, dass du dir Zeit genommen hast, mit mir nach München zu kommen, da kann mir nichts passieren. Eine männliche Begleitung bin ich gar nicht mehr gewöhnt. Die Leute werden einiges zu tratschen haben. Wenn ich nur mit Katharina auftreten würde, hätten sie einen anderen Grund dafür.«
»Einsteigen, einsteigen ihr zwei. Ich fahre, damit ihr das wisst.« Dabei schaute Katharina Reto mit Dackelaugen an. »Einmal in meinem Leben möchte ich einen Mercedes sechshundert fahren.«
»Das ist doch gar nicht dein Traumauto, du liebst doch das Sportcoupé«, meinte Agnes spöttelnd.
Reto, der nicht so recht verstand, worüber die beiden spra-

chen, mischte sich ein: »Katharina, du kannst gerne fahren, doch denk daran, mein Auto ist keine japanische Reisschüssel.«

»Ja, ja ich weiß«, entgegnete Katharina, »ich habe eine kostbare Fracht und fahre wie Agnes, wie eine lahme Ente.«

Reto freute sich, dass er nun über drei Stunden mit Agnes hinten im Auto sitzen konnte – endlich hatte er sie einmal für sich allein.

Katharina wusste, wie sehr Reto Agnes verehrte, wie seine Augen leuchteten, wenn er Agnes anschaute, wie er versuchte, ihr behilflich zu sein in allen Belangen ihres Lebens. Oft wirkte er dabei etwas unbeholfen, aber voller Hingabe. Doch die Babe Agnes bemerkte das nicht. Sie war immer mit sich und ihrem Schreiben beschäftigt. Im Grunde war sie ein egoistisches Weib, was sie natürlich selbst nicht wahrhaben wollte. Ja, in jedem Fall ein Weib, ein heißes Weib für ihr Alter. Sie war zwar etwas füllig, doch das Schönste an ihr waren ihre klaren durchsichtigen Augen und ihre starken blonden Haare. Sie hatte immer noch eine unwiderstehliche Ausstrahlung, die Babe.

Als Katharina in Stein am Rhein nicht über die Rheinbrücke fuhr, sondern auf die thurgauische Landstraße abbog, schrie Agnes von hinten: »Ja, wo willst du denn hin?«

»Na, über die Schweiz nach Konstanz zur Fähre. Weißt du, was jetzt auf der deutschen Seite los ist? Da brauchen wir ja Stunden bis Lindau. Ich weiß schon, was ich mache und wie ich fahre.«

Agnes lehnte sich wieder entspannt zurück, zu Reto gewandt meinte sie: »Katharina hat sowieso immer das letzte Wort, also halte ich meinen Mund.«

»In diesem Fall hat sie wirklich recht«, verteidigte Reto Katharina. »So herum zu fahren ist viel klüger, hier ist kaum Verkehr bis Konstanz und die Fähre spart uns Zeit.«

Agnes freute sich, dass Reto Katharina verteidigte. Sie war glücklich, wenn sie spürte, dass ihre Freunde sich vertrugen, ja mochten, auch wenn es manchmal auf ihre Kosten ging. Gegen Katharinas naive Schlagfertigkeit war sie sowieso machtlos.

Sie fuhren durch kleine Dörfer auf der Schweizer Seite des Untersees. Agnes sah entspannt aus dem Fenster und Katharina, die als Gärtnerin arbeitete, fragte sich, wann die Schweizer ihre hübschen Gärten eigentlich bearbeiten, weil man sie nie darin sah. Doch alles blühte, wie jetzt im September: Rosen, Sonnenblumen, Hortensien und Dahlien.

Auf der Straße bei Mammern, dort, wo sich der Untersee wieder öffnet und einen Blick auf die Reichenau freigibt, war Agnes wieder, wie beim ersten Mal, als sie hier gewesen war, begeistert von der Schönheit dieser Landschaft.

»Schau nur, Reto, wie märchenhaft dieser See aussieht, mit den weichen Schwingen der Höri, der Reichenau und den fernen Bergen, mitten im See die Insel Reichenau, wie Avalon, ja, ein deutsch-schweizerisches Avalon.«

Reto schaute Agnes mit seinen warmen braunen Augen liebevoll an.

»Weißt du, Agnes, was mich an dir immer so überrascht?

Du kannst dich immer noch so begeistern, staunen wie ein Kind.«

»Jetzt darfst du bloß nicht sagen: Und das in deinem Alter«, warf Katharina von vorn ein.

Agnes lachte herzlich: »Ich denke, wenn man aufhört zu staunen über diese Welt und ihre Schönheit, ist man schon ein bisschen tot. Ich stehe fast jeden Abend fassungslos vor diesem gigantischen Schauspiel des Sonnenuntergangs zwischen den Hegau-Bergen. Die Farben, die diese Sonnenscheibe bei ihrem Verschwinden ausgießt, umflutet uns mit Goldgelb, Rosa, Rot, Violett und der See glüht geradezu und spiegelt die Farben lange wider. Darüber sieht man oft Wolkenbilder, die, engelsgleich, der Sonne bei ihrem Untergang ihre Reverenz erweisen.«

Reto schaute sie ein wenig skeptisch von der Seite an, doch Agnes fuhr unbeirrt fort: »Und diese Schönheit ist ein Geschenk der Natur für uns, einfach so. Dafür müssen wir nichts bezahlen. Die Natur schenkt uns Blumen, Wälder, Berge, Flüsse und Seen, die zu unserer Benutzung eigentlich frei wären. Sollte uns das nicht nachdenklich machen, für das, was wir alles bezahlen müssen? Ich könnte gar nicht mehr in einer Stadt leben, wo die Häuser einem den Blick zum Himmel versperren.«

Nachdenklich meinte Reto: »Vielleicht verliert man das Staunen oder sieht die Schönheit nicht mehr, wenn man immer hier gelebt hat.«

»Warst du denn nie weg?«

»O doch, ich habe in Zürich studiert und war auch viel auf Reisen. Ich war in Asien oder auf Kauai, einer Insel von Hawaii, die ich ganz besonders schön und einmalig finde. Außerdem, Agnes, wenn die Sonne aufgeht, schlafe ich noch und wenn sie untergeht, arbeite ich meistens im Büro und da versperren mir sogar in unserer kleinen Stadt die Häuser die Sicht.«

»Das ist keine Ausrede. Du könntest deine Arbeit kurz unterbrechen, auf die Rheinbrücke gehen, das Schauspiel der Farben genießen, um dann wieder weiterzuarbeiten.«

»Vielleicht werde ich deinen Rat befolgen und dir dann berichten …«

Agnes spürte den Blick von Katharina im Rückspiegel.

»Wie fährt sich denn dieser Wagen?«

»Ich habe mich soeben mit diesem Superschlitten verlobt. Ihr dürft uns gratulieren. Beachtet mich gar nicht, ich bin vollauf beschäftigt! Danke der Nachfrage.«

»Schön, dass ich bei einer so glücklichen Zusammenführung behilflich sein durfte«, lachte Reto. »Aber wo habt ihr beide euch eigentlich kennengelernt?«, fragte er. »Katharina, du kommst doch aus Konstanz, oder? Zumindest hört sich dein Dialekt so an.«

»Ja, und der ist ja wohl nicht zu überhören«, meinte Agnes und lachte. »Zum Beispiel: Agnes gib mir mal der Butter, Agnes ruf mir mal an …, am Anfang dachte ich, die veräppelt mich.«

»Und wo seid ihr euch dann begegnet?«, fragte er hartnäckig.

»Ich wohnte damals in Ermatingen. Als ich mein erstes Märchenbuch schrieb, habe ich es dort ein paar jungen Leuten im Schwimmbad vorgelesen und alle durften Kritik üben. Katharina war damals fünfundzwanzig. Mit ihrem gesunden, bodenständigen Naturell wurde sie meine beste Kritikerin. Heute ist sie nach vielen Umwegen, wie du weißt, ein freier Gartenunternehmer und ich bin manchmal ihr Azubi.«

»Ha, ha«, ließ Katharina sich herab zu unterbrechen, »du und Azubi! Du bist und bleibst die Regierung. Denn wenn du mir schon mal hilfst, weißt du sowieso alles besser.«

»Ja, ja, das schon«, entgegnete Agnes, »doch ich komme damit nicht zum Zug.«

»Wieso nennst du sie die Regierung?«, fragte Reto humorvoll.

»Weil ich nichts zu sagen habe, so wie jede Regierung«, lachte Agnes.

Katharina konterte: »Weißt du, Reto, sie weiß immer alles besser, aber ich bin ja schlau und mache, was ich für richtig halte.«

»Sag ich doch, ich bin zwar die Regierung, habe allerdings wenig Einfluss oder Chancen, da Katharina immer das letzte Wort hat.«

Als sie in Konstanz zum Hafen abbogen, meinte Katharina schnippisch: »Wie ihr seht, steht die Fähre für uns bereit und wir können direkt auffahren. Tja, wenn Profis wie ich am Steuer sitzen, bleibt halt nichts dem Zufall überlassen!«

»Das liebe ich, hier ganz vorn am Bug bei der Überfahrt im Auto zu sitzen, den See nach allen Seiten zu genießen ...«, unterbrach Agnes sie.

»Aber heute bleiben wir nicht sitzen, heute frühstücken wir. Geht schon mal vor, ihr zwei, und bestellt mir einen Cappuccino und eine Brezel«, befahl Katharina.
Reto und Agnes taten dieses ohne Widerrede. Katharina hatte nicht umsonst den Spitznamen »das letzte Wort«.
Friedlich saßen die drei nach einer Weile in dem Restaurant der Fähre beim Frühstück. Agnes schaute nach Osten zum Säntis, zur Sonne, die schon höher stand und das Wasser glitzern ließ wie flüssiges Gold.
Mit einem wohligen Seufzer erzählte sie: »Früher, als ich noch in München gelebt habe und im Sommer hierherfuhr, erfüllte mich jedes Mal, wenn ich in Meersburg den Bodensee sah, ein unbeschreibliches Glücksgefühl. Bei der Überfahrt auf dem See fiel alles Schwere von mir ab. Die frische Brise weitete mein Herz und ich fühlte mich frei. Der See trennte alles Vergangene, alles Laute, was in mir tobte, alle Wut, alle Verzweiflung, alle Ängste und allen Schmerz. Es fühlte sich so an, als ob der See bereit wäre, alles aufzunehmen und zu erlösen.«
Katharina und Reto hörten ihr aufmerksam zu.
Agnes hielt kurz inne und sprach dann weiter wie zu sich selbst: »Der Duft des Sommers, den ich in meinen Ferien im Schwimmbad in Ermatingen erleben durfte, erinnerte mich an den Duft meiner Kindheit in Burghausen an der Salzach, die voller Wärme und Fröhlichkeit war. Katharina, kannst du dich noch an Ermatingen, an Frau Schäfli erinnern?«
»Aber klar doch – eine imposante Erscheinung, die alles

unter Kontrolle hatte und jedes Kind im Schwimmbad folgte ihr aufs Wort und wir Erwachsene auch.«

»Damals mit fünfzig war ich noch einigermaßen gut in Form und wir durchquerten zu dritt den Untersee schwimmend zur Reichenau – Katharina, ich und die alte Lehrerin vom Dorf, Hedi Blattner. Der Lehrer von Ermatingen begleitete uns mit dem Boot mit einer weißen Fahne, damit wir von den großen Schiffen, die den Rhein flussabwärts fuhren, nicht überfahren wurden. Auf der Reichenau landeten wir ausgerechnet bei dem Besitztum der Nonnen, die uns nicht erlaubten, den Strand zu betreten und unsere nassen Badeanzüge zu wechseln. Sie hatten auch kein Mitleid, obwohl wir vor Kälte zitterten wie Espenlaub. Also stiegen wir ins Boot und der Lehrer musste auf Befehl von Hedi Blattner streng nach Westen schauen, damit wir unsere nassen Badeanzüge wechseln konnten. Kannst du dich noch an Hedi Blattner erinnern?«

»Ja, sie hat über den Vorfall sogar ein Gedicht verfasst.«

»Hedi hat überhaupt über viele kleine Begebenheiten Gedichte geschrieben, die wir dann bei Kaffee und Kuchen bei Frau Schäfli recht oft zu hören bekamen. Einmal bei Hochwasser saßen wir fast bis zu den Knien im Wasser auf unseren Stühlen, machten daraus ein Kneippbad und verzehrten die Himbeertorte von Frau Schäfli. Wir haben gelacht und gesungen und keiner hat auf die Figur geachtet. Leider ist Frau Schäfli an ihren vielen Kuchen gestorben.«

Reto sah Agnes lächelnd an. In seinen braunen Augen

tanzten kleine Lichtflecken, die wie Gold schimmerten. Er versank in Agnes' hellen Augen und fragte sie: »Wie kamst du überhaupt in diese Gegend?«
»Das ist eine lange Geschichte, zu lang für die Überfahrt. Ich hatte Freunde in Salenstein, die mich jeden Sommer einluden, und da verliebte ich mich in diesen See und zog hierher.«
Mit einer großen Armbewegung schloss Agnes die ganze Umgebung mit ein.
»Schau, dort die Birnau, wie leuchtend die Kirche auf dem Hügel steht, da hinten die Insel Mainau, da oben das Schloss Meersburg, da hinten die Bregenzer Berge und der Säntis; und nichts engt einen ein, alles ist weit und unbegrenzt ...«
Katharina unterbrach sie: »Kommt, wir müssen gehen.«
Reto bestand darauf, zu bezahlen. »Ich bin heute euer Begleiter. Das wäre ja noch schöner, dass Frauen bezahlen, das geht gegen meine Schweizer Ehre.«
Während sie zurück zum Auto gingen, schauten Katharina und Agnes sich vielsagend an; das waren sie nicht gewöhnt, meistens mussten sie selbst bezahlen. Doch es gefiel Agnes, von einem Mann so fürsorglich behandelt zu werden.
Sie stiegen ins Auto und verließen die Fähre in Richtung Lindau.
Katharina war vollkommen eins mit diesem Auto.
»Also, Reto, ich muss zugeben, es ist wirklich ein großer Unterschied zu meiner japanischen Reisschüssel, das fährt ja von allein. Absoluter Luxus!«

»Da hast du recht. Ich leiste mir diesen Luxus auch nur deshalb, weil mein Leben sich zwischen Stein am Rhein, Basel, Genf und Zürich abspielt. Daher wollte ich, dass mir die Zeit, die ich im Auto verbringe, Spaß macht und ich mich sicher fühlen kann.«

»Vielleicht hätte ich auch Rechtsanwalt werden sollen«, seufzte Katharina.

»Du würdest es im Büro gar nicht aushalten!«, rief Agnes dazwischen. »Du brauchst doch frische Luft und liebst es, auf Bäume zu steigen, ihnen einen anständigen Haarschnitt zu verpassen und ab und zu runterzufallen, weil du partout den Heldentod sterben willst.«

Sie wandte sich zu Reto. »Du kannst dir nicht vorstellen, wie viele Verletzungen Katharina schon ausgehalten hat. Katharina, darf ich die mit dem Nagel erzählen?«

»Wenn es dir Spaß macht.«

»Nach Katharinas diversen Heldentaten habe ich ihr den Namen Kasimir de Bell verliehen. In meiner Vorstellung sah ich sie immer in einem Zug von Rittern, bewaffnet mit Lanzen, reitend und natürlich war sie der Anführer. Komischerweise kam dieses Bild, nachdem ich Katharina kennengelernt hatte, immer wieder. Das Ritterliche strahlt sie in schwierigen Situationen einfach aus.«

»Ich dachte, du wolltest die Geschichte mit dem Nagel erzählen …«, kam es von vorn mit einer Spur Verlegenheit in der Stimme.

»Katharina baute mit einem Freund in einem Garten eine Mauer aus Eisenbahnbohlen die ungefähr einen Meter zwanzig lang waren und sehr schwer. Sie war als Ritter unterwegs, hob die Schwelle allein hoch, rutschte aus, versuchte heldenhaft wegzuspringen, was ihr schon oft gelungen war, doch dieses Mal fiel diese schwere Bohle nicht weit genug: Sie landete auf ihrem großen Zeh. Zum Glück war der Straßenbauer Ilg, ein Freund von ihr, da und die beiden Männer hoben die Bohle von ihrem Zeh, der sofort blau war und Kasimir kreidebleich ... Der Straßenbauer meinte: ›Wir müssen den Zeh aufbohren, das Blut muss raus.‹ Gott sei Dank hatte er im Auto diverse Bohrer. Kasimir bekam einen Schnaps, der Freund hielt sie fest und der Straßenbauer bohrte mit dem kleinsten Bohrer, den er finden konnte, mit sehr viel Gefühl den Zeh auf. Das Blut schoss heraus. Erst mal war Katharina gerettet. Nach der erfolgreichen Operation tranken alle drei einen Schnaps. Und, ob du es glaubst oder nicht, Katharina arbeitete weiter, als ob nichts gewesen wäre.«

»Ritter Kasimir ist anscheinend mit seinen Begabungen eine Fundgrube an abstrusen Geschichten«, meinte Reto.

»Das kann man wohl sagen. Noch eine?«, fragte Agnes und lachte bereits, bevor sie mit dem Erzählen anfing.

»Es war um Weihnachten herum. Katharina war wieder als Ritter unterwegs. Sie wollte alle Bäume und jeden Strauch beleuchten und wagte sich auch an ziemlich hohe Zypressen. Die Dame vom Elektrogeschäft hatte gerade neue Leuchtschnüre gebracht, die sie Kasimir reichte. Da rutschte die Leiter weg. Kasimir sprang blitzschnell heldenhaft zur Seite und der Dame vom Elektrogeschäft mitten auf den Kopf. Diese arme Frau fiel sofort in Ohnmacht, lag eine Weile bewegungslos am Boden, bis wir sie wieder ins Leben zurückgeholt und sie vorsichtshalber ins Krankenhaus gebracht hatten. Wochenlang danach musste sie eine Halskrause tragen, aber Kasimir ist nichts passiert.«

»Vielleicht solltest du als Nächstes einen Ritterroman schreiben?«, meinte Reto und schaute Agnes direkt in die hellen Augen. Dann fuhr er ernsthaft fort: »Vorhin auf der Fähre hast du erzählt, dass der See all deine Verzweiflung, deinen Schmerz und deine Wut aufgelöst hat. Was war denn so schwer in München?«

Aha, der Anwalt, er fragt gezielt, dachte Agnes.

»Warum willst du das wissen?«, antwortete sie zurückhaltend. »Ich habe lange in München mit meiner Tochter gelebt. Ich war dort Lehrerin an einem Gymnasium und ich bin selbst verantwortlich dafür, dass mein Leben chaotisch und schwer wurde.«

Irgendwas in ihr machte zu und die ganze Leichtigkeit, die sie bisher auf der Fahrt empfunden hatte, war verflogen.

»Heute will ich nach vorn schauen, Reto, nicht zurück.«

»Entschuldige, ich wollte nicht indiskret sein.«

Reto wurde etwas verlegen. Er musste vorsichtig sein mit dieser Frau und seine Neugier, warum Agnes so geworden ist, wie sie war, zügeln, auch wenn es ihm schwerfiel.

»Weißt du, Agnes, du wirkst auf mich so ausgeglichen, als ob dich nichts erschüttern könnte.« Er lachte: »Außer Vertragsverhandlungen natürlich, das weiß ich inzwischen.«

»Gott sei Dank habe ich dafür jetzt dich, Reto. Seitdem du mit uns im Haus wohnst, bringt mich nicht mehr jeder

Brief, den ich von einer Behörde bekomme, ins Schleudern. Früher haben mich die Schreiben vom Finanzamt fast gelähmt. Das ist durch dich wirklich ganz anders geworden.«

»Gehört das Haus eigentlich dir oder deinem Schwiegersohn, diesem berühmten Architekten aus dem Tessin?«

»Na, Sergio natürlich. Glaubst du, ich könnte mir vom Bücherschreiben so ein Haus leisten? Er hat, der Einfachheit halber, Katharina und mir die Verwaltung übergeben. Er wollte, dass die Enkelkinder, wenn sie zu mir kommen, es fast so schön haben wie zu Hause.«

»Ja, schön ist es bei uns. Nicht umsonst habe ich mein Haus in der Stadt vermietet, um mehr in der Natur zu wohnen.«

»Wir haben dich ja auch erst nach langem Suchen, Zögern und Prüfen als Mieter akzeptiert. Weil wir einen Mann im Haus haben wollten, den wir mit heiklen Fragen belästigen können und der auch mal mit anpackt, wenn es nötig ist. Du hast vor allen anderen gewonnen.«

»Welche Ehre«, Reto grinste genüsslich.

»Katharina hatte, wie du dir denken kannst, auch bei dieser Entscheidung das letzte Wort.«

Agnes schaute Reto an. Was wusste sie wirklich über ihn? Sie und Katharina hatten noch keine Frau an seiner Seite gesichtet. Ganz mutig fragte sie: »Reto, warst du eigentlich mal verheiratet?«

»Das ist aber auch ein bisschen sehr direkt …«

»Oh, entschuldige, du bist mir keine Erklärung schuldig. Katharina und ich haben uns einfach gefragt …«

»Mich lass aus dem Spiel! Mich interessiert es wirklich nicht, Reto, wie und wo du Sex hast.«
»Also, Katharina, du bist ja richtig vulgär, Sex, ts... ts...«
»Vulgär ist ein schönes Wort«, konterte Katharina, »mal was anderes.«
Reto nahm die Hand von Agnes, strich zärtlich über ihren Handrücken, der voller brauner Altersflecken war.
»Nicht, Reto, meine Hände sehen furchtbar aus. Warum bekommt man so braune Flecken im Alter?«
»Ich finde es nicht furchtbar, ich finde deine Hände schön. Sie passen gut zu dir. Darf ich sie halten? Ich glaube, es fällt mir dann leichter, von mir zu erzählen.«
Agnes wurde verlegen, weil durch die Berührung ihrer Hände auf einmal eine zärtliche Verbindung zwischen ihnen schwang.
Reto hatte eine schöne, feste Männerhand mit schlanken, kräftigen Fingern – aber auch nicht zu kräftig, gerade richtig. Sie mochte seine Hand, sie war beides: männlich und weiblich.
Er war auch bestimmt nicht einfach gestrickt. Eigentlich, dachte sie, gefällt er mir. Quatsch, der ist doch viel zu jung für dich.
Agnes hatte die ganze Zeit auf seine Hände geschaut, dann sagte sie leise: »Ich höre dir gerne zu, Reto. Ich mag es, wenn Männer ehrlich sind und von sich erzählen. Ich muss zugeben, dass ich das nicht oft erlebt habe ...«
»Ich komme aus dem Appenzeller Land. Mein Vater war Bauer und hatte viel Grund, den er später als Bauland verkaufen konnte. Damit hatten wir genügend Geld, dass ich

in Zürich Jura studieren konnte und so viel Zeit hatte, dass ich auch noch meinen Doktor machen konnte. Natürlich hatte ich, als ich jung war, auf der Uni Freundinnen; eine Theresa, die ich sehr gern hatte, sie wollte natürlich gleich heiraten und Kinder kriegen, aber ich war noch nicht so weit. Da nahm sie sich einen anderen, der ihr diesen Wunsch erfüllen konnte. Ich wollte mir erst mal eine Praxis aufbauen, unabhängig werden. Als junger Anwalt arbeitete ich in Basel, später übernahm ich die Kanzlei und war sehr erfolgreich. Dann verliebte ich mich heillos in eine etwas ältere, verheiratete Frau ... in eine wunderschöne, reizvolle Frau. Durch die Heimlichkeit unserer Liebe und die Gefahr, entdeckt zu werden, wurde es eine erbarmungslose Leidenschaft, die mich fast zerriss. So, wie du vorhin sagtest, dass es in dir getobt hat, tobte in mir auch die blinde Leidenschaft, die ich für Liebe hielt, und die Eifersucht auf ihren so selbstsicheren Mann.

Sie tröstete mich, ich solle Geduld haben. Wenn die Kinder größer seien, dann ließe sie sich ganz bestimmt scheiden. Damit hielt sie mich wie an einem langen Band an sich gefesselt. In der Öffentlichkeit benahmen wir uns wie gute Bekannte und ich küsste ihre Hände jedes Mal wie ein Ertrinkender. Oft war ihr Mann dabei, gut aussehend, selbstsicher, lächelnd, den ich immer mehr hasste, sodass ich an diesem Hass beinahe erstickt wäre.

Das ging über Jahre. Immer wieder trafen wir uns mit brennendem Verlangen in diversen Hotels und Absteigen, wo wir unsere Liebe heimlich auslebten, um dann tränenreich Abschied zu nehmen.«

Agnes hörte staunend zu. Vieles kam ihr sehr bekannt vor. »Wie endete diese Beziehung, Reto?«

»Im Winter war ich gewöhnlich mit ein paar Freunden in Arosa beim Skifahren. Natürlich kam auch meine Geliebte mit ihrer Familie um diese Zeit nach Arosa, da sie dort ein Chalet hatten. Ich begleitete sie tagsüber auf den Skihängen. Wir fuhren beide so leidenschaftlich gerne Ski, wie wir uns liebten. Ihr Mann hielt nichts von sportlichen Betätigungen und wir genossen unsere gemeinsame Zeit in dieser glitzernden Weite. Abends hatte sie bei den geschäftlichen Verpflichtungen ihres Mannes zu repräsentieren.

Meine Freunde ahnten nichts von meiner Liebe und eines Abends beim Wein erzählte ein Journalist: ›Wisst ihr, warum die Ehe von so und so wieder gut geworden ist? Der Mann hatte seine Frau, obwohl sie drei entzückende Kinder hatten, immer betrogen. Ein berühmter Pianist, dem sie nach einem Konzert ihr Leid klagte und der ebenfalls scharf auf sie gewesen war, gab ihr folgenden Rat: Eine Frau solle immer ein Geheimnis haben, von dem der Ehemann oder der Geliebte nichts wisse. Dieses geheimnisvolle Flair, diese besondere Ausstrahlung mache sie für den Mann wieder begehrenswert. Sie solle sich einen jungen Liebhaber nehmen und am besten gleich mit ihm anfangen. Sie würde schon sehen, ihre Ehe bekäme neue Reifen. Sie würde wieder interessant für ihren Mann und er würde Appetit auf dieses Geheimnis bekommen, auf sie.‹

Mit trockenem Mund fragte ich: ›Woher weißt du das denn?‹

›Na, von dem Pianisten, den ihr ja alle kennt.‹
›So ein Schwein‹, sagte ich, stand auf und ging.
Sie verstanden nicht, warum ich so betroffen war. Ich war wohl für so eine Geschichte zu bieder. Langsam wurde mir klar, dass ich in einem ausweglosen Schlamassel lebte, aus dem ich mich herausziehen musste, wenn ich nicht an dieser Liebe kaputtgehen wollte.
Gott sei Dank half mir meine Wut, so missbraucht zu werden, damit es in ihrer Ehe wieder klappt! Eines Tages gab ich ihr zu verstehen, ich hätte eine wundervolle Frau gefunden, die frei wäre, damit sei unser Verhältnis beendet. Ich habe danach mit einem großen Rachegefühl im Bauch Frauen aufgerissen, wo und wie ich nur konnte, damit sie erfuhr, was für ein toller Hecht ich sei und was sie an mir verloren hatte.
Selbstverständlich hat sich das in Basel herumgesprochen, aber letztlich habe ich nur mir geschadet. Ich hatte so ein schales, leeres Gefühl bei jeder neuen Frau, sodass ich eines Tages einfach ausriss und allein Urlaub machte in Kauai, einer Insel bei Hawaii. Dort fand ich wieder zu mir selbst. Ich begegnete einem sehr weisen alten Mann und beim Surfen einem sehr jungen weisen Mann. Mit den beiden sprach ich viel über den Sinn des Lebens, über die Liebe, über Menschen und Erfahrungen, über das, was wir erreichen wollten und was uns davon abhielt. Und vor allem darüber, dass Geld nicht glücklich macht. Am liebsten wäre ich dort geblieben, doch der junge Mann machte mir klar, meine Aufgabe im Leben liege nicht darin, dass ich in Kauai ein weiser alter Mann würde, sondern dort,

wo ich geboren sei, zu wirken und das zu tun, was ich für richtig hielte. Ich sollte absolut authentisch werden, immer nach innen hören und nur machen, was ich wirklich auch wollte.«

»Wie kamst du dann nach Stein am Rhein?«, fragte Agnes.

»Du kannst dir vielleicht vorstellen, dass mich in Basel nichts mehr hielt. Ich konnte jedoch diese große Kanzlei und meine Klientel nicht so schnell aufgeben. Nach fünf Jahren fand ich einen jungen Kompagnon und übernahm von einem befreundeten Anwalt, der aus Altersgründen aufhören wollte, die Kanzlei in Stein am Rhein. Meine innere Bedingung war: Ich wollte auf jeden Fall an diesem Fluss bleiben, den ich in Basel sehr geliebt habe. Das ist in Kurzform meine Story. Eine Frau habe ich keine mehr gefunden und ich bin mir nicht sicher, ob das nicht an mir liegt. Meine Freundin ist sozusagen mein Boot, mit dem ich, wie ihr wisst, so oft wie möglich meine freie Zeit auf dem Rhein verbringe und dann, liebe Agnes, sehe ich auch deinen Sonnenuntergang.«

»Siehst du, Reto, sowie man in die Vergangenheit einsteigt, steht sie mit ihrer Energie wieder auf und tut weh.«

»Nein, Agnes, der Schmerz ist vorbei. Sonst hätte ich dir die Geschichte gar nicht erzählen können.«

»Jedenfalls danke ich dir für dein Vertrauen. Irgendwann werde ich dir meine Geschichte erzählen, die auch mit einem verheirateten Mann begann. Es sieht ein bisschen so aus, als wären wir beide am Ufer des Rheins gestrandet.«

»Das sieht nur so aus«, entgegnete Reto humorvoll.

»Ja, du hast recht, sieht nur so aus. Es ist das Beste, was

mir passieren konnte. Nach meiner Zeit in München habe ich eine Weile in Ermatingen gewohnt, aber durch meinen Schwiegersohn, der in Stein am Rhein alte Häuser modernisierte, kam ich in dieses Haus.«

»Und wie kam dieser Schwiegersohn zu dir oder, besser gesagt, zu deiner Tochter?«

»Das ist eine komisch-tragische Geschichte. Dazu muss ich ein bisschen weiter ausholen. Vor zwanzig Jahren stellte ich auf der Messe in Frankfurt mein erstes Buch vor. Ich war noch nie auf einer Buchmesse, ging von Verlag zu Verlag, schaute mir die Bücher an und hörte Lesungen von Schriftstellern. Es war aufregend für mich. So kam ich auch zu einem Stand eines Schweizer Verlags, wo Sergio Convalli sein Buch über Architektur präsentierte. Das Buch interessierte mich, denn es handelte davon, wie verschiedene Religionen die Bauweisen verschiedener Länder beeinflussten. Plötzlich stand er vor mir: groß, mit schwarzen, dichten, widerspenstigen Locken. Ein braun gebranntes Männergesicht mit tiefen dunklen Augen, dichten Augenbrauen und dem sinnlichsten Männermund, den ich je gesehen hatte. Ich ging leicht in die Knie, am liebsten wäre ich ohnmächtig geworden. Seine Stimme hörte ich wie aus weiter Ferne, als er mich fragte, ob ich mich für Architektur interessiere.

Es dauerte eine Weile, bis ich meine Fassung wiedergefunden hatte. Auf keinen Fall wollte ich eine dämliche Antwort geben.

›Ja, seit ich denken kann‹, fiel mir ein, ›ich bin in Burghausen bei Salzburg aufgewachsen und die Renaissance-

Häuser, die mich dort umgaben, haben mein Stilgefühl geprägt. Ich habe als Kind gedacht, alle Städte wären so schön. Mein Interesse für Architektur wurde geweckt. Später bin ich dann mit meiner Tochter durch jeden Rohbau in München gekrochen, weil sie von klein auf Häuser bauen wollte und Bauklötze jeder Puppe vorgezogen hat. Sie ist gerade fertig mit ihrem Architekturstudium.‹
Er schaute mit seinen warmen braunen Augen tief in mein Innerstes. ›Aha, Ihre Tochter wird Architektin, wie interessant. Da haben Sie ihr von klein auf die Fehler gezeigt, die wir Architekten so bauen.‹
›Ja, ich glaube, das war eine gute Schule. Alles, was wir uns angesehen hatten, haben wir noch einmal gezeichnet, die Räume sinnvoll gestaltet. Palladio oder Schinkel waren unsere Vorbilder, um ein Gleichmaß im Goldenen Schnitt zu finden. Die modernen Häuser, die oft so aussehen, als ob sie schielten oder Keuchhusten hätten, haben wir mit unserer Verbesserung wieder gesund gemacht.‹
So sprachen wir noch eine Weile über buddhistische Tempel, über Hindu-Architektur und ich war gottfroh, dass ich einigermaßen mitreden konnte.
›Wie schade, ich muss leider sofort nach Hause fliegen, weil ich nicht nur Bücher schreibe, sondern mich mitten in einem Bau befinde. Darf ich fragen: Was machen Sie hier?‹
›Ich stelle mein erstes Buch vor.‹
›Machen wir ein Tauschgeschäft: Sie geben mir Ihres und ich Ihnen meines?‹

Ich rannte, um mein Buch zu holen. Wir tauschten unsere Visitenkarten aus und spontan lud er mich und meine Tochter zu sich nach Lugano ein.
Ich holte erst einmal tief Luft.
So ein Mann war mir schon lange nicht mehr begegnet. Du musst wissen, Reto, ich habe mich wirklich mein Leben lang für Architektur interessiert und wenn ich in einem nächsten Leben unbedingt wieder auf die Erde muss, habe ich mir geschworen, werde ich Städtebauer und plane und baue menschenwürdige Häuser und Wohnungen. Und nun begegnete mir so ein herrliches Exemplar von Mann, ich hätte es nicht für möglich gehalten, dass mich nach meiner gescheiterten Beziehung überhaupt noch ein männliches Wesen beeindrucken könnte.
Aber, dachte ich mir, liebe Agnes, dieser Mann ist höchstens vierzig und du bist fünfzig. Immer noch stand ich am selben Fleck, schaute ihm nach, sein Buch und seine Visitenkarte in meiner Hand.«
»Warst du tatsächlich schon fünfzig, als du dein erstes Buch geschrieben hast?«, fragte Reto. »Hast du vorher nie geschrieben?«
Aha, der Anwalt hakt genau an der Stelle ein, die wehtut. »Ich habe, so lange ich denken kann, geschrieben. Halt Tagebuch, kleine Geschichten oder Begegnungen. Nur so für mich. Irgendwann habe ich den ›Herrn der Ringe‹ gelesen. Siedend heiß überlief es mich bei der Begegnung mit den Baumelben und der Anderswelt. Ich erinnerte mich, dass ich als Kind eine Verbindung mit diesen Wesen erlebt habe, im Wasser der Salzach, im Wald und in den

Steinen. Das Wissen ist durch die Erziehung untergegangen, vergessen.
›Du spinnst, so etwas gibt es doch nicht, hoffentlich ist das Kind nicht krank‹, war die Reaktion meiner Mutter, die sich wirklich Sorgen um mich machte. So fing ich erst mit Ende vierzig wieder an, diese Verbindung zu erneuern. Märchen, dachte ich, ist die älteste Erzählform, versuche dich erst mal im Schreiben von Märchen, da sind auch der Fantasie keine Grenzen gesetzt. Man kann die wundersamsten Begegnungen erfinden, sie müssen nur einen Sinn ergeben und in dem Menschen, der sie liest, etwas bewirken, ihn berühren und neugierig machen, dass er seine Wahrnehmung für die Natur und ihre Wesen wieder zulässt.«
»Agnes, was bist du nur für ein wunderbarer Mensch.« Reto nahm ihre Hand, doch Agnes zog sie verlegen zurück.
»Um wieder auf meine Geschichte mit dem Architekten zurückzukommen: Vier Wochen nach der Buchmesse bekam ich von ihm tatsächlich einen Brief. Er hätte mein Buch gelesen und es hätte ihn sehr berührt, weil es ihn an seine Kindheit erinnerte. Seine griechische Mutter habe ihn durch die Geschichten, die sie ihm abends vor dem Einschlafen erzählte, für die magische Welt sensibilisiert. Er schrieb, dass er sich freuen würde, mich und meine Tochter Anfang Dezember drei Tage einzuladen. Dann hätte er frei und Zeit für uns. Wir wären natürlich seine Gäste und er würde im Principe Leopoldo für uns reservieren lassen. Ich war völlig überrumpelt. Ich hätte nie

gedacht, dass die damals in Frankfurt leicht dahingesagte Einladung ernst gemeint war.«

»Und seid ihr dann hingefahren?«

»Ja, das sind wir. Ich, die ich nach der schmerzlichen Trennung nie mehr mit einem Mann zu tun haben wollte, jubelte. Anscheinend hatte ich ihm gefallen, Alter hin, Alter her. Eigentlich spielt es ja keine Rolle.

Am dritten Dezember, das Datum werde ich nie vergessen, fuhren Johanna und ich mit dem Zug ins Tessin. Meine Tochter war siebenundzwanzig Jahre alt und gerade mit ihrem Studium fertig. Ich verdiente zu der Zeit mein Geld als Nachhilfelehrerin. Wir hatten, wie du dir denken kannst, kein Auto und genossen die Zugfahrt durch die schneebedeckten Berge.

In Lugano angekommen, empfing uns der leuchtend blaue Himmel. Strahlender Sonnenschein und die Berge um den See herum erhoben ihr schneeweißes Haupt. Die Luft fühlte sich an wie Champagner. Selbst der Bahnhof strömte ein südliches Flair aus. Wir waren begeistert.

Wir wurden wie Prinzessinnen vom Hotel Principe abgeholt und bewunderten auf dem Weg die riesigen alten Bäume an der Uferpromenade.

Die Leute saßen in den Straßencafés und freuten sich an der Sonne, und das Anfang Dezember, wir konnten es nicht fassen. Alles wirkte leicht, beschwingt und elegant.

Wir waren zum ersten Mal im Tessin.

Am Abend kam der große Meister. Er machte es richtig spannend. Ich gab mir sehr viel Mühe, so schön wie möglich auszusehen. Johanna dagegen war sehr lässig gekleidet. Sie hatte zwar sein Buch mit Begeisterung gelesen, doch für sie war es der Flirt ihrer Mutter.

In der Halle begegneten wir uns. Erst begrüßte er mich sehr herzlich und dann Johanna. Da weiteten sich seine Augen – es wirkte, als ob die Zeit stillstehen würde. Johanna reichte ihm ihre Hand und es passierte dasselbe. Sie starrten sich verblüfft an.

Es dauerte unendlich lange, bis sich ihre Hände und Augen wieder voneinander lösten, und ich wusste, spürte, fühlte, da ist eben etwas passiert, was ich oft gelesen, sogar beschrieben habe. Da begegneten sich zwei Seelen, die sich kannten, die füreinander bestimmt waren – und ich war nur das Werkzeug. Am liebsten hätte ich mich auf dem Absatz umgedreht und beleidigt gesagt: Und tschüss, viel Spaß ihr beiden! Doch das wäre nur verletzter Stolz gewesen. Nein, Agnes, dachte ich, du benimmst dich jetzt vorbildlich.«

Agnes lachte herzlich.

»Siehst du, Reto, heute habe ich einen tollen Schwiegersohn, meine Tochter einen Mann, den sie über alles liebt, und ich habe zwei Enkelkinder, die ich über alles liebe. So geht das Leben manchmal einen etwas verschlungenen Weg, aber immer auf das richtige Ziel los, wenn man mitspielt, hinhört und mit dem Leben fließt. Ist dir das auch schon aufgefallen? Je mehr wir das Leben als Spiel betrachten, versuchen, gute Spieler zu sein, desto weniger schmerzhaft wird es. Doch jetzt habe ich genug erzählt, findest du nicht? Entschuldige, aber ich werde ein bisschen die Augen schließen und überlegen, was ich heute Abend bei der Preisverleihung sagen werde.«

»Tu das, meine Liebe, ich werde inzwischen auch etwas Schlaf nachholen.«

Reto legte sich gemütlich in den Sitz.

Agnes schloss die Augen und versuchte, ihre Gedanken in klare Sätze zu fassen. Eigentlich müsste sie sagen, dass es höchste Zeit ist, dass wir die Angst vor dem Tod, die wie eine dunkle Wolke die Erde umklammert, endlich durch eine wahre Aufklärung, was Tod bedeutet, erlösen müssten. Das heißt im Klartext: Es gibt keinen Tod, nur einen Übergang, eine Geburt auf die andere Ebene, die unsere wahre Heimat ist.

Vielleicht könnte sie von ihrem Vater erzählen. Der meinte immer, das Sterben sei leichter als eine Geburt und er wolle das Sterben im Vollbesitz seines Bewusstseins erleben, weil er dann wieder wisse, wer er eigentlich sei.

Was wäre das für ein Gott, der uns ein einziges Leben schenkt, uns für unsere Fehler bestraft, dafür in die Hölle schickt und uns dort auf das Jüngste Gericht ewig warten lässt? So einen Gott gibt es nur in der Vorstellung der Menschen. Der liebende Gott hat keine Hölle. Sollte sie aussprechen, dass viele Menschen durch ihren Irrglauben in ihrer selbst gebastelten Hölle auf das Jüngste Gericht warten? Es geschieht dir nach deinem Glauben – so heißt es. Deshalb ist es so wichtig, dass wir unsere Glaubenssätze einer strengen Prüfung unterziehen, bevor wir die Erde verlassen.

Da fiel ihr ein Gleichnis von Jakob Lorber ein, einem

Österreicher, der um die Jahrhundertwende viele Bücher geschrieben hat, die ihm, wie er behauptete, Jesus diktiert habe. Lorber nannte sich selbst den Schreibknecht Gottes. Vielleicht wäre das geeignet?
Im katholischen Himmel saßen um einen Tisch herum ein Dutzend Menschen – vielleicht waren es Bayern –, um flüssiges Manna zu trinken. Immer wieder Manna.
Nach drei Wochen ungefähr fanden sie das höllisch langweilig, dass sie da um einen Tisch sitzen mussten, um flüssiges Manna zu trinken. Einer von ihnen stampfte wütend mit dem Fuß auf und meinte, das kann es doch nicht sein, dass das der Himmel ist, das ist ja tierisch langweilig. Da, wo sein Fuß hinstampfte, entstand ein Loch in der Wolke. Alle sahen entsetzt, dass sie auf einem sehr durchlässigen Boden Manna tranken, und als sie angstvoll aufschrien, kam ein himmlischer Bote, um sie aufzuklären, dass das mit dem Manna leider ein Irrglaube sei, dass man sich im Himmel nicht ausruhen könnte, dass hier die Arbeit, unsere Charakter zu formen, weitergehen müsse.
Vielleicht würde diese Geschichte nach München passen, dachte sie, aber das wäre unhöflich.
So grübelte sie über mehreren Variationen. Jedenfalls sollte die Rede kurz und treffend sein. Darüber schlief sie ein und ihr Kopf fiel mit der Zeit auf die Schulter von Reto, der das im Halbschlaf geschehen ließ.
Katharina betrachtete die beiden aufmerksam im Rückspiegel.
Sie dachte: Eigentlich sieht man keinen Altersunterschied.

Vielleicht könnte aus den beiden noch etwas werden, aber die Babe Agnes sieht ja den Wald vor lauter Bäumen nicht. Völlig eins mit ihrem Luxusschlitten fuhr Katharina die Schlafenden gen München.

2

Der Preis

In der Lobby des Bayerischen Hofs herrschte bereits ein reges Treiben, denn hier sollte am Abend der Literaturpreis verliehen werden. Sie checkten ein. Für Katharina und Agnes war ein Doppelzimmer reserviert und ein Einzelzimmer für den Chauffeur.
»Nein, nein, ich bin der Chauffeur«, widersprach Katharina stolz, »der Herr ist unser Anwalt.«
Reto schaute etwas verlegen und Katharina fuhr fort: »Die gnä' Frau geht zum Friseur und wir müssen uns beeilen, Reto, dass wir die Weißwurst noch vor dem Zwölf-Uhr-Läuten erwischen.«
»Wie du befiehlst, Katharina«, entgegnete Reto mit einem charmanten Lächeln.
Sie gingen auf ihr Zimmer.
In Windeseile, trotzdem ordentlich legte Katharina die wenigen Sachen, die sie mitgebracht hatten, in den Schrank und ins Bad.
»So, Agnes, lass dich so schön wie möglich machen, dass mir keine Klagen kommen. Ich gehe jetzt die Großstadt genießen.«
Agnes setzte sich aufs Bett.

»Ich weiß gar nicht, warum, mir ist auf einmal so kalt. Ich kenne das gar nicht. Eiskalt. Ich habe überhaupt keine Lust, heute Abend da hinzugehen. Wir könnten uns einfach einen schönen Tag machen und wieder heimfahren. Außerdem habe ich Angst vor den Leuten, vor dem Rummel, vor der Kritik.«

»Ja, bist du noch zu retten, du bist Schriftstellerin, du brauchst die Öffentlichkeit! Du kannst dich nicht immer auf dem Dorf verkriechen. Los jetzt, du Babe, geh zum Friseur, sonst schaffe ich meine Würstel nicht mehr.«

»Ja, ja, bitte geh nur. Wir treffen uns dann irgendwann wieder im Zimmer.«

Nachdem Katharina weg war, saß Agnes noch eine Weile erschöpft auf dem Bett. Sie konnte eigentlich nicht müde sein, sie hatte im Auto geschlafen. Es war schön, an Retos Schulter aufzuwachen. Sie hatte sich oft danach gesehnt, sich an eine männliche Schulter anzulehnen.

Doch alle lehnten sich immer an sie an.

Deshalb tun auch meine Schultern so weh, dachte sie. Ach, heute tut mir überhaupt alles weh.

Sie riss sich hoch vom Bett: Nein, Agnes – Disziplin. Du bist angemeldet, du gehst zum Friseur.

Das tat sie schließlich auch und wurde aufs Herzlichste begrüßt: »Schön, Sie wiederzusehen, Frau Berg. Gratuliere zu dem tollen Preis. Wir haben Ihre Bücher heute ausgelegt. Nicht nur ausgelegt, ich habe sie alle gelesen und finde Sie sehr mutig. Ihre Sicht des Lebens und Ihre Sicht auf den Tod nehmen einem die Angst.«

»Danke, Herr Arnoldy, heute tut mir jedes Lob gut. Ich bin es nicht mehr gewöhnt, unter Menschen zu gehen.«
»Ja, aber, Frau Berg«, entgegnete er lebhaft, »wenn Sie Ihre Bücher verkaufen wollen, müssen Sie an die Öffentlichkeit. So ein Preis ist doch eine tolle Reklame. Sie werden sehen, wie die Auflagen steigen. Man muss heute in aller Munde sein, sonst geht nichts. Oder Sie müssten einen Skandal inszenieren, auch das würde nützen.«
Mit einer großen Geste führte er Agnes in eine Kabine. »So, jetzt bekommen Sie erst einmal einen Kaffee. Entspannen Sie sich und dann machen wir Sie schön.«

Währenddessen saßen Reto und Katharina im Franziskaner, genossen die Weißwürste, das Weißbier und die Brezen.
»Schade«, mit einem tiefen Seufzer beklagte Katharina, dass es am Bodensee so etwas nicht gab. »So eine angenehme Tradition, vor zwölf Uhr Weißwürste zu essen! Und in den süßen Senf da könnte ich mich reinlegen.«
Nach einem großen Schluck Weißbier fragte Reto vorsichtig: »Katharina, weißt du eigentlich etwas von diesem verheirateten Mann, den Agnes heute erwähnt hat?«
Katharina schaute Reto aufmerksam an. Sie spürte, dass er unsicher war. War es Neugier oder echtes Interesse an Agnes? Sie entschied sich, seine Frage als echtes Interesse zu akzeptieren.
»Ich glaube nicht, dass ich Agnes damit verletzen würde, wenn ich dir etwas über diese Affäre, ich will sie mal so nennen, erzähle. Diese Geschichte hat Agnes den Boden

unter den Füßen weggerissen, seelisch wie existenziell. Der Mann muss sehr begabt, sehr schillernd, sehr warmherzig und doch voller Widersprüche gewesen sein.
Soviel ich weiß, war er ein berühmter Dirigent. Er riss Agnes ungestüm in sein Leben, klammerte sich an sie, da sie jung und wunderschön war. Er brauchte ihre Körperlichkeit, aber auch ihre Intelligenz. Diese Jahre waren für Agnes voller geistiger Höhen, aber auch unglaublicher Abstürze. Sie war mit ihm überall auf der Welt bei seinen Konzerten. Er brauchte ihre Anwesenheit, ihre bodenständige Kraft als Frau, damit er fliegen konnte, wie Agnes es immer ausdrückt.
Sie zitterte für ihn bei jedem Konzert, oft ohne etwas gegessen zu haben, weil er vor einem Konzert nur ruhen wollte. Nach jedem großen Erfolg – davon gab es viele – wurde gegessen, geredet, getrunken, geliebt, alles bis zum Exzess. Verstehst du, Reto, es waren Höhenflüge, aber er war verheiratet. Agnes hatte ihre Existenz, ihren sicheren Beamtenstatus als Lehrerin aufgegeben, um ihn zu begleiten. Sie wusste oft nicht, wie sie ihre Wohnung und das Studium ihrer Tochter finanzieren sollte. Natürlich gab er ihr manchmal ein paar Tausender, dann vergaß er es einfach wieder oder dachte gar nicht daran. Agnes blieb, weil es oft über ihre körperliche Kraft ging, zu Hause in München und begleitete ihn nicht mehr. Tja, und bald musste sie erfahren, dass auf seinen Konzertreisen eine andere ihre Stelle eingenommen hatte. Sie beschloss, sich von ihm zu trennen, aber sie war, wie du dir vorstellen kannst, zutiefst verwundet, gekränkt und verstört über die Lügen. Ihr Ver-

trauen in sich, in die Männer war total erschüttert und sie zog sich immer mehr zurück. Sie baute eine undurchdringliche Mauer um sich.
Es ist jetzt schon etwas besser geworden, aber als ich sie kennenlernte, war die Mauer so stark, da kam man nicht durch. Sie wollte nicht mehr verletzt werden.
Ich glaube, sie hat diesen Mann wirklich geliebt. Er ist dann irgendwann gestorben und von da ab ging es ihr besser. Nun war er gut aufgehoben. So absurd das klingt, jetzt konnte er ihre Liebe nicht mehr betrügen mit einer anderen Frau ...«
Katharina sah Reto plötzlich eindringlich an: »Reto, du darfst Agnes nicht verraten, dass ich dir von alldem erzählt habe. Ich bin mir nicht sicher, ob sie überhaupt über diese Zeit sprechen will und kann. Aber vielleicht verstehst du sie so besser.«
»Mein Gott, Katharina, so eine schöne Frau, so lange allein. Wir Menschen sind schon eigenartige Wesen, verletzen uns immer gegenseitig. Ich verrate dich nicht, du brauchst keine Angst zu haben.«
»Ja, das weiß ich, Reto, dafür bist du zu sehr Schweizer. Das lieb ich an euch, ihr seid sehr diskret. Auch ein schönes Wort, diskret, ich sammle schöne Worte, musst du wissen. Symposium oder Entourage. Wenn Agnes solche Worte gebraucht, freue ich mich. ›Die Entourage des Dalai Lama‹ zum Beispiel und heute sind wir die Entourage von Agnes.«
Darüber freuten sich die beiden und bummelten leicht beschwingt nach ihrer Brotzeit durch München.

»Wenn es dich langweilt, Reto, geh ruhig schon ins Hotel. Ich will noch mal schauen, was die Großstadt alles zu bieten hat.«
»Ich begleite dich selbstverständlich als deine Entourage«, sagte er humorvoll.

Agnes war inzwischen frisiert, sehr gewagt, und legte etwas Make-up auf.
Herr Arnoldy gab ihr den Rat: »Schminken Sie Ihre Lippen etwas größer, als sie sind, das hat auf dem Foto eine bessere Wirkung.« Gesagt, getan.
Agnes war jetzt wieder in ihrer Mitte und zufrieden mit ihrem Aussehen.
Vom Friseur spurtete sie in die Halle des Bayerischen Hofs für einen Pressetermin.
Sie wurde zuerst fotografiert und dann von einer sehr jungen Frau interviewt.
Zuerst kam natürlich die Frage: »Wie ist es mit der Liebe in Ihrem Alter?«
Agnes dachte: Na, du kleine Spitzmaus, du wirst auch mal fünfzig und älter.
Und dann stellt sich die Frage, wie sieht die Liebe bei dir aus!
Laut sagte sie: »Wie stellen Sie sich Ihr Leben vor mit siebzig? Haben Sie dann noch einen Mann, der Sie liebt, oder einen Liebhaber?«
»Ja ... äh ... darüber denkt man doch in meinem Alter nicht nach.«
Leicht spöttisch stellte Agnes fest: »Das kann ich mir vor-

stellen. Vielleicht sollten Sie einmal die Augen schließen, ganz ruhig werden, sich vorstellen, Sie wären ein weißes Blatt Papier. Es könnte passieren, dass sich das weiße Blatt mit Bildern füllt. Sie bekommen vielleicht Einblick in Ihre Seele.«

Die junge Dame schaute sie entsetzt an.

»Ich will gar nicht in meine Seele schauen, ich bin hier, um Sie zu befragen.«

Agnes lachte herzlich: »Na, dann fangen Sie an.«

»Haben Ihre Bücher etwas mit Ihrem Leben zu tun? Haben Sie wirklich keine Angst vor dem Tod?«

»Alles, was ich schreibe, hat mit meinem Leben zu tun, mit mir. Es ist die Essenz meiner Erfahrung, die Umsetzung meiner Erlebnisse in eine andere Figur, ob Mann oder Frau. Um Ihre Frage zu beantworten: Nein, ich habe keine Angst vor dem Tod. Für mich gibt es keinen Tod, nur einen Übergang, sozusagen eine Geburt in die geistige Ebene, dahin, woher wir eigentlich kommen, um die Erfahrung unserer Seele durch ein Leben auf der Erde reicher und umfassender zu gestalten, so lange, bis wir uns zum göttlichen Menschen entwickelt haben, wie Jesus oder andere Meister.«

Die Journalistin schaute Agnes ungläubig an und da sie nichts sagte, redete Agnes einfach weiter: »Um es gleich vorwegzunehmen, ich bin weder Buddhistin noch Hinduistin, ich habe mich jedoch mit allen Religionen und ihren Lehren beschäftigt. Wenn Sie so wollen, bin ich eine Urchristin und ich finde es sehr schade, dass das Wissen um die Inkarnation, die noch die frühen Christen wie der

griechische Philosoph Origines gelehrt haben, Jesus natürlich auch, ungefähr vierhundert nach Christus aus der Bibel gestrichen wurden.
Es ist wichtig zu wissen, dass wir viele Leben haben, um uns zu entwickeln, und wir allein für all unser Tun verantwortlich sind. Niemand kann uns, auch nicht durch eine Beichte, diese Verantwortung abnehmen. Es gibt keine Hölle, keinen strafenden Gott. Das hat Jesus nicht gelehrt. Er war nur Liebe und hätte es auch heute schwer, seine Liebe zu Gott und die Liebe Gottes für seine Kinder den Menschen nahezubringen. Wieder würden wir ihn töten wegen Gotteslästerung.«
Vehement unterbrach die junge Journalistin jetzt Agnes: »Ich finde das sehr interessant, was Sie mir da erzählen, aber für unsere Leser ist das viel zu hoch. Die wollen etwas aus Ihrem Leben wissen, aus Ihrem Liebesleben. Sagen Sie mir, wie halten Sie sich jung? Übrigens, Sie sehen wirklich nicht aus wie siebzig.«
Agnes atmete tief durch und sagte etwas spöttisch: »Könnte es nicht möglich sein, dass Sie Ihre Leser unterschätzen? Aber danke für das Kompliment. Ich liebe das Leben und alles drumherum, auch dass ich mich jetzt mit Ihnen unterhalte, obwohl wir nicht einer Meinung sind, macht mir Spaß. Wenn ich schreibe, tauche ich ein in meine Figuren und lebe eine ganze Weile in ihrer Welt, dadurch erlebe ich viele Leben …«
Die Journalistin fiel ihr ins Wort: »Sind Sie verheiratet?«
»Das war ich mal vor vielen Jahren und aus dieser Ehe habe ich eine Tochter, die Architektin ist im Tessin.«

»Haben Sie Enkelkinder?«
»Ja, zwei. Ein Mädchen mit acht Jahren, sie heißt Natascha. Der Junge ist elf und heißt Maximilian, ganz bayerisch. Meine Tochter ist hier in München aufgewachsen und hat auch hier studiert.«
»Und Sie haben nie wieder geheiratet?«
»Nein, das habe ich nicht.«
»Haben Sie einen Freund oder, besser gesagt, Liebhaber?«
»Wenn ich einen Liebhaber hätte«, entgegnete Agnes lachend, »würde ich es Ihnen nicht sagen. Ich habe sehr gute Freunde, das halte ich für das Wichtigste im Leben. Freunde sind wie ein Netz, das uns in schwierigen Situationen auffängt: Man kann blind springen, sie sind da und fangen einen auf. Es sollte keine Menschen ohne Freunde geben.«
»Freuen Sie sich über den Bayerischen Literaturpreis?«
»Ja, ich fühle mich geehrt.«
Die junge Dame stand auf, bedankte sich und meinte: »Es wird nicht einfach sein, aus diesem Gespräch einen Artikel zu schreiben, der unsere Leser interessiert.«
»Da brauchen Sie keine Angst zu haben. Es interessiert jeden Menschen, was passiert, wenn er stirbt. Sie schieben es nur sehr weit von sich weg, dabei kann es morgen sein.«
Agnes stand auf. Ihr war entsetzlich kalt und sie war froh, dass das Interview zu Ende war.
Als sie ins Zimmer zurückkam, empfing sie Katharina, aus der die Erlebnisse nur so heraussprudelten.
»Reto ist so großzügig. Schau, er hat mir, was ich für mich kaufen wollte, einfach geschenkt.«

Agnes sank aufs Bett und sagte geistesabwesend: »Wie schön für dich. Katharina, mir ist auf einmal, als ob eine eisige Hand nach mir greift. Entschuldige bitte, ich versuche, ein bisschen zu schlafen.«
Katharina befahl wie üblich: »Sei vorsichtig mit deiner Frisur.«
Agnes wickelte sich ins Bett, sodass ihre Frisur keinen allzu großen Schaden nahm, und schloss ihre Augen. Sie atmete tief durch und stellte sich vor, dass ihr Körper mit Wärme durchflutet wird.
Plötzlich sah sie vor ihrem inneren Auge einen Engel in einem schwarz-silbernen Gewand, der mit ausgebreiteten Armen aufmerksam auf etwas blickte, das sie nicht sah. Sein Gesicht war von einer zarten Feinheit, voller Mitgefühl, Güte und trotzdem wirkte er seltsam streng. Sie hatte so etwas noch nie erlebt und versuchte zu verstehen, was dieses Bild ihr sagen wollte.
Katharina lag ruhig neben ihr und dachte an ihre Gärten, an all die Arbeit, die, wenn sie wieder nach Hause kämen, auf sie wartete. Sie ging in ihrer Fantasie mit der Schere in der Hand und schnitt Buchse in Spiralen und Sterne. Da sie endlich einmal Ruhe hatte, dachte sie sich völlig verrückte Haarschnitte für ihre Pflanzen aus.
Dann fiel sie in einen leichten Schlaf.
»O Gott, wie spät ist es.« Agnes wachte auf und schaute auf ihre Uhr.
»Katharina, es ist sechs Uhr, um sieben ist der Empfang, aufstehen – schön machen.«

»Du bist ja schon schön«, schmollte Katharina, »aber was ist mit mir?«

»Meine liebe Katharina, jammere nicht, deine Haare liegen immer exquisit.«

»Auch ein schönes Wort, exquisit«, entgegnete diese.

»Ja, also, deine Haare sind einfach toll, vor allem diese Farben, exquisit, extraordinär, auffallend stark, damit hast du schon alles gewonnen. Klatsch dir ein bisschen was auf deine braune Haut, du siehst einfach aus wie ein toller Gartenfreak und der Geruch der Erde ist immer um dich und adelt dich, Ritter Kasimir de Bell.«

»Das hast du jetzt aber schön gesagt, du Babe. Dann bin ich ganz beruhigt. Weißt du, wovor mir richtig graut? In dem Saal neben dir zu sitzen und Reden anzuhören. Du weißt, ich schlafe sofort ein.«

»Katharina, wage es bloß nicht, einzuschlafen neben mir, wie sieht denn das aus! Das Fernsehen ist auch da. Da sitzt eine Preisträgerin und die Dame neben ihr schläft. Wehe!«

»Ja, aber ich kann ja nichts dafür, ich schlafe am besten, wenn geredet wird. Vor allem, wenn ich deine Stimme höre ...«, witzelte Katharina.

»Meine Stimme wirst du heute nicht lange hören, also reiß dich zusammen, du Gartenmonster.«

Agnes zog ihren blauen Hosenanzug an, schmückte sich mit einer schwarzen Perlenkette und passenden Ohrringen, die sie sich einmal in einer Euphorie über den Erfolg ihres dritten Buches geleistet hatte.

»Also auf, wagen wir es. Ruf bitte Reto an und sag ihm, wir treffen uns in der Halle.«

Agnes setzte sich noch einmal hin, atmete tief durch und sprach zu sich selbst: Lass dich, was auch immer geschieht, nicht aus deiner Mitte bringen. Schön gerade gehen, den mittleren Weg, nicht zu viel Freude und nicht zu viel Schmerz. Sie wusste, nichts ist so schwer wie Erfolg, weil gerade dann die Mitte gewahrt werden muss.

»So und nun ab in den Menschenwirbel, Katharina!«

In der Hotellobby befanden sich bereits viele elegant gekleidete Gäste der Verleihung und unterhielten sich in kleinen Grüppchen bei einem Glas Champagner. Die Luft war erfüllt von Gläserklirren und dem sanften Summen angeregter Gespräche von Journalisten und mehr oder weniger bekannten Prominenten.

Agnes' Verlegerin erwartete sie bereits. Agnes stellte ihr Katharina als ihre Freundin und Dr. Reto Zumsteg als ihren Anwalt vor.

»Oh, Sie sind derjenige, der diese knallharten Verträge mit uns aushandelt! Trotzdem schön, Sie kennenzulernen«, sagte ihre Verlegerin freundlich und streckte ihm die Hand entgegen.

»Ganz meinerseits, gnädige Frau«, entgegnete Reto mit einem charmanten Lächeln.

»Kommen Sie, Frau Berg, ich mache Sie mit ein paar wichtigen Leuten bekannt«, sagte die Verlegerin und ging mit Agnes am Arm auf eine Gruppe von Menschen zu.

Agnes dachte fest an ihren Vorsatz: Bei allem, was heute an Komplimenten über mich ausgeschüttet wird, wird mich nichts aus der Ruhe bringen.

Sie hörte jedem, der mit ihr sprach, aufmerksam zu und

sah denjenigen oder diejenige fest an. Oft merkte sie, dass es die Menschen gar nicht mehr gewöhnt sind, einen langen, aufmerksamen Blick in ihre Augen auszuhalten. Sie schauten etwas irritiert, als ob Agnes zu weit gegangen wäre.

Als sie alle wichtigen Menschen oder die, die sich für wichtig hielten, begrüßt hatte, gesellten sie sich wieder zu Reto und Katharina.

Dabei sagte die Verlegerin beiläufig: »Würde es Ihnen etwas ausmachen, Frau Berg, wenn wir Ihre Freundin oder Ihren Anwalt nach hinten setzen? Wir haben für die Preisträger in der ersten Reihe immer nur zwei Plätze reserviert.«

»Im Gegenteil, meine Freundin wäre sogar froh darüber, wenn sie nicht im Rampenlicht sitzen muss.«

Reto wollte als Kavalier natürlich seinen Platz an Katharina abgeben, doch diese wehrte das freudig und vehement ab.

»Gott sei Dank, hinten sieht mich keiner, da kann ich in Ruhe schlafen.«

Reto schaute sie ungläubig an. »Was, du schläfst, wenn Agnes geehrt wird?«

»Ich finde Reden stinklangweilig, sie sind für mich das beste Schlafmittel.«

Katharina hob ihr Glas. »Lasst uns erst mal auf Agnes anstoßen!«

Sie trank gerne. Das kam noch aus ihrer Kindheit. Immer wenn sie etwas ausgefressen hatte, und das war ziemlich oft, wurde sie zur Strafe in den Keller eingesperrt, in den Vorratskeller. Da standen die Fässer mit Wein und Apfelsaft und beim Wein tropfte der Hahn. Es war Katharinas größtes Vergnügen, Wein tropfenweise aus dem Hahn zu naschen.

»Auf deinen Erfolg, Agnes!«

In diesem Moment klingelte Katharinas Handy, das sie immer hinten an ihrer Jeans trug.

»Ja, ach, Johanna, du bist es. Ich sage es deiner Mutter. Willst du es ihr nicht selbst sagen, sie steht neben mir ... Es ist Johanna.« Damit gab sie Agnes das Telefon.

Agnes freute sich. »Johanna, ich bin glücklich, dass ihr an mich denkt. Es wäre schön, euch heute bei mir zu haben.«

»Ach, Mama, wir wären auch so gerne bei dir, aber wir haben heute Richtfest bei einem Haus von Sergio. Wir wünschen dir von Herzen Erfolg, Sergio und ich. Wir lieben dich, du bist ein wundervoller Mensch. Tschau!«

Agnes gab Katharina das Handy zurück und sagte mit einem Augenzwinkern: »Also seien wir mutig und gehen es an. Bis nachher, Katharina, und schlaf gut.«

Agnes hängte sich, ganz gegen ihre sonstige Gewohnheit, bei Reto ein und, gestärkt durch seine männliche Begleitung, betrat sie mit ihm und der Verlegerin den Ballsaal, auf dessen Bühne die Verleihung stattfinden sollte.

Als sie durch die Tür eingetreten waren, wurden sie sofort von der Fernsehkamera erfasst. Sie war einen Moment überrascht, blieb jedoch am Arm von Reto. Anlass für Vermutungen, gut, dass Katharina hinten sitzt, dachte sie.

Agnes, die gewohnt war, alle Ereignisse in ihrem Leben allein durchzustehen, empfand die Nähe von Reto wie einen warmen, beruhigenden Regen. Ein Gefühl der Geborgenheit durchströmte sie.

Ich bin diesmal nicht allein, hinten sitzt Kathrina, wenn auch schlafend, und neben mir ein Mann. Ein Mann? Ist das so wichtig für dich, Agnes, fragte sie sich, dass ein Mann in deiner Nähe ist und den Erfolg mit dir teilt?
Sie sah Reto von der Seite an. Er wirkte souverän und sah wunderbar elegant aus in seinem Abendanzug. Eine Erscheinung, nach der sich die eine oder andere Frau in der Lobby schon umgedreht hatte.
Ob er spürt, was ich denke? Natürlich nicht. Agnes, Agnes, wo soll das hinführen, wenn du dich so verirrst!
Reto und Agnes hörten den Festrednern zu. Als ihr Name aufgerufen wurde und sie auf die Bühne musste, lächelte ihr Reto ermutigend zu. Ruhig und konzentriert stand Agnes neben dem Herrn, der die Laudatio hielt.
»Den Buchpreis für Literatur erhält Agnes Berg für ihren Roman ›Im Licht des Todes‹. Mutig greift Frau Berg in ihrem Buch ein Thema auf, das wir alle verdrängen: das Sterben, das zum Leben gehört. Von unserem ersten Atemzug an wissen wir, dass unser Leben endlich ist. Den Mut, einen geliebten Menschen ohne Jammern am Ende seines Lebens zu begleiten und dem Tod den Schrecken zu nehmen, durften wir in ihrem Buch sehr einfühlsam erleben. Trotz des traurigen Inhalts ist dieser Roman voller Humor, auf leichten, graziösen Füßen kommt er daher und entlässt uns mit der Hoffnung, dass der Tod noch einmal eine verheißungsvolle Entwicklung nehmen kann für denjenigen, der geht, und für diejenigen, die zurückbleiben.«
Unter großem Applaus übergab er Agnes einen Pegasus aus Nymphenburger Porzellan.

Agnes räusperte sich. Sie war sehr gerührt und spürte, dass alles gesagt war.
Sie bedankte sich: »Es freut mich, dass die Zeit für den Inhalt meines Romans reif ist, dass das Tabu, das den Tod umgibt, sich löst.«
In diesem Moment hörte sie einen lauten Schrei: Mama … Mama …
Der Saal war erfüllt von Johannas Gesicht. Ihre Tochter erschien riesengroß vor ihrem geistigen Auge. Dieses Bild dauerte vielleicht nur eine Sekunde, doch auf das Publikum wirkte es wie ein momentaner Blackout.
Um Agnes zu helfen, fing Katharina an zu klatschen und alle fielen ein.
Agnes verließ verwirrt die Bühne und setzte sich, den Pegasus umklammernd, wieder neben Reto.
Sie flüsterte ihm zu: »Es muss etwas passiert sein mit Johanna. Am liebsten würde ich sofort rausgehen und sie anrufen.«
Reto hielt sie am Arm fest: »Ich glaube, das macht keinen guten Eindruck. Du kannst ihr von hier aus nicht helfen.«
Agnes saß während der Verleihung der Sachbuch- und Hörbuchpreise in Gedanken versunken da. Alles lief wie ein Film an ihr vorüber. Was war das heute mit ihr? Erst der schwarze Engel und jetzt der Hilfeschrei? Sie hatte doch eben noch mit Johanna telefoniert, was sollte da schon passiert sein?
Sobald die Veranstaltung zu Ende war, entschuldigte sich Agnes bei der Verlegerin dafür, dass sie sich auf der Bühne so seltsam verhalten hatte, und erklärte ihr, was ihr wider-

fahren war. Das hätte sie völlig irritiert und deshalb müsse sie jetzt zuallererst ihre Tochter anrufen.
Sie eilte zu Katharina.
»Gib mir bitte dein Handy.«
»Was ist denn los mit dir. Was hast du denn für ein Gesicht gemacht auf der Bühne, ist was passiert?«
»Ja, ja, ich erklär es dir später.«
Sie wählte die Nummer ihrer Tochter und erst nach langem Klingeln, das Agnes wie eine Ewigkeit erschien, meldete sich eine fremde Stimme auf Italienisch.
»O Gott, Reto, du sprichst doch Italienisch, kannst du bitte mit dem Herrn reden?«
Reto fragte, ob das das Telefon von Johanna Convalli sei.
»Ja, ich nehme an«, sagte die männliche Stimme. »Es ist ein Unfall passiert und die beiden kommen ins Krankenhaus Civico Lugano.«
»Wie heißt das Krankenhaus?«, fragte er geistesgegenwärtig nach.
»Ospedale Regionale di Lugano, Sede Civico.«
Reto sprach es nach, damit es sich die anderen auch merken konnten.
»Einen Moment, wer sind Sie eigentlich?«, wurde er dann auf Italienisch gefragt.
»Der Freund der Mutter.«
»O Gott«, hörte er den Mann noch sagen, dann wurde aufgelegt.
Nun war es an Reto, Agnes mitzuteilen, was er verstanden hatte.
»Deine Tochter« – er holte tief Luft – »ist mit jemandem

verunglückt und wird ins Krankenhaus nach Lugano gebracht.« Das »O Gott« verschwieg er.
Agnes wusste auch so, dass es sehr schlimm war, denn Johanna hatte sie gerufen.
»Wir fahren sofort nach Lugano. Zum Fliegen ist es zu spät.«
»Selbstverständlich komme ich mit«, sagte Reto.

3

Die Prüfung

Nach einer halben Stunde saß Agnes mit Katharina und Reto im Auto. Die Telefonnummer und Adresse des Krankenhauses hatten sie vom Hotel erfragen lassen.
Agnes war seltsam ruhig. Sie überlegte, was als Erstes zu tun war.
Ihre Enkel waren allein mit dem englischen Hausmädchen von Johanna. Die Mutter von Sergio, Maria, wohnte nicht weit entfernt. Vielleicht sollte sie bei ihr zu Hause anrufen? Doch Maria, die schon vierundachtzig war, jetzt mit einer schlechten Nachricht zu wecken erschien ihr nicht sinnvoll, also versuchte sie, bei Johanna und Sergio im Haus anzurufen. Es war halb elf Uhr und Gott sei Dank ging das Hausmädchen ans Telefon.
»Elaine, hier ist Agnes, die Mutter von Frau Convalli. Entschuldigen Sie, dass ich so spät anrufe, es ist ein Unfall passiert. Meine Tochter ist im Krankenhaus. Näheres weiß ich noch nicht … Ich bin auf dem Weg von München nach Lugano und spätestens morgen früh um fünf Uhr da. Ich fahre zuerst ins Krankenhaus, um zu erfahren, was passiert ist. Sagen Sie den Kindern bitte noch nichts, um ihnen nicht unnötig Angst zu machen.«

Dann rief sie das Krankenhaus an. Da niemand Deutsch sprach, legte sie wieder auf.
Sie gab Reto das Telefon. »Bitte, Reto, könntest du für mich anrufen? Bitte frage auch, falls das Schlimmste passiert ist, ob die Möglichkeit besteht, ein Zimmer zu bekommen, wo Johanna bleiben darf, bis wir da sind. Man darf sie nicht wegsperren, was auch immer es kostet.«
Reto wunderte sich über ihre Ruhe.
»Vielleicht ist ja das Schlimmste nicht passiert.«
»Doch, ich fühle es, ich habe den Eishauch schon heute Nachmittag gespürt.«
Sie erzählte Reto von dem schwarzsilbernen Engel. »Man hat mich gewarnt, ich habe es nur nicht verstanden. Das Gesicht von Johanna war das Loslösen vom Körper, sie hat sich mir gezeigt genau in dem Moment, als ich auf der Bühne stand. Hoffentlich ist Sergio nichts passiert, er war doch bestimmt dabei …«
»Sie ist mit jemandem verunglückt.«
»Das kann eigentlich nur Sergio gewesen sein. Sie wollten doch zu diesem Richtfest. Bitte, Reto, ruf an.«
Reto sprach mit der Unfallstation. Er bekam die Auskunft, zwei Schwerverletzte seien eingewiesen worden, man könne jedoch keine weitere Auskunft geben. Johanna und Sergio Convalli seien ihre Namen.
Reto bat, dass wenn das Schlimmste passiert sei, sie die beiden unbedingt in einem Zimmer aufbahren sollten, was auch immer es koste, und zu warten, bis die Mutter morgen sehr früh, zwischen fünf und sechs Uhr, im Kran-

kenhaus erscheinen würde. Sie seien gerade gemeinsam auf dem Weg nach Lugano.
Dann übersetzte er Agnes, dass vielleicht doch noch nicht alles verloren sei, aber auch Sergio schwer verletzt wäre.
»O nein«, Agnes versuchte über dieser Nachricht nicht zusammenzubrechen.
Beide, also beide. Wenn einer von ihnen geht, bleibt der andere nicht hier. Sie sind zu sehr eins. Also musste sie sich darauf gefasst machen, dass beide die Erde verlassen. Sie wagte nicht weiterzudenken.
Johanna und Sergio zu verlieren, das Liebste, was sie auf der Erde hatte, war zu viel in diesem Augenblick. Sie wusste theoretisch natürlich, dass der Tod der geliebten Menschen den Hinterbliebenen und allen Beteiligten die noch offenen Lebensfragen auf dem Tablett serviert. Wenn sie wirklich durch diese Prüfung gehen musste, was war bei ihr noch offen? Was bei den Kindern, die ihre Eltern verloren?
Sie wandte sich zu Reto.
»Danke, dass du die Nerven hast, mit uns zu fahren. Es wird bestimmt für dich nicht leicht. Ich kann kein Wort Italienisch. Ich habe es schon bei meinen letzten Besuchen bemerkt, dass man im Tessin immer weniger Deutsch spricht.«
Sie beugte sich nach vorn zu Katharina.
»Danke, dass du uns fährst.«
»Ach, Agnes, du weißt doch, ich bin nicht nur in guten Tagen an deiner Seite.«
Agnes lehnte sich zurück und schloss die Augen. Sie ver-

suchte, Johanna zu erspüren, doch es war, als wenn sie in eine große Dunkelheit fallen würde. Dann versuchte sie, Sergio zu erreichen, auch da fühlte sie nur eine dunkle Leere, die sie fast verschlang. Langsam erfasste sie die grausame Wahrheit, sie kroch in ihr Bewusstsein und ein Aufschrei erschütterte ihren Körper ... der Schmerz hatte sie erreicht.

Reto und Katharina verhielten sich still. Das Schluchzen von Agnes hallte in ihren Herzen wider. Was konnten sie tun, wie helfen?

Beide dachten dasselbe. Der Schmerz muss raus. Schlimmer wäre, wenn sie nicht weinen könnte.

Nach einer langen Zeit legte Reto vorsichtig zärtlich seinen Arm um Agnes.

Würde sie es zulassen? Irgendwann lehnte Agnes sich schluchzend an seine Schulter.

»Ach, Reto«, mehr brachte sie nicht heraus.

Vorsichtig streichelte Reto ihr Gesicht. Tröstete sie, wie man ein Kind tröstet, indem man es einfach festhält. Er zeigte ihr seine Liebe, ohne zu sprechen.

Er küsste ihre Tränen weg – unendlich zärtlich. Ihre Lippen fanden sich. Wärme, Mitgefühl, Geborgenheit strömten in Agnes' Herz.

»Ich bin bei dir, was auch immer kommt, Agnes.«

Doch keine Worte konnten wirklich helfen, nur Zartheit. Reto wuchs in dieser Nacht über sich selbst hinaus. Er hatte noch nie erfahren, was Liebe wirklich ist, wie viel Nähe er für eine Frau empfinden konnte, deren Schmerz er lindern wollte.

Berührt durch den kalten Hauch des Todes, erwachte in diesen beiden Menschen das Leben, das Vertrauen zueinander.
Katharina beobachtete die beiden im Rückspiegel. Sie hätte am liebsten Reto mitgeküsst. Was für eine geniale Lösung. Ob die Babe Agnes das jedoch auch noch wahrhaben wollte, wenn der Schmerz nachließ, das bezweifelte sie.
Katharina fuhr die beiden schnell und sicher nach Lugano. Da sie das Ospedale Civico in der Via Tesserete beim Tanken in das Navigationssystem eingegeben hatte, standen sie um fünf Uhr am Portal dieses riesigen Krankenhauses. Reto fragte nach den Patienten. Agnes wäre ohne seine Sprachkenntnisse hilflos gewesen.

Die Nachtschwester erklärte, dass sie ihren schweren inneren Verletzungen erlegen seien. Das Auto sei in Cademario auf der steilen, kurvenreichen Straße den Abhang hinuntergestürzt und unterhalb der Villa Margarita zum Stehen gekommen. Zu diesem Zeitpunkt hätten beide noch gelebt, aber sie wären ohne Bewusstsein gewesen. Man hätte alles versucht, sie zu retten, doch es sei aussichtslos gewesen. Man habe natürlich den Wunsch respektiert und sie in ein Zimmer im Keller gelegt, wo sie bleiben könnten, bis alles geregelt sei.
Die Nachtschwester führte sie in einen Raum, wo Johanna und Sergio, in weiße Tücher eingehüllt, aufgebahrt lagen. Agnes verstand im Grunde alles, was diese Schwester erklärte.

»Du brauchst nichts zu übersetzen, ich habe verstanden. Reto, bitte die Schwester um kleine Kerzen und drei Stühle.«

Ihr Gesicht wirkte gefasst und ruhig.

»Wenn es euch nichts ausmacht, würde ich gerne eine kleine Zeremonie für Johanna und Sergio machen.«

Die Schwester brachte die Stühle, Kerzen und sogar zwei Rosen, die sie auf die Toten legte. Sie sahen aus, als ob sie schliefen. Im Gesicht sah man nichts von ihren Verletzungen.

»Wir haben die Toten gewaschen und einbalsamiert. Mein Beileid für Sie.« Damit verließ die Schwester das Zimmer.

Die drei setzten sich. Agnes rang nach Luft, schloss ihre Augen und mit letzter Kraft fing sie an zu sprechen.

»Ihr meine Geliebten, Johanna und Sergio, wie groß muss eure Liebe gewesen sein, dass ihr beschlossen habt, gemeinsam von dieser Erde zu gehen. Ich spüre, dass euer Herz noch bei euren Kindern verweilt. Doch so schwer es euch auch fallen mag, ihr solltet eure Kinder loslassen. Ich verspreche euch, die Verantwortung für Natascha und Maximilian zu übernehmen.«

Reto sagt laut und ruhig: »Ich, Reto Zumsteg, der ich euch leider nie kennengelernt habe, verspreche, so gut ich es kann, mich um eure Kinder zu kümmern.«

Katharina sagte nur: »Ich auch.«

»Johanna und Sergio, ihr seht, ihr könnt beruhigt euren Weg, den ihr gewählt habt, in die geistige Welt weitergehen. Eine Brücke wird sich euch zeigen, die Brücke über den Lethe-Fluss. Bitte geht über diese Brücke der Blumen,

wie man sie nennt. Mögen eure Lieblingsblumen, wie Hortensien, Rosen und Veilchen, eure Füße berühren. Ihr seid wieder vollkommen heil. Sucht das strahlendste Licht, das ihr sehen könnte. Nie sollte euch diffuses Licht anziehen. Meidet alles Unklare, denn in der Dunkelheit ist unsere Liebe das Licht, das euch führt.
Ich bitte Athena und Zeus, die buddhistische Göttin Tara sowie Mutter Maria und Jesus Christus, euch zu führen. Von Herzen bitte ich euch, legt um meine geliebten Kinder den Mantel eurer Gnade und Liebe und führt sie in die Reiche des Lichts. Streckt ihnen in der Dunkelheit des Übergangs eure Hände entgegen und nehmt sie in Empfang, diese beide Menschen, die sich so geliebt haben, dass sie gemeinsam die Erde verließen.«
Agnes fing an zu beten. Alle Gebete, die sie kannte.
Immer wieder und wieder flehte sie die beiden an: »Schaut nicht zurück, habt keine Angst, lasst euch nicht erschrecken, alles Hässliche, was ihr seht, sind Widerspiegelungen eurer eigenen Ängste und Taten, mit denen ihr nochmals konfrontiert werdet. Bleibt ruhig und lasst eure Hände nicht los. Nur das Licht, ich muss es immer wieder sagen, nur das strahlendste Licht sollte eure Aufmerksamkeit anziehen. Blickt nicht zurück auf das, was auf der Erde geschieht, es ist nicht mehr in eurer Verantwortung.«
Darüber waren eineinhalb Stunden vergangen. Agnes war durch die Gebete ruhiger geworden. Katharina schlief, erschöpft von der langen Autofahrt. Reto hatte Agnes in Gedanken in allen Gebeten begleitet. Agnes war zum ersten Mal in einer ihrer schwersten Stunden nicht allein.

Als Agnes mit Sprechen aufgehört hatte, wachte Katharina auf.
»Ja, was ist los«, sagte sie ziemlich laut.
»Gut geschlafen?«
»Ja danke.«
»Ich denke, das Beste ist, wir gehen jetzt zu den Kindern.«
»Ich bleibe da und bewache die beiden auf meine Art. Ihr könnt ruhig gehen«, sagte Katharina. »Es ist mir klar, dass du Reto jetzt brauchst.«
Das sonst übliche »du Babe« verschluckte sie.
»Ich werde mich mit den Leuten vom Krankenhaus schon verständigen können, meine Sprache versteht jeder.«
Sie umarmte Agnes.
»Viel Kraft, Liebes.«
Das war eine Geste, die Agnes viel Beherrschung kostete. Nur ja nicht weinend zusammenbrechen.
Reto spürte es, nahm ihren Arm und sagte nur: »Komm.«
Sie fuhren mit dem Auto in die Via Capella zum Haus von Sergio und Johanna, eine rosarote Villa mit grünen Fensterläden und einem großen Eisentor. Zwei alte Buchen bewachten das malerisch gelegene Anwesen. Sergio und Johanna hatten sich beim ersten Anblick in das Haus verliebt und es deshalb äußerlich auch kaum verändert.
Agnes klingelte. Das Eisentor ging auf und sie fuhren wortlos in die Einfahrt.
Bloß keine falsche Geste, dachte Reto. Ich bin einfach daneben oder dahinter.
Obwohl Agnes und Reto nicht geschlafen hatten, waren sie hellwach.

Elaine erwartete sie an der Treppe.
»Die Kinder sind eben aufgestanden. Bis jetzt haben sie noch nicht gefragt. Sie frühstücken oft mit mir allein. Ich warte in der Küche, möchten Sie einen Kaffee?«
»O ja«, sagten beide dankbar.
In der Küche konnten sie sich noch stärken, dann kam als Erste Natascha.
»Oma, Oma, was machst du denn hier?«, rief ihre Enkelin und warf sich stürmisch in Agnes' Arme. Ihre braunen Augen sahen die Oma erstaunt an und ihre blonden Locken hingen noch ungekämmt um ihr zartes Gesichtchen.
Direkt hinter ihr stürmte Maximilian in die Küche und schmiss seine Schultasche auf den Boden.
»Großmutter, was willst du denn hier? Und wen hast du uns da mitgebracht?«
Er nannte sie immer Großmutter, was Agnes sehr liebte.
»Das ist mein Freund Reto Zumsteg, wir sind heute Nacht von München hierhergefahren.«
Agnes dachte: Um Gottes willen, wie soll ich ihnen das beibringen? Sie sah Reto hilflos an, der neben ihr stand.
Liebevoll nahm sie Natascha und Maximilian in ihre Arme. Sie sah den beiden Kindern, so ruhig sie konnte, so gefasst sie konnte, in die Augen.
»Eure Eltern hatten gestern Abend einen Autounfall, der so schwer war, dass sie nicht überlebt haben. Sie sind beide von uns gegangen, heimgekehrt in den Himmel.«
Danach war Stille. Große Kinderaugen, die diese furchtbare Nachricht gar nicht fassen konnten, schauten sie an.

Von gestern auf heute waren ihre Eltern einfach nicht mehr da?
»Wirklich tot, Oma?«, fragte Natascha.
»Ja, mein Kind.«
Maximilian schnappte wie ein Ertrinkender nach Luft. Er blickte so verzweifelt um sich, als sei er in eine Falle geraten, aus der es kein Entkommen gab, als würde er warten, dass jemand käme und ihm sagte, das alles sei nicht wahr. Doch niemand kam. Es brach Agnes fast das Herz, ihn so zu sehen.
»Papa!« Mit diesem hilflosen Schrei drehte sich Maximilian um und wollte davonrennen, doch Reto fing ihn auf, hielt ihn sanft fest und wie Agnes streichelte er das Kind, während der Junge schluchzend rief: »Das glaube ich nicht, das kann nicht wahr sein!«
Agnes und Reto sahen sich an. Die Tränen liefen über ihre Gesichter. Was konnten sie tun? Die Kinder mussten diese furchtbare Wahrheit erfahren.
Natascha, die ganz ruhig und bleich ihren Bruder betrachtet hatte, sagte auf einmal: »Dann sind sie jetzt beide auf der Venus?«
»Wie kommst du denn darauf, Natascha?«
»Na, weil ich weiß, dass ich von der Venus komme, aber Mama hat mir das nie geglaubt.«
»Da hast du recht, mein Kind. Sie haben es dort bestimmt sehr schön und ihre Liebe wird von diesem Stern aus immer über euch wachen.«
Maximilian drehte sich weinend um und sagte: »Natascha erzählt immer so einen Quatsch, sagt, sie kommt von der

Venus, dass ich nicht lache, woher will sie denn das wissen?«

»Ich weiß es einfach.«

Natascha nahm ihren Bruder in den Arm.

»Ich habe dich sehr lieb, Maximilian.«

Man spürte, dass sie mehr sagen wollte, aber sie verschluckte es. Es war nicht die Zeit.

»Weiß es Oma Maria schon?«, fragte sie Agnes.

»Nein, mein Liebes.«

»Wenn du es ihr sagen willst, komme ich mit, damit sie nicht in Ohnmacht fällt«, meinte Natascha ernsthaft und legte ihre Stirn in Sorgenfalten.

Was für ein sonderbares Kind, dachte Agnes. Maximilian weinte in den Armen von Reto, während dieses Mädel sich Sorgen machte um ihre Großmutter. Agnes schaute sie liebevoll an.

»Bleibst du jetzt bei uns, Oma?«

»Ja, natürlich, ich habe es deinen Eltern versprochen.«

Natascha schlang ihre Arme um Agnes und legte ihr Köpfchen an deren Körper. »Oma, lass mich bitte nicht los.«

Reto versuchte, Maximilian zu beruhigen.

So saßen sie eine Weile, jeder ein Kind im Arm, bis diese sich einigermaßen beruhigt hatten.

Reto dachte: Das Beste in so einer Situation ist, etwas Sinnvolles zu tun. Deshalb fragte er Maximilian: »Was glaubst du, da du ja schon ein junger Mann bist, was jetzt das Wichtigste wäre?«

Maximilian sah Reto an: »Zuerst müssen wir das Büro von

Papa anrufen und dann das Büro von Mario Botta, das Büro meiner Mutter.«
»Weißt du, wo wir die Telefonnummern finden? Ich bin auf deine Hilfe angewiesen, ich bin zwar der Anwalt deiner Großmutter, aber nicht der deiner Eltern.«
»Wir müssen das große Telefonbuch in Papas Büro benutzen.«
Natascha nahm Agnes an die Hand und sagte: »Wollen wir zu Oma Maria fahren?«
»Brauchst du meinen Wagen, Agnes?«
»Nein, danke, wir nehmen ein Taxi und kommen wieder hierher zurück. Ich würde den Weg ohnehin nicht finden. Elaine, bestellen Sie bitte ein Taxi.«
Elaine, die mit schreckgeweiteten Augen dem Geschehen in der Küche gefolgt war, lief hastig zum Telefon.
Hand in Hand gingen Reto und Maximilian die Treppe hoch in Sergios Büro.
Agnes und Natascha verließen das Haus, um zu Maria zu fahren, die in Lugano wohnte.
Im Taxi hielt Agnes Natascha fest im Arm und spürte eine tiefe Verbundenheit zu ihrer Enkeltochter. Sie war irgendwie schon immer anders gewesen als die anderen Mädchen in ihrem Alter.
»Willst du deine Eltern noch mal sehen? Katharina wacht bei ihnen, wir haben ein Zimmer gemietet im Krankenhaus.«
»Nein, lieber nicht«, sagte die Kleine entschieden.
Sie bestand darauf, Maria vom Taxi aus anzurufen, um sie vorzuwarnen.

»Weißt du, Oma, wenn wir sagen, wir kommen sie besuchen, fällt sie nicht gleich in Ohnmacht. Maria macht das gerne, um uns alle zu erschrecken. Sie droht uns immer vor ihrem Geburtstag, dass das jetzt ihr letzter sei und wir alle kommen müssten. Doch wie du siehst, lebt sie immer noch.«

Maria fiel komischerweise nicht in Ohnmacht, als Agnes ihr so schonend wie möglich den Tod ihres Sohnes und ihrer Schwiegertochter beibrachte. Gestützt von Agnes und Natascha, setzte sie sich hin.

Die Augen von Natascha blieben die ganze Zeit groß und wissend auf Maria gerichtet, weil sie den Moment der Ohnmacht erkennen wollte. Doch Maria blieb, wider Erwarten, sehr beherrscht.

»O Gott, ihr armen Kinder«, war das Einzige, was sie sagen konnte.

Nachdem sie sich gefasst hatte, fragte sie: »Wie soll das weitergehen?«

»Wir haben ein Zimmer im Krankenhaus, das wir so lange haben können, bis wir sie in einer Kirche aufbahren könnten.«

Leise sagte Maria: »In Gentilino gibt es eine schöne Aussegnungshalle, eine wunderbare Kirche, ich werde mit dem Pfarrer sprechen.«

»Hast du die Kraft, das zu tun?«

»Alles, was notwendig ist, muss getan werden.«

Dann umarmten sich Maria und Agnes, zwei Mütter, die ihre Kinder verloren hatten, und in ihren Augen stand die Frage: Warum nicht wir? Warum die Jungen? Natascha

beobachtete die Frauen, die ihre Großmütter waren, und verstand intuitiv etwas von der Tragik des Lebens.
Es traf Jung und Alt, doch die Haltung, mit welcher ein Schicksalsschlag angenommen wird, zeigt die Größe eines Menschen.
»Maria, willst du nicht mit uns kommen, dann sind wir alle beisammen?«, fragte Agnes vorsichtig.
Maria wehrte energisch ab.
»Morgen oder übermorgen komme ich schon, Agnes. Ich habe im Moment auch nicht die Kraft, ins Krankenhaus zu gehen, verstehst du das?«
»Ja, das verstehe ich.«
Agnes und Natascha verließen Hand in Hand Marias Haus. Agnes fragte die Kleine: »Kennst du hier ein Blumengeschäft?«
»Ja, da ist eins gleich um die Ecke.«
Da prangte ihnen am ersten Zeitungsstand bereits die Überschrift entgegen: »Johanna und Sergio Convalli in schrecklichen Autounfall verwickelt.« Der zertrümmerte Austin von Johanna und der Krankenwagen mit zwei Tragen waren abgebildet.
»Wenn es schon in der Zeitung steht, wissen es auch die Lehrer in der Schule.«
»Da müssen wir aber heute nicht hin, oder, Oma?«
Natascha sah sie flehend an.
»Natürlich nicht, mein Liebling. Komm, lass uns Blumen und Kerzen kaufen und dann wieder heimfahren.«
Mit einem Arm voll roter Rosen und einer Tüte mit Kerzen kamen sie zu Hause an.

Reto und Maximilian hatten Sergios Büro und Mario Botta angerufen. Er hatte es schon in der Zeitung gelesen und sich angeboten, alles Schriftliche zu erledigen und zu drucken, sie sollten nur den Text durchgeben. Er komme selbst um elf Uhr ins Krankenhaus.

In diesem Moment rief Maria an. »In drei Tagen, am Sonntag um zwei Uhr, könnten wir die Kirche Sant' Abbondio für den Gottesdienst haben und selbstverständlich schon heute die kleine Kapelle zum Aufbahren … Agnes, ich übernehme die ganzen Kosten, also spare nicht.«

»Danke dir, Maria, und bitte melde dich, wenn du uns brauchst.«

»Wir haben die Schule vergessen.« Natascha schlug sich auf den Kopf.

»Das haben wir gemacht«, sagte Maximilian zu seiner Schwester. »Alles in Ordnung, wir sind von der Schule befreit.«

Elaine fragte leise und höflich: »Wollen Sie nicht etwas frühstücken? Ich habe frische Brötchen besorgt, für die Kinder Kakao gekocht und für Sie beide Kaffee.«

»Sehr vernünftig«, lobte Reto. »Komm, Maximilian, lass uns etwas essen, bevor wir weitermachen.«

Sie setzten sich alle zusammen um den großen Tisch. Trotz der Schwere ging das Leben irgendwie weiter.

Agnes und Reto schauten sich an mit Lob in den Augen. Das hast du großartig gemacht, Reto. Du auch Agnes. Sie nickten sich stumm zu.

»Wir müssen uns den Text für die Anzeige überlegen«, sagte Agnes abrupt. »Wir haben nicht viel Zeit, er muss morgen in der Zeitung stehen.«
Sie holte sich einen Stift und ein Blatt Papier und begann, zu schreiben:

Johanna und Sergio Convalli,
unsere Kinder und unsere Eltern,
sind heimgekehrt in das Haus des Vaters.

Wir Zurückgebliebenen ehren sie mit einer Abschiedsfeier in Sant'Abbondio in Gentilino, am Sonntag, dem 21. September, um 14 Uhr.
Bitte kommen Sie nicht in Schwarz gekleidet und dies in unser aller Namen.

»Wie findet ihr das?«
»Das solltest du doch wissen, du schreibst schließlich Bücher«, meinte Maximilian. »Glaubst du, dass sie wirklich heimgekehrt sind? Sie waren doch hier zu Hause und haben uns allein gelassen ...«
»So musst du das nicht empfinden, Maximilian. Ich glaube, wir haben die Chance, bevor wir auf die Erde kommen, uns mit unseren Engeln mehrere Leben auszusuchen. Wenn uns ein Leben als zu kompliziert erscheint, können wir sagen, dass wir das nicht schaffen. Kennst du Hermann Hesse, der hier in Montagnola gelebt hat? Er hat darüber ein Gedicht geschrieben. Ungefähr so: Er wollte sein Leben so nicht annehmen, wie es ihm sein

himmlischer Begleiter gezeigt hatte, doch letztlich hat er sich für dieses komplizierte Leben entschlossen, weil er so in seiner menschlich-seelischen Entwicklung einen großen Sprung nach vorn machen konnte. Ich werde euch das Gedicht bei Gelegenheit einmal vorlesen. Vielleicht haben sich eure Eltern, aus welchen Gründen auch immer, entschlossen, gemeinsam von der Erde zu gehen, was wahrscheinlich nur bei so einem Unfall möglich ist. Das klingt zwar grausam, doch was für eine hohe Meinung und Achtung müssen die Engel und eure Eltern von eurer kindlichen Kraft gehabt haben, um euch dieses Leid zuzumuten, damit ihr stark und selbstständig werdet.

Ihr seid ebenso weit entwickelte Seelen wie eure Eltern, ihr habt genauso viele Leben gelebt und ihr habt auf der geistigen Ebene euren Eltern damals zugestimmt, denn auch ihr wurdet gefragt, ob ihr das wollt und könnt, versteht ihr das? Nichts passiert uns im Leben, was wir nicht so gewollt hätten.«

Maximilian schaute seine Großmutter mit Tränen in den Augen wütend an.

»Du glaubst doch wohl nicht im Ernst, man habe uns gefragt, ob wir das so wollen?«

»Ich bin fest überzeugt, Maximilian, dass es so war.«

Jetzt meldete sich Natascha.

»Ich glaube, Oma, es tut auch nicht so weh, wenn es meine Entscheidung war.«

Maximilian schaute Reto an und fragte ihn: »Glaubst du als Anwalt auch so einen Quatsch?«

Reto antwortete sehr langsam und bedächtig. Man konnte spüren, dass er die Worte von Agnes verstehen wollte.
»Es ist auch für mich eine ungewöhnliche Theorie, die eure Großmutter da eben dargelegt hat. Doch irgendwie finde ich sie tröstlich. Was für eine wunderbare Freiheit bedeutet das für unser Leben, dass wir selbst entscheiden, was uns zustößt und was nicht. Als Anwalt, Maximilian, finde ich das ungewöhnlich gerecht.«
»Ja, schon, furchtbar ist es trotzdem«, und schluchzend legte Maximilian seinen Kopf auf den Tisch. »Ich hätte mir so was nie ausgesucht!«
Reto streichelte ihn vorsichtig und leise sagte er: »Es darf wehtun, Maximilian, lass es ruhig raus, wir alle würden am liebsten auch nur weinen.«
Agnes rang um Fassung. Sie hätte jetzt am liebsten laut geschrien, wie schrecklich sie das alles findet. Andererseits hatte sie noch nie gefühlt, wie stark das Leben ist. Wie sie das Leben, den Atem auf einmal in sich spürte. Dieses Gefühl: Ich lebe, ich kann etwas tun.
»Ich habe Hunger«, sagte sie unvermittelt und biss in ihr Brötchen. »Ihr müsst auch etwas essen, wir alle brauchen Kraft.«
Nachdem sie gefrühstückt hatten, erklärte Agnes: »Ich fahre jetzt wieder in die Klinik. Ihr bleibt bitte hier.«
Agnes übergab Reto den Entwurf des Textes für die Anzeige.
»Bitte, würdest du diesen Text ins Büro Botta faxen?«
»Ich komme mit dir, Oma«, sagte Natascha mutig, »du kannst doch kein Italienisch.«

Dieses Kind war wirklich erstaunlich gefasst, klar, fast sachlich. Hoffentlich bricht sie nicht am Abend vollkommen zusammen, dachte Agnes.

»Wir nehmen uns ein Taxi.«

»Hast du denn überhaupt genug Geld bei dir?«, fragte Reto fürsorglich.

»Nein, du hast recht, ich habe nicht genügend Schweizer Franken. Darauf war ich nicht vorbereitet. Könntest du mir etwas borgen?«

»Natürlich!« Reto gab ihr ein paar Hundert Franken aus seinem Portemonnaie. »Vergiss es«, sagte er, »wenigstens kann ich helfen.«

»Du hilfst schon genug.«

Damit umarmte Agnes Reto mutig und küsste ihn auf den Mund.

»Danke, Reto.«

Natascha schaute ihre Oma mit wachen Augen an, legte ihre Stirn wieder in Sorgenfalten und als sie ins Taxi stiegen, fragte sie Agnes: »Liebst du den Mann, Oma?«

»Ach Kind, ich weiß es nicht. Reto hat mir so viel geholfen, wir sind die ganze Nacht hierher unterwegs gewesen. Er hätte auch heimfahren können. Ich bin einfach überwältigt von seiner Güte.«

»Ja, ich finde ihn auch nett«, sagte die Kleine.

»Natascha, Natascha, was bist du für ein tapferes Mädchen, ich bewundere dich.«

Natascha schaute auf die Hände von Agnes. »Oma, wie soll es denn mit uns weitergehen, du bist ja nicht mehr so jung?«

Agnes lachte: »Jetzt musst du von meinen Händen nicht auf mein Alter schließen, natürlich bin ich nicht mehr sechzig, aber glaube mir, Natascha, ich habe viel Kraft und ich bin jung geblieben, verstehst du das? Ich bin nur zehn Jahre älter als dein Vater.«
Agnes musste ganz tief durchatmen, weil ihr die Tragweite des Geschehens bewusst wurde.
In der Klinik angekommen, roch es in der Nähe des Sterbezimmers nach Weihrauch und Blumen. Katharina begrüßte Natascha liebevoll. Die beiden kannten sich von den zahlreichen Besuchen in Stein am Rhein. Sie schaute Agnes mit großen Augen an.
»Willst du wirklich das Kind da reinlassen?«
»Das entscheidet Natascha selbst.«
Natascha hatte inzwischen den Architekten Mario Botta, den Chef ihrer Mutter, entdeckt. Sie nahm ihn an die Hand und stellte ihn formvollendet ihrer Großmutter vor. Er trug ein braunes Samtjackett, sein Kopf war der eines Künstlers. Mario Botta drückte Agnes sein Mitgefühl aus.
»Johanna hat mir von Ihnen und Ihren Büchern erzählt. Darf ich vorschlagen, dass Sie sich um die Lebenden kümmern? Die Totenwache organisieren wir. Wir alle haben Johanna geliebt und Sergio hoch geachtet.«
Agnes war beeindruckt von seiner Hilfsbereitschaft und bedankte sich aufrichtig. Sie dachte wieder daran, dass alle großen Menschen in ihrer Grundstruktur bescheiden und einfach sind.
»Wann immer wir Ihnen helfen können, melden Sie sich. Besuchen Sie uns, wenn Sie seelisch dazu in der Lage sind,

um die Arbeiten Ihrer Tochter zu sehen.« Er überreichte Agnes seine Karte und die seiner Assistentin, dann ging er mit einer Verbeugung in das Zimmer der Toten.
Als er die Tür öffnete, sah Natascha zwangsläufig in das Totenzimmer ihrer Eltern. Erschüttert sank sie auf den Fußboden. Ihre ganze Stärke war weg. Sie schien jetzt erst zu realisieren, was passiert war. Botta schloss die Tür.
Agnes legte die Blumen und die Tasche mit den Kerzen auf den Boden, kniete sich zu Natascha und tröstete sie. Sie hielten einander fest in den Armen und trauerten gemeinsam auf dem Fußboden im schalen Neonlicht des Krankenhausflurs.
Katharina nahm die Blumen und die Kerzen und sagte zu Agnes: »Du solltest mit dem Kind das Krankenhaus verlassen, ich habe schon alles geregelt. Hier gibt es eine junge deutsche Ärztin, die mir hilft, wenn es Verständigungsprobleme gibt.«
»Wenn jetzt ganz Lugano hier erscheint, was machen wir dann?«
»Wir müssen eine andere Lösung finden. Ob wir sie schon nach Gentilino bringen können? Oder ob wir sie doch nach Hause in die Villa holen, um sie dort aufzubahren?«
In diesem Moment wimmerte Natascha eindringlich: »Bitte nicht nach Hause.«
Die Tür öffnete sich und Mario Botta kam wieder heraus. Er hatte wohl noch das Ende des Satzes gehört, denn er sagte: »Frau Berg, ich schlage Ihnen vor, dass Sie alles mir überlassen und sich nur um die Kinder kümmern. Wir rufen Sie zu Hause an, wenn alles geregelt ist.«

Katharina war ganz seiner Meinung. »Ich bleibe bei Johanna und Sergio. Du kannst jetzt ruhig gehen.« Das war – wie immer – das letzte Wort.

Agnes und Natascha verließen das Krankenhaus und fuhren zur Kirche von Gentilino. Sie gingen die beeindruckende Zypressenallee entlang zu dem kleinen Dom. Großmutter Maria hatte recht gehabt: Es war wirklich ein besonders schöner und würdevoller Platz. Ein guter Ort, um von zwei so besonderen Menschen Abschied zu nehmen, dachte Agnes.

Sie setzten sich unter die Statue der Mutter Maria. Natascha schmiegte sich an Agnes und schluchzend sagte sie: »Du darfst mich nicht auch noch verlassen, du darfst nicht sterben, Oma.«

»Ich bleibe, solange ich lebe, bei dir, Natascha.«

Als die Kleine etwas ruhiger wurde, schlug sie ihr vor: »Versuch doch deinen Schmerz der Mutter Maria zu übergeben. Sie ist da für dich. Rede mit ihr. Ich mache das sehr oft und sie hilft mir immer auf ihre Art.«

Natascha schloss die Augen und faltete die Hände. Mit großer Ernsthaftigkeit fing sie an zu beten. Und so schloss auch Agnes die Augen und fühlte nach ein paar Minuten, wie Maria tröstend ihren Mantel der Liebe um sie und Natascha legte, um den Schmerz zu lindern. Agnes fühlte Frieden in ihrem Herzen und hoffte dasselbe für Natascha.

Als sie die Kirche wieder verließen, waren beide gelöster und hatten auch wieder einen offenen Blick für den warmen Herbsttag. Die Natur zeigte sich von ihrer schönsten Seite. Agnes wäre jetzt gerne zu Fuß gegangen, aber

die Straßen waren zu eng. Der rasante Verkehr hätte sie an die Seite gedrückt. So rief sie Reto an und bat ihn, sie abzuholen.
Maximilian zeigte Reto den Weg. Er war auch beeindruckt von der Schönheit der Landschaft um die Kirche von Gentilino.
Stumm stiegen alle vier ins Auto und fuhren zurück ins Haus von Sergio und Johanna.
»Was haltet ihr davon, wenn ich mir ein Hotel suche, mich dusche und umziehe und dann wiederkomme?«
»Nein, Reto, du darfst nicht gehen.« Maximilian schmiss sich mit seiner ganzen kindlichen Kraft gegen Reto, um ihn festzuhalten. »Nein, du darfst nicht gehen, wir haben doch genügend Platz, ich zeige dir unser Gästezimmer, du kannst doch auch bei uns duschen, bitte, Reto!«
Der Ausbruch des Jungen war so heftig, dass Reto ihn fast mit Tränen in den Augen beruhigte: »Ich bleibe natürlich, wenn du es so willst.«
In Gedanken ging Reto seinen Terminplan durch und es wurde ihm klar, dass er wirklich bleiben konnte.
»Dann laden wir doch jetzt unsere Sachen aus, auch die von Katharina und Agnes, und du, Maximilian, zeigst uns, wo wir schlafen können.«
Maximilian, glücklich über seine Aufgabe, führte Reto in das schönste Gästezimmer im ersten Stock. Er öffnete elegant die Badezimmertür: »Sogar mit eigenem Bad … Die Großmutter kann auf der anderen Seite im Mädchenzimmer schlafen. Und Katharina kann mit zu uns kommen, wir haben oben unterm Dach genügend Platz.«

»Na wunderbar, Maximilian, danke. Deine Oma und ich müssen uns mal etwas frisch machen und dann sehen wir weiter.«

Reto trug Agnes' Koffer in ihr Zimmer und indem er sie am Arm festhielt, sagte er: »Wir werden alles gemeinsam überstehen.«

»O Reto, wie dankbar ich bin, dass du da bist. Du kannst dir nicht vorstellen, was das für mich bedeutet.«

»Doch, ich verstehe, was du meinst.«

Langsam konnte er die Einsamkeit dieser Frau ermessen und fühlen. Und ganz sanft sagte er: «Jetzt hast du ja mich. Bis Sonntagabend kann ich bleiben, dann muss ich wieder ins Büro.«

»Ja, Reto, jetzt habe ich dich«, wiederholte Agnes – und dachte dabei: Du bist zehn Jahre jünger, wie soll das gehen?

Am liebsten wäre Maximilian an Retos Seite geblieben und ihm auch unter die Dusche gefolgt, doch Natascha nahm ihn an der Hand und ging mit ihm in die Küche zu Elaine. Diese hatte vorsorglich Risotto und Milchreis gekocht. Sie nahm die beiden in die Arme.

»Was hättet ihr denn gerne?«

»Am liebsten Milchreis«, sagte Natascha.

Maximilian darauf: »Es ist mir egal, was ich esse, am liebsten überhaupt nichts.«

Elaine streichelte Natascha über den Kopf, die still, wie verloren, mit erschrockenen Augen am Tisch saß. Nie mehr würde ihre geliebte Mutter an diesem Tisch sitzen, nie mehr fröhlich zur Tür hereinkommen. Niemand würde zu ihr »mein Goldfröschchen« sagen.

Als Natascha ihre Eltern durch die geöffnete Krankenhaustür in weißen Tüchern hatte daliegen sehen, war ihr bewusst geworden, dass sie Mutter und Vater endgültig verloren hatte. Sie und ihr Bruder waren ohne Schutz, ohne die Liebe ihrer Eltern.

Die Tränen liefen ihr übers Gesicht und schluchzend sagte sie: »Am liebsten möchte ich auch sterben.«

Maximilian schaute sie erschrocken an. Jetzt war er der starke Bruder. »Wir schaffen das schon, Natascha, du hast ja mich.«

Elaine, die selbst erst zweiundzwanzig war, war mit dem Schmerz der beiden überfordert und auch ihr stiegen die Tränen in die Augen. Sie umarmte die beiden Kinder und hielt sie fest. »Ich bleibe bei euch, ich verlasse euch nicht.«

Eine Weile hielten die drei sich weinend in den Armen.

Agnes hatte schnell geduscht und als sie in die Küche trat, erwartete sie dieses Bild des Jammers. Sie durfte da nicht einsteigen, sie musste stark bleiben.

»Kommt, ihr Lieben, wir essen jetzt eine Kleinigkeit. Wie ich sehe, hat Elaine alles vorbereitet. Ich glaube, wir wollen heute Milchreis essen.« Sie schaute Elaine dankbar an. »Was für eine gute Idee.«

Jetzt kam auch Reto in die Küche und die Männer entschieden sich für das Risotto.

In diesem Moment klingelte es. Maximilian stand sofort auf und rannte an die Haustür. Katharina kam etwas erschöpft zur Tür herein, doch strahlte sie in ihrer kraftvollen, fröhlichen Einfachheit den Jungen an.

»Max, mein Junge, ich freue mich, dich zu sehen«, und mit diesen Worten wurstelte sie ihn richtig durch. Das tat bestimmt weh, denn wo sie hinfasste, blieben gewöhnlich blaue Flecken. Maximilian tat es wohl, dass sie ihn einfach ganz unkompliziert durchschüttelte, als ob nichts Schlimmes passiert wäre.

»Sag mir, Max, wo ist euer Klo? Ich muss erst mal aufs Klo, ich hab's mir heute den ganzen Morgen verkniffen.«

Stolz führte sie Maximilian zur Gästetoilette unten im Haus und wartete auf sie.

«Du schläfst bei uns oben, Katharina. Ich habe deinen Koffer schon hochgebracht.«

»Da freue ich mich, Max.«

Als sie in die Küche zurückkamen, sagte Katharina nur: »Alles klar. Hm, das duftet, ich habe einen Riesenhunger.«

»Was willst du lieber«, fragte Maximilian sie, »Risotto oder Milchreis?«

»Risotto natürlich, ich esse doch keinen Milchreis.«

Jetzt mischte sich Reto ein. »Wir Männer essen Risotto.«

»Na, dann esse ich dasselbe wie ihr Männer, ich habe einen Bärenhunger.« Durch die frische unkomplizierte Art von Katharina entspannte sich die Atmosphäre.

Katharina fragte Agnes: »Hast du eigentlich genug zum Anziehen? Wir haben nämlich nur noch zwei Tage …«, und zu den Kindern gewandt: »Was zieht ihr Sonntag an?«

Agnes entgegnete: »Denselben Anzug wie in München, ich brauche dazu nur eine weiße Bluse und einen Schal.«

»Wir brauchen alle etwas Helles. Habt ihr, Natascha und Max, eine Art Sonntagsanzug?«

Maximilian meinte ganz cool: «Kathi, das hat doch heute keiner mehr.«
»Sag bloß nicht Kathi zu mir, dann doch lieber Kasimir, so nennt mich Agnes.«
»Warum denn das?«, fragte Maximilian erstaunt.
Agnes beugte sich lächelnd zu ihm: »Weil Katharina immer den Heldentod sterben will und ab und zu vom Baum fällt oder sich mit der Motorsäge ins Bein sägt. Eine Katharina tut so etwas nicht, deshalb nenne ich sie Kasimir.«
»Kann ich dann auch Kasimir zu dir sagen?«
»Klar doch, Max!«
Wie zur Bekräftigung klatschten sie ihre Hände in der Luft gegenseitig aneinander.
Nachdem Katharina fertig gegessen hatte, bat sie Maximilian: »Zeig mir doch mal, wo ich wohne.«
Da die Kinder ihre Ferien oft in Stein am Rhein verbracht hatten, verband sie mit Katharina eine kumpelhafte Freundschaft. Die beiden zogen ab ins Dachgeschoss. Maximilian half Katharina dabei, die Sachen im Bad aufzustellen. Dann musste er auf Befehl von Katharina fünf Minuten warten, bis sie geduscht hatte.
»Ich mache ganz schnell, es ist dringend nötig, obwohl ich Wasser verabscheue, Mäxchen, aber jetzt brauche ich Wasser.«
Unter der Dusche lehnte sich Katharina an die Wand. Sie war so müde, dass ihr fast schwindlig wurde. Wie hätte sie reagiert, wenn sie im Alter von Maximilian und Natascha ihre Eltern verloren hätte? Sie, die immer noch Heimweh nach ihrer Mutter und Konstanz hatte?

»O Gott, o Gott«, stöhnte sie.
»Alles in Ordnung?«, rief Maximilian nun, dem das alles zu lang dauerte.
»Ja, ja, ich komme gleich, großer Häuptling, ich muss mir noch die Haare waschen.«
Katharina wollte den Geruch des Krankenhauses loswerden. Vielleicht auch den Geruch des Todes. Sie ließ sich das heiße Wasser über den Kopf laufen und versuchte damit, die Erinnerung dieses Morgens wegzuschwemmen.
»So, mein Sohn, jetzt bin ich wieder fit. Kannst du mir einen deiner Pullover borgen, ich habe zu wenig dabei.«
Da Katharina außer ein paar Knospen keinen Busen vorzuweisen hatte, ging das. Sie bekam einen Nicki und eine Sportjacke mit Reißverschluss und Kapuze von Maximilian.
»Was glaubst du, Max, wie sehr ich mir eine solche Jacke gewünscht habe, nie hat mir so was gepasst, aber im Tessin, siehst du, gibt es so was.«
Max war nicht ganz so groß wie Katharina, hatte jedoch schon breite Schultern. »Jetzt zeig mir doch mal, was du am Sonntag anziehen würdest.«
Max zog eine dunkelblaue Jeans hervor, ein weißes Hemd und einen dunkelblauen Blazer mit Goldknöpfen.
»Perfekt, perfekt, du brauchst nur noch einen weißen Schal.«
Obwohl sie nicht mit Agnes darüber gesprochen hatte, wusste sie, dass die Regierung dies anordnen würde. Dann gingen Maximilian und Katharina wieder zu den anderen in die Küche.

Agnes telefonierte gerade mit ihrer Verlegerin und erklärte ihr, dass sie auf unbestimmte Zeit bei ihren Enkelkindern im Tessin bleiben müsse und sich um die Publicity des Buches im Moment nicht kümmern könne.
Die Verlegerin beruhigte sie: »Das brauchen Sie wirklich nicht, denn morgen sind Sie und Ihr Buch auf der ersten Seite der Abendzeitung. Ich kann mir vorstellen, dass es für Sie nicht einfach ist, was Sie jetzt durchstehen müssen. Mein herzliches Beileid!«
Agnes hielt Natascha im Arm, die sich an sie schmiegte, um durch die körperliche Nähe ihrer Oma Trost und Halt zu finden. Als Agnes aufgelegt hatte, meinte Natascha: »Wir müssen uns um Oma Maria kümmern, wir haben sie ganz vergessen.«
»Ja, meine Kleine, da hast du recht, wir sollten sie anrufen.«
Agnes wählte die Nummer.
Maria klang sehr matt.
»Weißt du, meine Liebe, ich habe mich ins Bett gelegt, anders kann ich es gar nicht verkraften. Ich bete und das hilft mir. Seid mir nicht böse, aber dabei möchte ich allein sein.«
»Sollen wir dir nicht wenigstens etwas zu essen bringen?«
»Nein, nein, meine Liebe, ich bin versorgt, meine junge Freundin ist da, alles ist gut.«
»Wirklich, Maria?«
»Ja, danke, Agnes, grüß mir die Kinder.«
»Natascha macht sich Sorgen um dich …«
»Dann gib sie mir doch bitte.«

Agnes reichte den Hörer weiter an Natascha.
»Oma, wie geht es dir?«
»Ach, mein Kleines, heute brauche ich nur Ruhe, verstehst du. Aber morgen komme ich zu euch, versprochen.«
»Ja, Oma. Aber morgen sehen wir uns ganz bestimmt, ja?«, und sie gab den Hörer wieder an Agnes.
»Maria, unsere beiden Lieben sind schon in der Aussegnungshalle in Gentilino, so, wie du es wolltest. Mario Botta hat alles geregelt. Seine Mitarbeiter und Freunde von Johanna halten die Totenwache. Ich werde später vorbeigehen und schauen, ob alles in unserem Sinne ist.«
Da schluchzte Maria laut. Sie versuchte sich zu fassen und sagte dann beherrscht: »Danke, Agnes. Das ist gut, bis morgen.«
»Bis morgen« – wie sollten sie alle dieses Morgen überstehen?
Agnes schaute zu Reto, der mit Katharina besprach, dass sie unbedingt noch weiße Schals besorgen müssten. Wenn sie in die Stadt fahren, könnten sie Agnes an der Aussegnungshalle absetzen.
»Vielleicht müssen wir auch Briefpapier besorgen, um Briefe zu schreiben?«, überlegte Katharina laut.
»Nein, nein, das machen wir nicht«, sagte Agnes, die zu ihnen trat. »Ich kann mich nicht tagelang hinsetzen, um die Trauerbotschaft der übrigen Welt mitzuteilen. Das kann ich nicht und das will ich nicht.«
»Wie du meinst, Agnes, wir kaufen nur Schals.«
»Woher weißt du das eigentlich, Katharina? Wir haben darüber nicht gesprochen.«

»So gut kenne ich dich inzwischen, du Babe«, sagte Katharina fast zärtlich. »In- und auswendig kenne ich dich. Bei der Beerdigung von Frau Schäfli hast du das auch gemacht.«
Agnes bat Elaine, für das Abendessen zu sorgen.
»Elaine, ich hoffe, Sie sind einverstanden, dass Sie auch unter diesen neuen Umständen bleiben, ohne Sie schaffe ich das nicht.«
»Natürlich tue ich das, danke. Mir sind die Kinder längst ans Herz gewachsen, ich würde sie doch gerade jetzt nicht allein lassen.«

Reto, Katharina und Agnes fuhren Richtung Lugano setzten Agnes in Gentilino ab. Zum ersten Mal war sie, nach allem, was passiert war, allein.
Sie atmete tief durch: Ich bin ruhig, ganz ruhig. Sie spürte einen leichten Schwindel und musste sich am Eingangstor des Friedhofs anlehnen, um nicht umzufallen. Tief atmen, Gott ist mit mir, dachte sie. Er gibt mir nur so viel zu tragen, wie ich verkraften kann. Also kann ich es auch. Sie schaute in Richtung der Halle, die sie an einen griechischen Tempel erinnerte. Von Weitem leuchteten die weißen Berge und schickten einen kühlen Hauch über die Landschaft.
Die Grabmäler, die wie kleine Tempel gestaltet waren, berührten Agnes sehr. Ihr fielen auch links und rechts vom Eingang zwei Engel aus Eisen auf und sie dachte: Ach, ihr Engel seid auch da, danke!
Die Tür zur kleinen Kapelle stand offen und zwei Frauen

saßen draußen auf der Treppe: ein friedliches, freundliches Bild. Langsam ging Agnes auf sie zu. Gott gibt mir nur so viel, wie ich ertragen kann. Anscheinend hat er eine hohe Meinung von mir, dachte sie und bei jedem Schritt, den sie ging, fühlte sie sich ein bisschen stärker.
Die beiden jungen Frauen erhoben sich, als Agnes am Eingang der Kappelle stand, und stellten sich als Arbeitskolleginnen von Johanna vor. Tief betroffen gaben sie Agnes die Hand und schauten sie nur an. Vielleicht spürten sie intuitiv, dass sie bei dieser Frau nicht die üblichen Kondolenzsätze gebrauchen sollten.
Agnes sagte einfach: »Danke, dass Sie da sind.«
Dann ging sie in die kleine Halle zu Johanna und Sergio, die in einfachen, formschönen Särgen aufgebahrt lagen. Über ihr spannte sich eine kleine Kuppel wie ein weißer Himmel und durch die Seitenfenster drang ein warmes Licht – ein Ort der Geborgenheit und der Ruhe. Nicht schreien, nicht klagen, sagte sich Agnes immer wieder, Johanna und Sergio haben dieses irdische Dasein überstanden.
Sie setzte sich auf einen der Stühle, beruhigte ihren Atem. Dabei schloss sie die Augen und in ihr wurde es still.

»Geliebte, göttliche Mutter,
führe mich in diesem Schmerz,
erfülle mich mit deiner Stärke,
deiner Großmut, deiner Gnade,
lass mich dich in der Stille in mir finden
und geleite mich, verbinde mich

mit meinen über alles geliebten Menschen,
die den Weg nach Hause angetreten haben.
Hilf mir, zu akzeptieren und zu verstehen.«

In dieser tiefen Versenkung und dem Einssein mit allem, was ist, fühlte sie die Präsenz von Johanna. Dann hörte sie eine Stimme in sich: Lass los, Mutter, es ist getan, alles ist gut – und noch lauter, noch stärker, wie ein Befehl: Lass uns los, Mutter!

Tief bewegt öffnete Agnes die Augen. Sie spürte, dass sie diesem starken Wunsch gehorchen musste. Offensichtlich waren die beiden angekommen. Sie brauchten keine geistige Begleitung mehr.

Wieder atmete Agnes tief durch und wurde von Frieden erfüllt. Es ist getan. Sie sind angekommen, sie brauchen uns nicht mehr.

Langsam stand sie auf. Dann ging sie nach draußen zu den jungen Architektinnen, umarmte sie und sagte: »Johanna und Sergio haben ihren Weg gefunden. Ich denke, Sie brauchen heute Nacht nicht mehr zu wachen. Ich wäre Ihnen jedoch dankbar, wenn Sie morgen hier sein könnten, falls Freunde sich verabschieden wollen.«

»Natürlich werden wir morgen da sein, sehr gern, Johanna hätte das Gleiche für uns getan. Wir waren Freundinnen und unsere Kinder gehen in die gleiche Schule.«

Agnes setzte sich zu den Frauen auf die Treppe. »Sie haben mit Johanna gearbeitet?«, fragte Agnes.

»Ja, natürlich. Bei Bottas verschiedenen Projekten arbeiten immer alle zusammen. Johanna war sehr engagiert beim

Bau der Kirche auf dem Monte Tamaro, der Kapelle Santa Maria degli Angeli. Kennen Sie die? Ein sehr gewagter Entwurf von Botta, sie wird oft mit einem Keil, der in den Berg gehauen wurde, oder mit einer Hand, die in der Leere schwebt, oder auch mit einem Schiff, das den Anker gelichtet hat, verglichen. Johanna liebte diese Kirche und sie sprach viel mit Botta darüber, welche Aufgabe eine Kirche in der heutigen Zeit zu erfüllen habe, da Gott an keinem festgelegten Ort wohnt, sondern nur in den Herzen der Menschen.«

»Tja, leider haben wir diese Wahrheit vergessen«, meinte Agnes nachdenklich. »›Der Tempel Gottes seid ihr‹, sagte Paulus und: ›Die Kirche ist kein Tempel, sondern der Ort der Versammlung.‹«

»Unsere größte architektonische Herausforderung war es, das Licht in einem vollkommenen Winkel in die Kirche, in die Versammlung der Menschen eintreten zu lassen, um so den Raum und die Menschen mit der göttlichen Lichtquelle des Universums optimal zu verbinden. Darum haben wir alle gerungen. Bei der Kirche der heiligen Maria der Engel ist uns das gelungen.«

»Ja, ich weiß, Johanna hat mir viel davon erzählt.«

»Johanna hat uns auch viel über Ihre Bücher erzählt. Sie war sehr stolz auf ihre Mutter. Haben Sie nicht gerade einen Literaturpreis bekommen?«

»Ja, gestern. Doch dann kam alles anders …«

Die beiden Frauen sahen still vor sich hin auf den Boden. Agnes betrachtete sie. Sie waren sehr unterschiedlich: die eine dunkel, schmal und südländisch, die andere kleiner

und blond. Die Dunkelhaarige stammte aus Bern, die andere aus Mailand. Beide seien sie glücklich hier im Tessin und vor allem darüber, dass sie mit Mario Botta zusammenarbeiten dürften. Das sei etwas ganz Besonderes und keineswegs einfach für junge Architektinnen.
Agnes erzählte den jungen Frauen, wie groß der Wunsch, Architektin zu werden, auch in ihr gewesen sei, sie es jedoch nur bis zur Lehrerin gebracht hätte. Ihre Tochter dagegen sei ihrem Herzenswunsch gefolgt.
»Johanna hat sich schon als Kind für das Bauen von Häusern interessiert und überall, wo wir waren, konnten wir an keiner Baustelle vorbeifahren und sind sogar darin herumgekrochen. Johanna hat immer gewusst, was sie will. Und es auch erreicht.«
»Ja, sie hatte sehr klare Vorstellungen«, meinte die Blonde.
»Genau wie mein Schwiegersohn, obwohl ihre Auffassungen von Architektur unterschiedlich waren. Sergio war ein Architekt, der ein Haus stets inmitten der umgebenden Natur gesehen und geplant hat, um damit gleichzeitig die Landschaft zu respektieren und zu verschönern. Das fand ich immer wunderbar.«
»Er war ein außergewöhnlicher Architekt. Wir haben alle für Johannas Mann geschwärmt«, meinte die Dunkle aus Bern, »so ein schöner Mann.«
»Ja, ich auch, gebe ich zu«, entgegnete Agnes. Sie war mittlerweile ganz ruhig geworden. In ihrem Innern war Frieden und sie war ganz in die Unterhaltung mit den beiden aufgeschlossenen Frauen vertieft.
»Werden Sie denn hier im Tessin bleiben, Frau Berg?«

Agnes seufzte. So weit hatte sie noch gar nicht gedacht.
»Schreiben können Sie doch überall, oder?«
»Alles hat seine Zeit«, sagte Agnes sehr nachdenklich.
Die Bernerin meinte, das Wichtigste sei, dass Maximilian und Natascha ihr soziales Umfeld behalten könnten: Schule, Freunde, Zimmer, Menschen. Ihre äußere Geborgenheit sollte bleiben.
Die Mailänderin sagte sehr nachdrücklich: »Jetzt bloß keine Veränderung für sie. Wo leben Sie denn, Frau Berg?«
»In Stein am Rhein.«
»Oje, da müssten die beiden ja in eine deutsche Schule gehen. Das heißt umdenken, umlernen. Das kann gut gehen, aber auch ganz schief. Bei meinem Jungen könnte ich mir das nicht vorstellen, er ist auch elf, so alt wie Maximilian …«
Die Bernerin fügte hinzu: »Außerdem haben wir hier wirklich gute Schulen, besonders die Internationale Schule nach dem Vorbild eines amerikanischen Campus, in der die Kinder bessere Möglichkeiten haben als in normalen Schulen.«
Agnes war sich bewusst, dass es kein Zufall war, dass sie dieses Gespräch gerade mit Johannas Freundinnen führte. Nichts geschah einfach so. Sie spürte, wie sie dabei auch wehmütig an Reto dachte, der natürlich in Stein am Rhein bleiben müsste, und Katharina wahrscheinlich auch. Sie rief sich sofort zur Ordnung: Was machte es für einen Sinn, an morgen zu denken? Im Jetzt ist alles besser zu verkraften.
Die drei Frauen blieben noch eine Weile stumm auf der

Treppe sitzen, bis Agnes von Reto abgeholt wurde. Sie bedankte sich bei Johannas Freundinnen: »Danke für Ihren Rat und danke, dass Sie da sind.«
Reto nahm Agnes am Arm und fragte: »Alles gut, kannst du noch?«
»Ja, Reto, ich kann. Ging bei dir alles gut mit den Kindern?«
»Mit Katharinas Hilfe haben wir alles mit Humor überstanden. Das Mädel ist auf ihre Weise ein Philosoph. Eine bodenständige Weisheit verbreitet dieses Menschenkind!«
Er blieb stehen und hielt Agnes an den Händen. »Ich freue mich, dich zu sehen, die Zeit kam mir lang vor ohne dich. Ich möchte dich küssen, ich muss es dir einfach sagen …«
»Reto, wir sind übernächtigt«, wehrte Agnes hilflos ab.
»Nein, ich bin nicht übernächtigt, ich war noch nie so wach und gerade im Angesicht der Endlichkeit des Lebens muss ich dir sagen, Agnes, ich liebe dich. Gerade jetzt, wo alles so schwer ist für dich, musst du wissen, du bist nicht allein.«
Agnes schaute ihn an, ihre Augen schienen noch durchsichtiger zu werden: »Wie sehr habe ich gewünscht, dass ein Mann so zu mir spricht, aber ich bin doch viel älter als du.«
»Glaubst du denn, dass Alter eine Rolle spielt? Das glaubst du doch selbst nicht. Du bist die schönste Frau, die ich kenne.«
Reto war für einen Schweizer jetzt doch sehr euphorisch und Agnes musste lachen, es war ein mädchenhaf-

tes Lachen. Sie legte ihren Arm um Retos Schultern: »Die anderen warten«, und leise sagte sie: »Ich muss dir gestehen, ich habe mich auch ein wenig in dich verliebt und eigentlich würde ich dich jetzt gerne küssen.«
»Dann tu's bitte.«
Reto hielt ihr sein Gesicht entgegen und sie küsste ihn auf den Mund.
Die beiden Architektinnen hatten die kleine Szene aus der Ferne beobachtet. Sie lächelten sich an: »Das Leben geht weiter.«

Möge der Schmerz mit dem Abend versinken, seine Schwere und Ausweglosigkeit verlöschen, dachte Agnes, als sie sich alle nach diesem Katastrophentag in der Küche trafen.
Katharina hatte für Agnes eine weiße Seidenbluse gekauft und einen dazu passenden Kaschmirschal. Voller Stolz zeigte sie die Errungenschaften.
»Reto will dir das unbedingt schenken.«
»Ihr seid ja verrückt, das ist doch viel zu teuer.«
»Nein, Oma«, mischte sich Natascha ein, »du darfst nichts Billiges anziehen.«
»Sag jetzt bloß nicht, in meinem Alter, Natascha.«
»Doch, Oma, das wollte ich gerade sagen.«
»Danke, mein Kind, sehr freundlich.«
»Ich habe was ganz Tolles bekommen, Oma, ein Kostüm und dazu einen weißen Seidenschal.«
»Ich habe ein Hemd, einen Schal und schwarze Schuhe.« Maximilian zeigte seine Einkäufe. Katharina wickelte sich

in einen dünnen Kaschmirschal. »Und das ist meine Errungenschaft.«
»Und du, Reto?«, fragte Agnes.
»Ich habe ebenfalls einen Schal, wie ihr alle.«
»Das war ein teurer Tag für dich ...«
»Für mich ist es eine glückliche Erfahrung, nicht nur immer an mich zu denken, sondern für andere zu sorgen. Weißt du, das Wir, nicht das Ich – das wurde mir heute zum ersten Mal seit Langem bewusst.«
Katharina ging mit den Kindern nach oben, um die neuen Sachen aufzuhängen.
»Wir haben die Kränze für Sonntag bestellt«, sagte Reto. »Du weißt ja, du kannst dich auf Katharinas Geschmack verlassen. Sie ist eine Frau vom Fach.«
»Mein Gott, an die Kränze habe ich gar nicht gedacht. Hast du das alles bezahlt?«
»Es ist mir eine Ehre, wenn ich das darf. Übrigens, damit ich es nicht vergesse, du musst morgen um zehn Uhr beim Pfarrer von Sant'Abbondio sein, hat das Büro von Botta ausrichten lassen. Der Pfarrer spricht auch Deutsch. Du solltest dich wegen der Predigt mit ihm unterhalten.«
Agnes nahm Retos Hand und streichelte über den Handrücken.
»Wir müssen uns darauf gefasst machen, dass ich, wenn all das vorbei ist, nicht wieder mit nach Hause kommen kann.«
»Daran habe ich auch schon gedacht.«
»Ich werde dich vermissen, Reto.«
Sie ließ seine Hand los und wirkte wie die kleine Natascha,

völlig verloren. »Jetzt, da wir uns begegnet sind, werden wir schon wieder getrennt.«
»Wenn wir uns trennen lassen, ja, aber ich kann doch mit dem Auto in drei Stunden bei dir sein. Du glaubst doch nicht, dass ich dich jetzt allein lassen würde. Agnes, du musst mir vertrauen. Als ich dich das erste Mal sah, gingst du über den Marktplatz mit einem Korb am Arm. Ich spürte einen Stich im Herzen: Wer ist diese Frau? Ich muss sie kennenlernen. Die Art, wie du dich bewegt hast, hat mich tief berührt.«
Sie hörten plötzlich Gepolter und Lachen. Elaine rief nach oben: »Könnt ihr mir sagen, was ihr da macht?«
»Ja, wir bauen das Nachtlager von Granada«, schrie Maximilian.
»Was auch immer das sein mag!«, brüllte Katharina. »Wir bauen unser Nachtlager unterm Dach. Keiner von uns will heute allein schlafen.«
»Jetzt bringen sie das ganze Haus durcheinander«, jammerte Elaine.
»Lassen Sie nur, Katharina weiß schon, was sie tut. Sie räumt auch alles wieder auf«, beruhigte Agnes sie.
Die Kinder kamen mit Katharina einigermaßen aufgebaut in die Küche.
»Wir können heute Nacht alle zusammen schlafen«, sagte Maximilian. Seiner Stimme war anzuhören, dass er Angst hatte, die Erwachsenen könnten Nein sagen. Er sagte nicht: Wir haben Angst, allein in einem Raum zu schlafen, doch es klang so.
Agnes schaute Reto an, dann Katharina. Sie sah in deren

Augen ein verdächtiges Funkeln. Aber sie tat so, als hätte sie das nicht gesehen. Langsam sagte sie: »Wir können es ja versuchen, aber was macht ihr, wenn ich schnarche?«

»Oder ich?«, fragte Reto humorvoll. »Ja, was macht ihr, wenn wir beide schnarchen?«

»Dann schubsen wir euch. Das machen wir mit Papa auch …«

Da stockte Maximilian, fing an zu weinen und rannte aus der Küche. Katharina sprang sofort hinterher. Nach einer Weile brachte sie ihn wieder zurück. Schweigend aßen sie und tranken heißen Tee. Elaine verabschiedete sich als Erste. »Gute Nacht, morgen um acht Uhr ist das Frühstück für Sie bereit.«

Agnes stand auf, gab Elaine die Hand. »Gute Nacht und vielen Dank für Ihre Hilfe.«

»Also los, Zähneputzen, Händewaschen, Schlafanzug anziehen und wenn wir fertig sind, treffen wir uns unterm Dach.« Katharina hatte mal wieder das letzte Wort.

Agnes stellte sich noch einmal unter die Dusche, um alles, was unerträglich war, dem Wasser zu übergeben. Sie sah die Körper der beiden geliebten Menschen in der Kapelle liegen, Hüllen, die noch die Schönheit und den Liebreiz Johannas und Sergios trugen. Hüllen, die zu Asche werden würden.

Konnte sie den Kindern Vater und Mutter ersetzen? Ihre innere Stimme machte ihr Mut. Du kannst, du kannst alles, wenn du nur willst. Und wisse: Alles ist gut, so wie es ist. Na ja, das bezweifle ich mal im Moment. Und sie putzte sich dabei heftig die Zähne. Was soll daran gut sein, wenn beide Elternteile sterben? Und außerdem, wie soll ich heute Nacht auch noch in einem Bett mit Reto schlafen – eigentlich eine Zumutung! Vorsichtshalber sprühte sie jedoch Parfüm über ihren Körper. Mit ihrem Kissen bewaffnet, das sie auf Reisen immer bei sich hatte, stieg sie die Treppe hoch.

Agnes hatte nur ein Nachthemd aus dünnem Batist an und hielt sich schützend das Kissen vor ihren Körper.

Alle waren schon versammelt. Katharina war natürlich in einem praktischen Schlafanzug erschienen und übernahm das Kommando.

»Natascha rechts von Oma, dann Reto und Maximilian und dann ich.«

Agnes wollte widersprechen, doch die Kinder stürzten sich schon auf ihre Plätze. Sie lag neben Natascha. Reto nahm ganz schnell den Platz neben ihr ein und Maximilian neben Reto, Katharina kam als Letzte.

Sie hatten die Matratzen an die Wand gerückt und mit reichlich Kissen bedacht. »Jeder hat seine eigene Zudecke, damit es nachts kein Gerangel gibt«, befahl das letzte Wort.

Agnes und Reto saßen zuerst einmal mit dem Rücken an der Wand, beide ganz schön verlegen. Natascha sah ihre Großmutter mit Sorgenfalten an. »Vielleicht müsst ihr ja heiraten, wenn ihr hier zusammen schlaft.«

»Du bist ja ein schlaues Kind«, sagte Reto lachend. »Vielleicht hast du recht und wir müssen wirklich heiraten, weil wir hier mit euch zusammen schlafen.«

Katharina verschluckte sich, bekam einen Lachanfall und sagte trocken: »Das wär's.«

Agnes sah Katharina strafend an: »Mach nicht so blöde Witze!«
Doch das Wort Heirat war aus Kindermund gefallen. Maximilian rückte ganz nah an Reto und fragte: »Kannst du uns eine Geschichte erzählen?«
Der wurde richtig verlegen: »Ich bin ein so unbegabter Mensch, ich weiß überhaupt keine Geschichten. Agnes, du hast doch bestimmt noch Märchen und Geschichten in deinem Kopf.«
Da meldete sich Natascha: »Katharina soll uns eine Geschichte erzählen, ihre Geschichten sind immer lustig.«
»Überredet.«
Katharina setzte sich ans Fußende von den vieren und fing an, ihre berühmte Geschichte von den Ohren zu erzählen.
»Als ich auf die Welt kam, stellt euch vor, hatte ich keine Ohren, nur die Löchlein links und rechts waren ausgebildet. Meine Mutter Klara war verzweifelt. Mein Gott, wo sie doch so katholisch war, immer in die Kirche ging, viel gebetet hatte, hatte sie nun doch so ein behindertes Kind, was für eine Schande. Solange ich klein war, konnte sie die nicht vorhandenen Ohren unter selbst gestrickten Mützen verbergen. Niemand sah meinen Ohrenschaden. Doch ich wurde größer und größer und die Mützen bekamen dann gehäkelte Ohren. Ich war ein fröhliches Kind und fühlte mich auch ohne Ohren wohl. Nur für die Familie wurde dies immer mehr zum Problem. In der Schule wurde ich natürlich gehänselt, weil ich ja im Sommer nicht immer mit einer Strickmütze rumlaufen konnte. Eines

Tages schickte mich meine Mutter zum Bäcker einkaufen und da stand vor mir eine Frau, die kleine Schweineöhrchen haben wollte, und da ich ein schlaues Kind war, habe ich diese Szene beobachtet und sofort meine Chancen erkannt. Das Familienbrot fiel etwas kleiner aus und ich kaufte mir zwei Schweineöhrchen. Zu Hause habe ich dieses Gebäck mit viel Liebe an den vorgesehenen Platz für die Ohren angeklebt. Ich fand mich wunderschön. Frohen Mutes ging ich am nächsten Morgen in die Schule. Dort trafen mich verwunderte Blicke, aber keiner traute sich, ein blödes Wort zu sagen. Dieser wundervolle Zustand hielt jedoch nur bis zur großen Pause an. Da geschah die fatale Situation, dass sich große schwarze Vögel vom Himmel herabstürzten und meine Ohren abpickten. Diese unglaublich tolle Idee war abgepickt und ausgeträumt. Von diesem Tag an ließ meine Mutter meine Haare etwas länger wachsen und so war das Problem vorerst gelöst. Mir persönlich war's egal, aber meine Mitschüler, wie halt Kinder so sind, haben mich gehänselt und gesungen: ›Die Kathi hat keine Ohren, wo sind sie geblieben, die Raben haben sie gefressen …‹ Meine Mutter litt mehr unter diesem Zustand als ich, immer wieder ging sie zu dem Herrn Pfarrer: ›Was könnte man mit dem Kind bloß machen, es müsste doch ein Wunder geben, eine Wunderheilung.‹ – ›Ja, liebe Frau Klara, da müssen Sie nach Lourdes, vielleicht hilft Ihnen die Mutter Maria und wissen Sie was, ich komme mit.‹ So fuhren wir also nach Lourdes, meine Mutter, der Herr Pfarrer und ich. Ich war so glücklich, weil ich wusste, die Gottesmutter würde mir gewiss helfen, und so sang ich auf dem Weg dorthin immer das Ave-Maria. Da ich falsch singe, habe ich den Pfarrer etwas genervt und damit er meine falschen Töne nicht mit anhören musste, sang er mit. Da ich jetzt eine musikalische Stütze hatte, sang auch ich richtig. Endlich in Lourdes angekommen, konnte ich es gar nicht erwarten, Ohren zu bekommen, und so stürzte ich mich, angezogen, wie ich war, in das kleine Becken mit dem Heilwasser. Vor lauter Begeisterung hatte ich vergessen, dass ich gar nicht schwimmen konnte, so ging ich unter, kam immer wieder hoch, ging wieder unter und spürte, dass meine Ohren wuchsen, und so hüpfte ich denn, solange ich konnte, rauf und runter und dann ging ich einfach unter. Todesmutig sprang jetzt der Herr Pfarrer auch in das Becken. Man konnte doch das Kind, jetzt, wo es durch die Gnade der Mutter Maria Ohren hatte, nicht ertrinken lassen! Er zog die kleine Katharina an den Ohren aus dem Wasser und dabei, weil die Ohren noch so frisch waren, wurden sie größer und größer und dann hatte ich Ohren, so groß wie die Flügel der Fledermaus. Ja, nun war auch das schiefgegangen und ins Gegenteil umgeschlagen. Meine Mutter weinte noch mehr: ›Das arme, arme Kind.‹ Aber ich tröstete sie: ›Mama, ich bin so glücklich, Hauptsache, ich habe Ohren, vielleicht kann ich damit fliegen lernen!‹ Diese Idee begeisterte mich so, dass ich die meiste Zeit damit verbrachte, von der Treppe und vom Baum zu springen. Ich hatte ständig aufgeschlagene, blutige Knie, denn die Ohren eigneten sich leider nicht zum Fliegen. In der Schule wurde ich nun noch mehr gehänselt. Jetzt nannten sie mich Langohr. Aber ich war eigentlich zufrieden mit meinen Ohren. Hauptsache, ich hatte überhaupt welche. Eines Tages machten wir einen Schulausflug. Ich ging meistens als Letzte, damit ich nicht gehänselt wurde. Da ich gerade mal wieder Flugübungen mit meinen Ohren machte, sah ich den offenen Gully nicht und plumps, war ich weg. Geistesgegenwärtig breitete ich meine Ohren aus und, o Wunder, ich blieb hängen und schrie aus Leibeskräften um Hilfe. Da kam die ganze Klasse zurückgetrabt und neugierig trampelten sie auf meinen Ohren herum. Als endlich die Lehrerin erschien und mich aus dem Gully herauszog, hatte ich wunderschöne, kräftige normale Ohren. Die Kinder hatten alles Überschüssige weggetrampelt. Meine Mutter war überglücklich, aber mir fehlten meine Ohrenflügel, denn jetzt war ich einfach ein ganz normales Kind und das gefiel mir gar nicht.«

Reto hatte angefangen herzhaft zu lachen, als Katharina erzählte, dass sie in den Gully gefallen war. Maximilian prustete schon los, als der Pfarrer sie in Lourdes aus dem Becken holte und ihre Ohren lang zog. Natascha fragte jetzt besorgt: »Hast du wirklich keine Ohren gehabt, Katharina?«

Katharina schaute Natascha mit tausend Teufelchen in ihren Augen an. »Du wolltest doch eine Geschichte hören, oder, und keinen Tatsachenbericht. So, und jetzt Ruhe im Puff. Fasst euch an den Händen und schlaft gut miteinand, wie man in der Schweiz zu sagen pflegt.« Katharina hatte damit wieder einmal das letzte Wort.

Agnes nahm Natascha in den Arm: »Komm, mein Engel«, und damit legten sich die beiden hin. Reto nahm Maximilian und drehte sich ihm zu. Da berührten sich die Körper von Agnes und Reto und beide zuckten zusammen, »Entschuldigung« murmelnd.
»Also bitte nicht drängeln, sonst fall ich von der Matratze. Gute Nacht!«, kommandierte Katharina und löschte das Licht.
Agnes streichelte das Köpfchen von Natascha so lange, bis die tiefen Atemzüge des Kindes sie überzeugten, dass es schlief.
Sie versuchte, in Richtung Reto zu fühlen. Im Schlaf drehte sich Maximilian mehr zu Katharina und so wurde Reto frei. Er wandte sich Agnes zu und legte seinen Arm um ihre Taille. Ob sie ihn wohl gewähren ließ? Aber Agnes' Hand hielt Retos Hand fest. Damit gab sie ihm zu verstehen: Du darfst bleiben, allerdings nur so, nicht weiter.
O Gott, dachte sie, wie soll ich auch das noch durchstehen. Die Wärme seines männlichen Körpers berührte sie. So oft hatte sie sich danach gesehnt und nun, an so einem tragischen Tag, schickte ihr der Himmel den Mann an die Seite, sogar in ihr Bett, den sie lieben könnte. Ihre Weiblichkeit, die sie bis zu diesem Moment vergessen wollte, verleugnet und mit Arbeit zugeschüttet hatte, erwachte mit einer sinnlichen Gewalt, die sie überrollte. Sie stöhnte leise auf und versuchte, etwas Raum zwischen ihren und Retos Körper zu bringen. Sie flüsterte: »Bitte, Reto, lass uns versuchen zu schlafen.«

Dann schloss sie ihre Augen und ihre Müdigkeit zog ihren Körper in eine tiefe Schwere, in der sie nach und nach versank. So gnädig kann Gott Morpheus sein. Der Schlaf erlöst alles Verlangen.

4

Der Abschied

Am Morgen erwachte Agnes, weil ihr Rücken durch die harte Matratze, die sie nicht gewohnt war, revoltierte. Das erste Licht des Tages drang mit einem roten Schimmer ins Zimmer. Im Wachbewusstsein überfiel sie sofort die Tatsache: Johanna und Sergio sind tot.

Es wurde ihr bewusst, dass es einfacher ist, über den Tod zu schreiben, als mit ihm konfrontiert zu werden. Hier im Leben klafft eine große Wunde, ein endgültiges schwarzes Loch.

Tu etwas, lass dich nicht gehen. Damit versuchte sie, ohne die anderen zu wecken, sich von der Matratze zu lösen. Alle schliefen noch tief, selbst Katharina, die immer behauptete, sie schlafe nie, hatte den Arm schützend um Maximilian gelegt. Kopf an Kopf atmeten beide ganz tief. Agnes ging leise die Treppe hinunter in ihr Zimmer, duschte und zog sich an. Vor ihr lag das Gespräch mit dem Pfarrer. Sie musste sich die Musik überlegen und das Thema für die Predigt.

Was hätte Johanna am liebsten? Sie erinnerte sich, wie sehr Johanna das Lied von Bach an seine Frau: »Willst du dein Herz mir schenken, so fang es heimlich an« mochte.

Agnes fing an, es zu summen. Ja, das wäre schön. Auch die Ouvertüre zu Händels »Messias« hatte Johanna immer geliebt. Bei Händel gäbe es immer Auftakte, meinte sie, es ginge immer nach oben. Obwohl traurig, sei die Musik voller Lebenskraft.
Das »Sanctus« aus der »Cäcilienmesse« von Gounod wäre für die Feier vielleicht der krönende Abschluss.
Die Musik hätte ich, dachte Agnes, jetzt brauche ich noch ein Thema für die Predigt. Sie erinnerte sich an die gemeinsamen Gespräche, die sie mit Johanna über die Bibel geführt hatte. Besonders über Paulus, den späteren Apostel Jesu, und seine Briefe an die Korinther. Sie erinnerte sich daran, wie sehr Johanna sich darüber aufzuregen pflegte, dass nach Paulus Frauen in einer Versammlung nicht sprechen dürften, nur zu Hause. Dass in der Versammlung, das heißt in der Kirche, der Mann für die Frau spreche.
Und wie verblüffend sie es fanden, dass gerade der intellektuelle Paulus es war, der das Hohelied der Liebe geschrieben habe.
Für die Predigt wäre das Hohelied der Liebe für Johanna und Sergio, so wie sie gelebt haben, die richtige Entsprechung, dachte Agnes.
Mit diesem Gedanken ging sie leise die Treppe hoch. Aus der Küche hörte sie das Geklapper des Geschirrs. Elaine deckte schon den Tisch. Als sie am Zimmer von Reto vorbeikam, hörte sie die Dusche rauschen – er war also auch schon wach.
Oben lagen die Kinder mit Katharina noch in tiefem

Schlaf. Leise schlich sich Agnes wieder nach unten und rief in Retos Zimmer: »Ich warte auf dich im Wohnzimmer.«

Das Wohnzimmer war wie das ganze Haus sehr modern und kühl eingerichtet. Sie suchte in der großen Bücherwand nach einer Bibel, die sie, in leuchtendes Rot eingebunden, auch fand. Sie blätterte darin, bis sie die Briefe an die Korinther von Paulus fand, setzte sich in den Sessel und las:

»Ich zeige euch jetzt noch einen anderen Weg, einen der alles übersteigt: Wenn ich in den Sprachen der Menschen und Engel redete, / hätte aber die Liebe nicht, / wäre ich dröhnendes Erz oder eine lärmende Pauke.

Und wenn ich prophetisch reden könnte / und alle Geheimnisse wüsste / und alle Erkenntnis hätte; / wenn ich alle Glaubenskraft besäße / und Berge damit versetzen könnte, / hätte aber die Liebe nicht, / wäre nichts.

Und wenn ich meine ganze Habe verschenkte, / und wenn ich meinen Leib dem Feuer übergäbe, / hätte aber die Liebe nicht, / nützte es mir nichts.«

Es war eine Tatsache. Johanna und Sergio waren nicht mehr da. Wie schnell das geht, dachte sie, einfach eine Tatsache. Eine Tat und eine Sache. Was benützt man für Worte.

In diesem Moment kam Reto die Treppe herunter.

»Guten Morgen, Agnes!« Er nahm sie in den Arm. »Alles in Ordnung?«

»Soweit es in Ordnung sein kann in dieser Situation, mein Lieber. Ich habe in der Bibel das Hohelied der Liebe gefunden, wäre das nicht als Thema für die Predigt das Schönste?«

Sie las ihm die drei Strophen, die sie ausgesucht hatte, vor.

»Was ist Liebe?«, sinnierte Agnes. »Ich habe oft im Leben gedacht, ich würde lieben. Erst war es voller Freude und Leichtigkeit, dann endete es meistens in Schmerz, Missverständnis und Trauer. Ich wollte nie mehr im Leben lieben, mich nie mehr im Leben binden. Liebe bindet an den, den man liebt, und Bindungen bringen immer Leid.«

Reto schaute Agnes nachdenklich an: »Wer hat dich denn so verletzt, dass du nicht mehr an eine glückliche Verbindung glauben kannst? Eine Verbindung ist etwas anderes als eine Bindung, so empfinde ich es jedenfalls. Eine Verbindung verbindet zwei Menschen. Das kann Glück bedeuten, wenn sich zwei Menschen zum richtigen Zeitpunkt kennenlernen. Wir sind frei, Agnes, und nicht gebunden.«

»Aber, Lieber, glaubst du nicht, dass ich ab jetzt an die Kinder gebunden bin?« – »Ja, natürlich bist du das, aber das ist doch eine andere Art von Bindung.«

Dabei stand er auf und zog Agnes ganz nah an seinen Körper. Seine Hände glitten über ihren Rücken. Er flüsterte: »Es war nicht leicht für mich, heute Nacht so brav neben dir zu liegen.« Seine Lippen berührten ihren Hals.

Agnes, die sowieso schon lichterloh brannte, stöhnte leise auf: »Bitte, Reto.«

Doch Retos Hände eroberten schon ihren Körper und Agnes ließ sich in seine Hände und in seinen Mund fallen.

Sie waren sich bewusst, dass es so nicht weitergehen konnte, doch ihre Körper spürten sich zum ersten Mal ganz intensiv. Er fühlte ihre weichen Rundungen und sie seine erregte Männlichkeit.
»Oh, Lieber – nein …«
Reto gab sie frei. »Wir haben Zeit.«
Agnes' Knie wurden schwach, sie musste sich setzen und sah ihn dabei lächelnd an. »Verzeih, ich bin das nicht mehr gewöhnt.«
Reto setzte sich ebenfalls und versank in ihre lichten Augen.
So blieben sie, bis Katharina mit den Kindern kam. Diese spürte natürlich sofort die Energie zwischen den beiden, sah den verschwommenen Blick von Agnes, ihre Hingabe und dachte: Ihr Armen, warum erst jetzt? Aber mir wird schon was einfallen.
Agnes umarmte die Kinder und sie gingen zu Elaine in die Küche. Sie trank nur einen Kaffee, weil sie um zehn das Gespräch mit dem Pfarrer hatte.
»Maximilian, rufst du bitte Oma Maria an und sagst ihr, dass wir sie heute zum Essen abholen. Wir gehen alle ins Principe Leopoldo, damit Elaine nicht so viel Arbeit hat.«
»Das ist eine gute Idee«, fand Reto, »ich werde mit Maximilian alles regeln, nicht, Maximilian?«
Agnes dachte: Wie geschickt Reto doch ist, dass er den Jungen einbindet. Laut sagte sie: »Bis gleich, ihr Lieben.« Damit verließ sie die Küche.
Auf der Fahrt zum Pfarrer dachte Agnes an ihren Schreibtisch, an die Ruhe beim Schreiben, an den Blick auf den

Fluss, die kleine Insel Werd, die Landschaft, die ihr so vertraut war. Der Rhein, der vor ihrem Fenster floss, nahm ihre schweren Gedanken mit. Sie sehnte sich nach diesem Anblick und sie sehnte sich auch danach, auf der Rheinbrücke zu stehen, dem Kräuseln des Wassers zuzusehen, da, wo der Fluss sich aus der Tiefe des Sees erhebt. Wann würde sie wieder zu Hause sein? Ihr Leben würde einem anderen Flussbett folgen müssen, sie würde sich tragen lassen, sich nicht gegen das Fließen und die Veränderung wehren, annehmen, was auf sie zukommt, hinhören, was der Tod der beiden ihr sagen wollte, und dieses akzeptieren.

Der Pfarrer empfing Agnes in einem schlichten, wunderschön gelegenen Pfarrhaus, von dem aus man einen weiten Blick auf die Berge hatte. Er war noch jung. Als er Agnes sein Beileid aussprach, spürte sie, wie sehr es von Herzen kam und so gemeint war. Im Gespräch war er erstaunlich offen für ihre nicht so katholische Idee von Inkarnation, einem Weiterleben nach dem Tod und auch dafür, dass es keine traurige Beerdigung werden sollte, weil dies nicht im Sinne von Johanna und Sergio wäre.

Agnes versuchte, ihm einen Eindruck der beiden zu vermitteln: den Liebreiz und die bestechende Klarheit Johannas und die außergewöhnlich charmante, kluge Erscheinung Sergios. Und bei aller Tragik auch den Mut von Natascha und Maximilian, das Schicksal anzunehmen.

Nachdem sie alles besprochen hatten, sagte der Pfarrer humorvoll zum Abschied: »Na ja, bei der Großmutter habe ich keine Angst um die Kinder. Gott wird gewusst haben, was er tut, als er die Seelen der beiden in Ihre Hände gelegt hat. Ich habe Sie sehr gut verstanden. Nicht alle Priester sind nur katholisch.«

Damit verabschiedete er Agnes.

Sie ging langsam an den Zypressen, die kerzengerade in den Himmel wuchsen, vorbei zur kleinen Kapelle. Vor der Halle befanden sich ein paar Menschen, wahrscheinlich Freunde von Johanna und Sergio, die sich verabschieden wollten. Sie standen in kleinen Grüppchen und die Bernerin vom Vortag geleitete jeweils einen oder zwei Menschen mit Blumen in die Halle. Diese glich von Weitem einem Blumenmeer. Agnes war einen Moment unsicher, was zu tun sei: hingehen oder es lassen? Lieber lassen, sie wusste nicht, ob sie in der Lage war, so viel Beileid zu ertragen. So ging sie zum Auto zurück und fuhr heim. Heim? Wohl oder übel würde sie sich an dieses Heim, an diese Landschaft gewöhnen müssen.

Hab dich nicht so, Agnes. Es ist anders hier, aber schön und warm. Du hast zwar keinen Fluss, doch Wasser gibt es genug.

Als sie in der rosaroten Villa aus Retos Auto stieg, empfingen sie Hammerschläge, die aus dem weitläufigen Garten, der das Haus umgab, schallten. Katharina war dort gerade dabei, Stangen in die Erde zu schlagen.

»Was macht ihr denn da? Oh, Kasimir ist wieder am Werk.«
Maximilian rief: »Wir bauen unser Zelt auf, das wir aus dem Keller geholt haben. Wir werden heute Nacht mit Kasimir im Zelt schlafen.«
Agnes sah Katharina an. »Bist du noch zu retten! Du kannst doch nicht nachts mit den Kindern draußen schlafen.«
»Und warum nicht?«
»Na, vor allem nicht heute Nacht, irgendwann schon.«
»Ja, aber dann ist es zu kalt«, mischte sich Maximilian ein, »heute Nacht ist genau richtig.«
»Ich schwöre euch, ihr kommt heute Nacht alle angekrochen und wollt lieber ins Bett. Aber macht es nur, versucht es, wenn es euch Spaß macht.«
Katharina hatte damit natürlich etwas ganz anderes im Sinn, sie wollte Agnes und Reto etwas Freiraum schaffen. »Wir bauen weiter, Kinder«, damit rammte sie die nächste Zeltstange in die Erde. »Ich habe mir immer ein Zelt gewünscht in der Wüste, mit Sand, nur mit Teppichen ausgestattet. Da braucht man nicht mehr zu putzen. Bestimmt habt ihr alte Teppiche im Keller, leider haben wir keinen Sand, nur Gras, aber das ist auch gut.«
Sie gingen in den Keller, der voll war mit Einbauschränken, in denen alles ordentlich aufgeräumt war. Schnell wurden sie fündig. Mit alten Teppichen und Decken beladen, kehrten sie zurück, legten sie auf dem Zeltboden aus. Katharina war noch begeisterter als Maximilian und Natascha. Das Kind in ihr war ziemlich dominant.
Dann krochen sie alle drei hinein. Man hörte sie kichern

und lachen. Katharina erzählte den beiden wieder eine ihrer Geschichten.

»Also, als ich dieses Mal auf die Welt kam, war ich ein ganz normales kleines Kind. Ich hatte wunderschöne Ohren, Füßchen und Hände. Wie immer war ich ein glückliches Kind. Ich hatte in der Küche einen Laufstall, in dem ich fröhlich herumkroch, um immer in der Nähe der Mutter zu sein. Als ich drei Jahre alt war und immer noch nicht laufen konnte, kroch ich fröhlich durch die Wohnung. Wie sehr sich meine Mutter auch Mühe gab, mir das Laufen beizubringen, es war vergeblich. Sie griff zu einer List. Da ich gerne Musik hörte, stellte sie das Radio immer ganz leise ein, weil sie dachte, eines Tages würde das Kind doch aufstehen, um zum Radio zu gehen und es lauter zu drehen. Aber dieses Kind brüllte einfach nur laut und schrie: ›Musik, Musik!‹ So lange, bis die Mutter selbst das Radio lauter drehte.

Oder sie versuchte, das Essen von Katharina außerhalb des Ställchens weit wegzustellen und aufs Feld zu gehen. Doch das faule Kind stand nicht auf, es brüllte und brüllte, bis die Nachbarin kam, weil sie dachte, dem Kind sei etwas passiert. Aber es zeigte nur auf den Teller mit dem Essen, den ihr die Nachbarin dann reichte.

Sie war sofort ruhig und aß quietschvergnügt ihren Teller leer. Als die Mutter nach Hause kam, war sie hocherfreut, den Teller im Laufstall vorzufinden, doch leider war der Versuch missglückt.

Am Sonntag machte die Familie meist einen Ausflug mit Picknick im Gebirge mit allem Drum und Dran. Der

Vater trug Katharina auf seinen starken Armen. An ihrem Lieblingsort angekommen, schaute er den Felsen hoch und schrie vor Begeisterung, indem er die Arme hochriss: ›Schaut, Kinder, Gämsen!‹, und ließ die kleine Katharina einfach fallen. Auf einmal hörte er Steine rollen, die die Gämsen losgetreten hatten. Und er brüllte: ›Kinder, lauft, lauft!‹ Die kleine Katharina saß immer noch auf dem Boden und schaute auf die heranrollenden Steine. Der Vater schrie noch lauter: ›Katharina, los, lauf!‹ Und stellt euch vor, da endlich erhob sich die kleine Katharina und schnell wie der Wind lief sie aus der Gefahrenzone.«

Natascha und Maximilian lauschten wieder einmal gebannt den Abenteuergeschichten Katharinas.

Agnes und Reto steckten auf einmal ihre Köpfe ins Zelt: »Wir fahren, um Oma Maria zu holen. Kommt ihr mit?«

»Nein, wir fahren mit dem Jeep gleich ins Principe, so viele gehen ja nicht in Retos Auto. Um ein Uhr sind wir da.«

Das letzte Wort hatte mal wieder das letzte Wort.

Das Gekicher im Zelt ging weiter. Reto legte den Arm um Agnes. »Komm, wir gehen, was Besseres kann den Kindern gar nicht passieren.«

Auf der Fahrt zu Maria imaginierte Agnes, dass sie direkt vor dem Haus einen Parkplatz finden würden. Reto hielt das für unmöglich. Als sie vor das Haus kamen, fuhr gerade ein ebenso großes Auto wie ihres weg und Reto konnte mühelos einparken.

»Das glaub ich aber jetzt nicht«, staunte Reto, als sie ausstiegen.
»Warum nicht?«, sagte Agnes. »Du hast es doch gerade eben erlebt.«
Gemeinsam stiegen sie in den eleganten Aufzug und fuhren zu Maria nach oben. Sie klingelten und es dauerte eine Weile, bis Maria öffnete. Agnes umarmte sie herzlich. Maria wirkte sehr gefasst und bat sie einzutreten. Agnes stellte ihr Dr. Reto Zumsteg als ihren Anwalt vor.
»Ach, ein Anwalt sind Sie? Ich glaube, wir werden in der nächsten Zeit einen guten Anwalt brauchen.«
Maria schaute ihn lange und prüfend an und nickte dann freundlich.
Reto bewunderte ihre archaische Schönheit, die sie immer noch ausstrahlte. Sie hatte ein ebenmäßiges Gesicht mit sehr dunklen Augen und eine stolze, aufrechte Haltung. Die Schönheit hatte Sergio von seiner Mutter geerbt, dachte Agnes im gleichen Moment.
Eine junge Frau brachte ein Tablett mit gefüllten Champagnergläsern und Maria sagte: »Lasst uns das Leben segnen. Ich freue mich, dass ihr da seid.«
Sie wirkte heiter und erstaunlich sicher. »Weißt du, bei uns in Griechenland feiern wir die Auferstehung, meine Liebe.«
»Sie sind Griechin? Darf ich fragen, wie Sie in die Schweiz gekommen sind?«
»Durch den Krieg, Doktor Zumsteg. Die Italiener hatten Rhodos besetzt, aber das ist lange her.«
»Sie wohnen wunderschön.«

Marias Wohnung war sehr vornehm eingerichtet. »Empire, wenn ich mich nicht irre«, meinte Reto.
»Ja, mein Mann liebte Napoleon und wie Sie sehen, hat er auch so gelebt. Aber es ist etwas unbequem im Alter. Ich würde am liebsten modern und zweckmäßig wohnen.«
»Maria, dann tu das doch«, warf Agnes ein, »verkauf alles und erfülle dir den Wunsch. Außerdem, wenn ich das sagen darf, geht die Erinnerung mit den Dingen weg.«
Maria sah sie an. »Meinst du, man kann die Vergangenheit, die Erinnerung auslöschen?«
»Bis zu einem gewissen Grad – ja. Ich habe das geübt, es hilft.«
»Dann müsste ich dieses große Haus verkaufen und woanders hinziehen. Und das in meinem Alter? Agnes, das hat keinen Sinn mehr.«
»Es macht immer Sinn, Maria, wenn man etwas ändern will.«
»Wie auch immer«, Maria wandte sich an Reto, »Sie sagten, Sie sind Anwalt – auch Vermögensanwalt?«
»Ja, hauptsächlich.«
»Dann werden wir uns eines Tages treffen müssen. Es gibt viele Dinge zu besprechen.« Sie wandte sich an Agnes: »Vorläufig werde ich dir und den Kindern ein Konto einrichten, bis alles geklärt ist. Mache dir also bitte keine Sorgen ums Geld.«
»Gehört Ihnen das ganze Haus?«, fragte Reto.
»Unserer Familie gehört der ganze Block von Häusern

hier übers Eck, es sind insgesamt drei. Was Sergio besitzt, weiß ich nicht.«

»Das sind, soweit ich gesehen habe, Barockhäuser. Das muss ja ein ziemliches Vermögen sein.«

»Ja, das ist es«, erwiderte Maria knapp, »deshalb werde ich auch Ihre Hilfe brauchen.«

»Agnes, hast du dir schon überlegt, was mit den Kindern werden soll? Glaubst du, du hast die Kraft, sie großzuziehen?« Sie schaute Agnes mit traurigen Augen an: »Die armen Kinder. Sie haben nur noch uns beide.«

»Mach dir keine Sorgen, wir sind nicht allein. Ich habe Katharina und Reto, beide sind jünger als ich und wir sind jetzt schon ein gutes Team. Außerdem sind Natascha und Maximilian außergewöhnlich stark.«

»Ich habe Angst davor, sie wiederzusehen.« Maria wirkte auf einmal schwach, ihre Selbstsicherheit wich.

Hoffentlich fällt sie nicht in Ohnmacht, dachte Agnes, aber Maria fing sich wieder.

»Die Kinder haben heute Morgen mit Katharina ihr Zelt im Garten aufgebaut, sie hat sie beschäftigt und abgelenkt. Außerdem versteht sich Maximilian sehr gut mit Reto …«

»Ja, das Leben muss weitergehen. Darauf lasst uns anstoßen. Auf die Auferstehung, auf das Leben, auf Johanna und Sergio. Und nun bin ich bereit, mit euch zu gehen.«

Nachdem sie getrunken hatten, hängte sie sich bei Reto ein. »Seien Sie einer alten Frau Stab und Stütze.« Sie hatte sofort gefühlt, wie es um Agnes und Reto stand, und zeigte damit, dass sie es akzeptierte und er ihr gefiel.

Am Arm von Reto betrat Maria dann auch das Principe Leopoldo. Mit großem Respekt verneigten sich die Menschen vor der alten Dame. Durch ihre Haltung wehrte sie, wie Agnes, die üblichen Beileidsbezeugungen ab. Sie verlangte, den Chef zu sprechen, reservierte für den nächsten Tag die Halle für ihre Gäste und sagte bestimmt: »Nur Champagner und Häppchen.«

Katharina und die Kinder hatten schon auf der Terrasse Platz genommen. Es war ein warmer Herbsttag und der Blick auf den Luganer See und die umgebenden Berge war von einer solchen Schönheit, dass es beinahe wehtat.

Natascha und Maximilian standen auf, als sie ihre Großmütter kommen sahen. Sie begrüßten Maria wie immer, vielleicht etwas vorsichtiger, liebevoller, und nahmen ihr damit jegliche Angst. Sie erzählten, dass sie nun endlich mit Katharina ihr Zelt, das schon lange im Keller gelegen hatte, aufgebaut hatten und heute Nacht darin schlafen wollten, wenn Agnes es erlaube.

»Ihr könnt das versuchen, aber ich krieche nicht ins Zelt«, meinte die nur.

»Musst du ja auch gar nicht, wir machen das mit Katharina, oder, Kasimir?« Maximilian blickte sie beschwörend an.

»Klar, wir versuchen es, wir können ja immer noch auf unsere Matratzen unterm Dach ausweichen.«

»Wir werden da oben auf euch warten, Agnes und ich«, sagte Reto etwas vorlaut, was ihm einen erstaunten Blick von Agnes bescherte, der zu sagen schien: Wie kannst du bloß?

Katharina lächelte in sich hinein. Ihr Plan würde funktionieren.
»Oma, wir haben oben bei uns auf Matratzen geschlafen, auch Oma Agnes und Reto, Katharina natürlich auch.«
»Soso«, sagte Maria und schaute Agnes und Reto wissend an. »Ihr habt bestimmt Spaß gehabt.« Agnes dachte: Wenn du wüsstest, von wegen Spaß.
Sie verbrachten ihr Mittagessen in friedlicher Harmonie in der Herbstsonne und man hatte beinahe den Eindruck, der letzte Tag wäre nur ein böser Traum.
Nachdem die Kinder mit Katharina eine große Portion Eis verzehrt hatten, wollten sie wieder heim ins Zelt, sie hätten keine Zeit, tatenlos rumzusitzen.
»Geht ihr nur, wir kommen später nach. Wir müssen Maria noch nach Hause bringen.«
Sie küssten Oma Maria liebevoll und gingen mit Katharina. Maria schaute ihnen nach und meinte leise: »Alles, was die beiden heute ablenken kann, ist ein Geschenk des Himmels. Wie deine Katharina das macht, finde ich sehr klug.« Die drei saßen noch eine Weile beisammen und es war ihnen schmerzlich bewusst, dass nicht weit von hier Johanna und Sergio stumm und kalt in ihren Särgen in der Kapelle lagen.
Nach einer Weile sagte Maria mit einem unterdrückten Schluchzen: »Ich hatte so ein reiches Leben. Wieso durfte ich nicht gehen, wieso musste es Sergio sein?«
»Denselben Gedanken hatte ich auch, Maria«, Agnes nahm ihre Hand. »Offensichtlich war es noch nicht unsere Zeit.«

Die beiden Frauen sahen sich mit Tränen in den Augen an. Agnes fragte: »Was haben wir noch zu lernen, was zu erfahren?«
Sie hielten sich an den Händen und blickten sich fest in die Augen. Agnes und Maria, die sich bisher eher flüchtig kannten, wurden durch diesen Schicksalsschlag nun eng zusammengeschmiedet. Sie konnten das Schwere gemeinsam tragen, doch sie hatten auch die Wahl, jede für sich zu leiden und die Gemeinsamkeit nicht anzunehmen.
Reto spürte, was in den beiden Frauen vor sich ging, und hielt sich zurück. Nach ein paar stillen Minuten stand Maria auf und sagte: »Wenn es euch nichts ausmacht, wäre ich jetzt bereit, zu Johanna und Sergio zu gehen.«
Am Arm von Reto verließ Maria das Hotel und sie fuhren den kurzen Weg zur Kapelle. Dort angekommen, nahmen sie Maria in ihre Mitte und langsam gingen sie den schweren Weg mit ihr zu ihrem geliebten Sohn. Die Freunde, die dort wachten, darunter die jungen Architektinnen vom Vortag, machten der alten Dame respektvoll Platz. Jeder war sich bewusst, was es für die beiden Frauen bedeutete, ihre Kinder zu Grabe tragen zu müssen.
In der Kapelle war Maria sehr gefasst. Offensichtlich gab Gott ihr die Kraft, es zu ertragen. Sie nahm Abschied von ihrem Sohn mit einem Gebet und dann sprach sie eine lange Zeit Griechisch mit ihm.
Agnes und Reto waren draußen stehen geblieben, damit Maria allein sein konnte und sich dennoch umsorgt wusste. Mit einer tiefen Verbeugung vor Sergio und Johanna ver-

ließ Maria die Kapelle. Dann begrüßte sie die Freunde, die draußen warteten, mit einem Kopfnicken, sagte: »Danke, dass Sie alle gekommen sind«, und verließ am Arm von Agnes und Reto den Friedhof.

Die beiden fuhren Maria nach Hause und keiner sprach ein Wort. Diesmal hatte Agnes nicht um einen Parkplatz gebeten und so musste Reto im Auto bleiben, während sie Maria nach oben brachte.

»Meinst du, du kannst jetzt allein sein, Maria?«, fragte Agnes sie beim Abschied.

»Ich muss allein sein, meine Liebe. Ich danke dir für alles, bis morgen.«

Als Agnes die Treppe hinunterging, erschütterte ein Schluchzen ihren Körper, die Tränen liefen ihr über das Gesicht. An der Haustür lehnte sie sich an, tief atmend, trocknete ihre Tränen und stieg dann ins Auto.

»Reto, warum ist das alles so schwer?« Sie lehnte sich zurück und schloss ihre Augen. Einen Moment wünschte sie zu sterben und alles wäre erlöst.

Wie egoistisch verhältst du dich, schalt sich Agnes in Gedanken, und wie feige! Du schreibst Bücher, dass man leichter mit dem Tod umgehen sollte, und wenn es dich trifft, versagst du. Schluss damit. Immer ist es das Wie. Wie wir etwas ertragen.

Reto, der ihr den inneren Kampf ansehen konnte, legte sanft seine Hand auf ihren Oberschenkel. Sie erschrak bei der Berührung und kehrte in die Gegenwart zurück. »Wie viel schwerer muss es noch für Maria sein, glaubst du nicht?«

»Nicht schwerer als für dich«, entgegnete Reto. »Ich bin beeindruckt von Maria, sie ist eine bemerkenswerte Frau.«
»Ja, das ist sie. Sie ist Sergio so ähnlich, dass ich schreien könnte bei ihrem Anblick.«
Im Garten der Villa sah es inzwischen aus wie in einem Heerlager. Katharina hatte alle Teppiche und Decken wieder aus dem Zelt hinausgeschmissen, weil sie Luftmatratzen darunterlegen wollte. Mit einer Luftpumpe bearbeitete sie mit Maximilian die Matten.
»Bis zum Abend sind wir fertig«, entgegnete sie auf den erstaunten Blick von Agnes.
»Es ist schon Abend, Kasimir.«
»Na, früher Abend, du übertreibst wie immer.«
Natascha kam und schmiegte sich an Agnes. »Da bist du ja endlich, Oma.«
»Oh, entschuldige, wir haben Maria noch nach Hause gebracht.«
»Ist sie in Ohnmacht gefallen?«
»Nein, mein Kind.«
»Das wundert mich.«
»Natascha, ich glaube, Maria ist eine sehr tapfere Frau.«
»Wie du, Oma?«
»Ja, vielleicht wie ich, nur noch viel stärker. So wie du, Natascha. Wir sind alle sehr tapfer, findest du nicht?«
»Ja, Oma, das sind wir, sogar Maximilian.« Sie gingen ins Haus.
Reto blieb beim Zelt und half Katharina und Maximilian.
»Sehr komfortabel, wie ihr das gemacht habt«, lobte Reto.

»Es wird bestimmt gemütlich heute Nacht, solange ihr genügend Decken habt, dass ihr nicht friert.«
»Haben wir, haben wir.« Maximilian zeigte auf die Decken, die sie hinter dem Zelt gelagert hatten. Reto ging ins Haus. Katharina fragte Maximilian: »Sag mal, warum habt ihr das Zelt nicht schon früher aufgebaut?«
»Ja, weil … weil … der Papa nie Zeit hatte.«
Aha, so ist das, dachte Katharina, immer sind die Eltern zu beschäftigt, machen Karriere und stürzen vor lauter Erfolg den Felsen hinunter. Dann ist nichts mehr mit Karriere und die Kinder sind noch mehr allein mit Mädels wie Elaine, die selbst fast noch ein Kind ist. Darüber wollte sie jetzt nicht urteilen, es ist eh alles schlimm genug. Wir hatten unser Leben so schön eingerichtet, Agnes und ich, das ist jetzt bestimmt vorbei. Sie tut mir leid. Vielleicht ist das mit Reto auch keine Lösung. Er tut mir auch leid.
Katharina arbeitete mit Maximilian weiter, bis sie mit ihrem Werk zufrieden waren und ins Haus gingen. Sie war sich nicht mehr sicher, ob ihre Idee mit dem Zelt wirklich gut gewesen war. Wenn Agnes und Reto zusammengehörten, dann geschah dies, ob sie und die Kinder nun im Zelt schliefen oder nicht.
In der Küche herrschte eine gedrückte Stimmung, der morgige Tag lag wie eine dunkle Wolke über allem. Es wurde nicht viel gesprochen. Die Kinder bröselten an ihrem Brot herum. Agnes dachte an Maria und hatte die ganze Zeit Natascha im Arm, die lustlos auf ihrem Teller herumstocherte. Reto kam sich auf einmal deplatziert vor. Nur

Katharina und Max waren in ihrem Glück gefangen, fast ein Nomadenzelt aufgebaut zu haben und darin die heutige Nacht zu verbringen. Sie verließen auch bald die Küche mit Natascha, die nur sehr zögerlich mitging. Elaine, die mit einer Freundin ins Kino gehen wollte, um sich abzulenken, verabschiedete sich.
Agnes und Reto waren, nachdem die Kinder mit lautem Hallo im Schlafanzug und Skisocken das Haus verlassen hatten, allein. Sie blieben noch eine Weile schweigsam im Wohnzimmer. Vielleicht hielten die Kinder es im Zelt gar nicht aus.
Diese jedoch kuschelten sich aneinander und Katharina erzählte ihnen wieder eine ihrer Geschichten:
»Die kleine Katharina war wie immer ein glückliches Kind, aber sie wollte partout nicht sprechen. Obwohl sie schon fünf Jahre alt war, brachte sie kein anderes Wort als ›O Gott, o Gott‹, über die Lippen. Soviel sich ihre Mutter auch Mühe gab, ihr neue Worte beizubringen, es blieb bei: ›O Gott, o Gott.‹ Ihre Eltern dachten, vielleicht sei sie ein heiliges Kind. Da sie viel arbeiten mussten, hatten sie keine Zeit für dieses O-Gott-o-Gott-Kind. Trotz sonntäglicher Kirchenbesuche und Gebete blieb Katharina bei diesem einzigen Satz.
Eines Tages sollte Katharina natürlich eingeschult werden, was daran scheiterte, dass aufgrund dieser Eigenheit dem Kind nichts Weiteres beigebracht werden konnte. Sie wurde zurückgestellt und verbrachte eine schöne Zeit zu Hause im Garten mit ihren Katzen. Eines Tages geschah etwas Schreckliches. Ein fremder Mann schaute durch

das Fenster, stieg in das Haus ein, ging suchend durch alle Zimmer und nach einer geraumen Zeit floh er eiligst über die Treppen aus dem Haus. Als die Eltern nach Hause kamen, trafen sie auf ein unglaubliches Durcheinander. ›Was hast du hier angerichtet, Katharina?‹ Die schüttelte heftig den Kopf und sagte verzweifelt: ›O Gott, o Gott.‹ Endlich stellte der Vater fest, dass Geld und Schmuck fehlten, und rief die Polizei. Einer der Polizisten stürzte sich auf das Kind. ›Du warst doch da, du hast den Mann doch gesehen. Um wie viel Uhr war er da? Wie sah er aus?‹ Aber sie antwortete immer nur: ›O Gott, o Gott.‹ – ›Na, der liebe Gott wird's ja nicht gewesen sein. Sie müssen sich um dieses Kind mehr kümmern.‹

Da entschloss sich ihr Vater, das anscheinend heilige Kind ins Kloster zu geben.

Aber auch hier ging sie sogar den heiligen Schwestern mit ihrem ewigen ›O Gott, o Gott‹ auf die Nerven. Sogar die Schwester Oberin bemühte sich um sie. ›Katharina, wenn du o Gott sagen kannst, musst du doch auch andere Worte sprechen können.‹ Sie gab sich größte Mühe, um ihr diesen einen Satz abzugewöhnen, aber vergeblich. Sie störte das heilige Leben, wurde aus dem Kloster entfernt und resigniert ihren Eltern übergeben. Katharina war glücklich darüber, fortan mit den Katzen und dem Nachbarskind im Garten spielen zu dürfen.

Der Nachbarstochter ging sie natürlich mit ihrem ewigen ›O Gott, o Gott‹ genauso auf die Nerven wie den Nonnen. ›O Gott, o Gott, dir werd ich's zeigen‹, sagte die eines

Tages, ›jetzt kannst du deinem lieben Gott erzählen, dass ich dir eine runtergehauen habe.‹ Auf einmal schrie Katharina: ›Ja, glaubst du denn, du blöde Kuh, ich kann nicht sprechen? Ich hab nur keine Lust!‹ Damit klatschte sie ihr eine und sagte: ›Jetzt geh du doch zu deiner Mutter und verpetze mich, du Trulla.‹«
Maximilian und Natascha schütteten sich aus vor Lachen. Die drei redeten und kicherten noch eine Weile und irgendwann schliefen die Kinder ein.
Katharina jedoch lag noch lange wach und dachte an Agnes und Reto. Was die beiden wohl aus ihrer Chance machen würden? In der Stille fühlte Katharina, wie traurig sie war. Sie war den ganzen Tag so mit anderen beschäftigt gewesen, dass sie an sich selbst nicht gedacht hatte. Langsam fing sie an, das Geschehene mit all seinen Konsequenzen zu realisieren, und merkte, dass es ihr eigentlich zu viel war. So weinte sie sich schließlich in den Schlaf.

Agnes und Reto gingen in ihre Zimmer, um sich für die Nacht zurechtzumachen. Agnes war verunsichert. Was sollte sie mit dieser ungewohnten Freiheit anfangen? Sie konnte jetzt unmöglich in Retos Zimmer gehen. Noch unmöglicher wäre es, oben auf der Matratze auf ihn zu warten. Sie setzte sich auf ihr Bett. Eigentlich war das alles unmöglich. Sie konnte doch nicht mit einem zehn Jahre jüngeren Mann im Haus ihrer gerade verstorbenen Tochter ins Bett gehen, nur weil ihr Körper danach schrie. Denn so war es – ihr ganzes Sein schrie. Und ihr Verstand hämmerte: Nein, du bist zu alt, du weißt doch gar nicht, ob das überhaupt noch geht! Du hattest zwanzig Jahre keinen Mann, vielleicht ist das alles zugefroren, nicht mehr geeignet. Sie erlaubte sich nicht weiterzudenken, aber sie konnte ihren Gedanken nicht Einhalt gebieten. Wie peinlich, wenn es gar nicht ginge ... Was für eine schreckliche Situation ...

In diesem Moment kam Reto in ihr Zimmer. Auch er war verlegen, doch für ihn spielte der Altersunterschied keine Rolle. Er sah ihn gar nicht und er hatte auch keine Ahnung, dass Agnes so lange enthaltsam gelebt hatte.

Er setzte sich zu ihr und meinte pragmatisch: »Gehen wir doch lieber in mein Zimmer, da haben wir ein größeres Bett.« Genau das hätte er nicht sagen sollen. Agnes sprang auf.

»Woher willst du denn wissen, dass ich mit dir, wie man so schön sagt, ins Bett will? Nein, Reto, so einfach ist das nicht, ich mache mich doch nicht lächerlich, auch wenn ich dich reizvoll finde. Du bist zehn Jahre jünger. Was ist, wenn wir beide hinterher ein schlechtes Gefühl haben? Reto, ich kann nicht, ich kann einfach nicht.« Fast hysterisch schrie Agnes ihn an. »Ich kann das auch nicht in diesem Haus, nicht in diesem Moment!«

Er beruhigte Agnes. »Ich will dich nur in den Arm nehmen. Ich verspreche dir, still neben dir zu liegen, aber bitte komm, komm zu mir, Agnes.«

Sie verlor auf einmal alle Beherrschung. Ihre Stimme, die voller Tränen war, überschlug sich und wurde laut.

»Also, was denkt ihr Männer eigentlich? Ich muss allein sein, um alles zu verkraften.«
»Allein warst du, soweit ich das mitbekommen habe, doch schon lange genug. Wenn du jetzt zu mir kommen würdest, Agnes, erforderte das Mut. Ich dachte, du wärst eine erwachsene Frau, die nicht von Konventionen und bürgerlichen Vorurteilen abhängig ist. Ob wir heute zusammen schlafen oder in zwei Wochen, wo ist da der Unterschied?«
»Ja, verstehst du denn das immer noch nicht, wir sind im Haus von Johanna und Sergio. Sie sind beide noch nicht mal unter der Erde und ihre Mutter schläft schon in der zweiten Nacht mit einem wildfremden Mann in ihrem Haus. Ich kann nicht, ich kann einfach nicht.«
»Bin ich für dich ein wildfremder Mann?«
»Natürlich bist du das.«
Reto schaute sie betroffen an.
»Gut, Agnes, ich verstehe.« Damit verließ er das Zimmer.

Womit Agnes nicht gerechnet hatte, war, dass Reto seine Sachen packte und das Haus verließ. Kurz darauf hörte sie das Auto wegfahren.
Reto war wütend und fuhr, so schnell er konnte, auf die Autobahn. Er fühlte sich missbraucht. Er hatte Agnes heute im Arm gehalten, hatte ihr Verlangen gespürt, es kam doch nicht nur von ihm, das Verlangen. Und wieso empfand ihn Agnes plötzlich als wildfremden Mann? Er ließ sich nicht als Trottel behandeln. Je weiter er fuhr, desto wütender wurde er.
War er es doch, der sie, ohne zu zögern, in dieser schwe-

ren Nacht begleitet hatte und bereit war, alles auf sich zu nehmen, ohne dabei an seine eigenen Bedürfnisse zu denken.
Nach vielen weiteren Autobahnkilometern kamen ihm Maximilian und Natascha in den Sinn. Sie würden es auf keinen Fall verstehen, wenn er morgen früh nicht mehr da wäre. Eigentlich konnte er das den Kindern und auch Maria nicht zumuten. Seine Wut wurde schwächer und begann, dem Mitgefühl für die Kinder Platz zu machen. Wie würde Maximilian das aufnehmen, der ihn in diesen schweren Stunden so sehr gebraucht hatte? Nein, das konnte er ihm nicht antun, seine Eitelkeit musste er vergessen. Hatte er das nicht sein ganzes Leben lang getan? Hatte er je nach seinem verletzten Stolz gefragt? Wieso gerade jetzt, wieso mit Agnes? Bei der nächsten Ausfahrt drehte er um. Es war besser, zurückzufahren und sich im Principe Leopoldo ein Zimmer zu nehmen.

Katharina war durch das Geräusch des wegfahrenden Autos wach geworden. Was war passiert? Sie versuchte, sich leise aus dem Zelt zu schleichen, ohne die Kinder zu wecken, und rannte ins Haus.
»Agnes, bist du da?« Sie klopfte an ihre Zimmertür und fand Agnes weinend im Bett.
»Oh, du Babe, was ist los?«
»Du mit deiner blöden Idee mit dem Zelt. Du wolltest doch nur damit bezwecken, dass wir allein im Haus sind. Kapierst du denn nicht, dass das nicht geht, nicht in so einer Situation.«

»Ich habe es mir fast gedacht, dass du so reagierst. Der arme Reto.« Sie ließ Agnes allein und ging wieder ins Zelt.

Natascha war inzwischen wach geworden, lag weinend in ihrer Decke. «Komm, meine Kleine«, sagte Katharina leise, »ich bringe dich zur Oma.«

Auf dem Arm trug sie das weinende Kind zu Agnes ins Bett und ging zurück zu Maximilian.

Agnes nahm Natascha tröstend in den Arm.

»Komm, meine Süße, komm ganz nah zur Oma.«

Mit der warmen und beruhigenden Stimme von Agnes schlief Natascha langsam wieder ein.

Agnes lag die ganze Nacht wach. Der Schmerz von Natascha und Maximilian würde erst noch kommen, das wusste sie. Wie sollte sie den Kinder über diesen Verlust hinweghelfen? Würde sie stark genug sein? Was würde aus ihrem Leben werden? Einen Mann an ihrer Seite, der ihr helfen würde, die Verantwortung zu tragen, hatte sie soeben verscheucht. Wie würde Maximilian auf Retos Wegbleiben reagieren? Was würde morgen auf sie, die Kinder und Maria zukommen? Der endgültige Abschied von Johanna und Sergio. Es tat so weh, es tat bei allem tröstlichen Wissen und Glauben so furchtbar weh. Würde sie sich morgen vor den Menschen überhaupt beherrschen können? Warum diese Prüfung? Was hatte sie falsch gemacht? Was falsch gedacht? Wie falsch gelebt? Sie wusste, sie würde im Moment keine Antwort bekommen. Irgendwann würde sie wissen, warum das alles passiert war, warum es so und nicht anders sein durfte. Bis dahin musste sie die Zähne zusammenbeißen. Jeden Tag so gut wie möglich durchhalten. Hinhören, was ihr das Leben sagen würde.

Das atmende Kind neben ihr und die Wärme des kleinen Körpers, der sich fest an sie schmiegte, waren heilsam. Sie wurde gebraucht. Sie wurde geliebt von diesem kleinen Wesen. Und war Natascha nicht ein Teil von Johanna und Sergio? In ihre Hände, in ihre Verantwortung gegeben?

Sie hatte ähnlich Schlimmes erlebt. Wie furchtbar hatte sich das angefühlt, als sie ihre große Liebe verlor. Wie ausweglos, wie trostlos, wie leer war es ohne ihn gewesen. Wie sehr hatten ihr Körper und ihre Seele gelitten. Wie betäubt war sie jahrelang durch das Leben gewankt. Nie mehr, hatte sie sich geschworen, würde sie einem Mann erlauben, sie in eine solche Situation zu bringen. Nie mehr würde sie zulassen, dass ein Mann sie in einer solchen Ausweglosigkeit zurücklassen würde. Nie mehr einem Mann erlauben, so tief in ihr Innerstes vorzudringen und sie dann auszulöschen.

Jetzt war sie wieder kurz davor gewesen, Reto diese Nähe zu erlauben, Teil ihres Lebens und ihrer selbst zu werden. Hatte sie denn aus der Erfahrung nichts gelernt? Sie hätte sich beinahe erneut hingegeben, ausgeliefert, einfach weil er einer von diesen Männern war, weil er sensibel und auf seine Weise rein war. Ein Mann, der in ihr etwas zum Klingen brachte, und nicht nur, weil ihr Körper es so wollte.

Ich bin nicht nur mein Körper, dachte sie, als das erste Licht des Tages in ihr Zimmer drang. Leise, um Natascha

nicht zu wecken – das Kind sollte so lange wie möglich schlafen –, nahm sie ihre Sachen und ging ins Gästezimmer von Reto, um sich zu duschen.
Als sie angezogen die Treppe hinunterging, kamen Katharina und Maximilian zur Haustür herein. Ihre Wangen waren gerötet von der kühlen Morgenluft, doch es würde abermals ein strahlender Tag werden. Sie legte ihren Finger auf den Mund. »Pst, seid leise, Natascha schläft noch.« Sie flüsterten im Flur.
»Wie war eure Nacht in der Wildnis?«
»Voll cool«, sagte Maximilian. Agnes schaute Katharina an. Diese zuckte mit den Achseln, als wollte sie sagen: Was willst du wissen? Sie sagte nur etwas schnippisch: »Supercool.« Und die beiden schlichen weiter die Treppe hoch.
Agnes ging ins Wohnzimmer, um Maria anzurufen. Marias Stimme war sehr schwach.
»Hallo, meine Liebe, danke, dass du an mich denkst.«
»Wie geht es dir, Maria?« Marias Stimme bekam einen festeren Klang.
»Ich weiß nicht, wie es mir geht, aber es wird gehen. Und du, Agnes, und die Kinder?«
»Oh, Maria, die Kinder – ich weiß es auch nicht, wie es sein wird, wie sie das ertragen werden.«
»Lass uns nicht klagen, Agnes. Ich nehme an, auch du hast Schweres erfahren. Wir werden halt jetzt geschliffen, immer wieder geschliffen und schleifen tut weh, verstehst du, was ich meine?«
»Ja, Maria, wir werden scheinbar vom Diamant zum Brillant geschliffen.«

»So ist es, meine Liebe. Also lassen wir uns schleifen, vielleicht kommt am Ende tatsächlich ein Brillant heraus.«
»Wir können nur hoffen, dass wir uns als so hart und belastbar erweisen«, seufzte Agnes. »Danke, Maria, es hilft mir wirklich, so zu denken. Wir holen dich dann in zirka zwei Stunden ab.«
»Ja, danke, meine Liebe, bis dahin.«
Agnes legte auf. Sie blickte starr durch das Fenster in den in Morgenlicht getauchten Garten, in das Grün der großen Bäume und versuchte, Kraft aus diesem stillen Anblick des Friedens in der Natur zu ziehen.
Wie sollte sie Maria und den Kindern sagen, dass Reto nicht mehr da sein würde? Wohl am besten so nah wie möglich an der Wahrheit bleiben. Langsam ging sie in ihr Zimmer, setzte sich neben die noch schlafende Natascha. Im Schlaf sah sie Johanna am ähnlichsten. Das runde, weiche Gesicht, die zierliche Nase, dunkelblonde Haare, die in leichten Locken über die Wangen fielen. Doch wenn sie die Augen öffnete, schauten einen die braunen Augen von Sergio an. Maximilian war ganz anders. Er glich seiner Großmutter Maria, hatte ihre Züge und ihre Haltung, doch unter der stolzen Fassade dieselbe Zerbrechlichkeit. In diesem Moment klingelte ihr Handy. Schnell ging sie aus dem Zimmer.
»Ja?«
»Hier ist Reto.« Seine Stimme klang kühl und sachlich. »Ich bin im Hotel Principe – der Kinder und Maria wegen. Wenn du nichts dagegen hast, komme ich in einer halben Stunde und fahre dann nach dem Gottesdienst heim.«

Agnes war erleichtert. Er war da.
»Es tut mir so leid, entschuldige«, flüsterte sie.
«Ist schon gut, wir lassen es einfach«, sagte er nüchtern und legte auf.
Agnes spürte, dass seine Distanziertheit sie verletzte. Doch das war nun nicht wesentlich. Er war da, das war die Hauptsache.

Natascha war inzwischen erwacht und kam weinend aus dem Zimmer. »Oma, Oma, wo bist du?«
»Hier«, antwortete Agnes, rannte schnell zu ihrer Enkelin und nahm sie in den Arm. »Hier bin ich. Weine nicht, meine Kleine, alles ist gut, ich bin ja da. Komm, wir gehen nach oben und waschen uns den Schlaf aus dem Gesicht.«
Damit ging sie mit Natascha die Treppen hoch. Maximilian kam aus seinem Zimmer und fragte: »Wo ist denn Reto? Sein Auto ist nicht mehr da!«
»Er musste nur mal kurz weg, in einer halben Stunde ist er wieder da.«
»Ach so ...«
Erleichtert ging Maximilian die Treppe hinunter und rief in Richtung Katharina. »Kasimir, Beeilung, ich gehe schon frühstücken.«
Agnes musste sich auf die Treppe setzen. Sie fühlte sich auf einmal elend. Was, wenn Reto wirklich gefahren wäre? Wie falsch hatte sie ihn doch eingeschätzt.
Die durchwachte Nacht hing wie Blei in ihren Gliedern. Ihr Kopf war ebenfalls schwer. Sie wünschte, der Tag wäre schon vorbei.

»Natascha, Liebes, geh schon ins Bad, ich komme gleich nach.«

»Geht es dir nicht gut, Oma?« Abgelenkt von ihrem eigenen Kummer, blickte sie ihre Großmutter aus verweinten Augen aufmerksam an.

»Doch, doch, ich muss nur mal eine Minute verschnaufen. Mach dir keine Sorgen. Putz schon mal deine Zähne und wasch dich, dann komme ich und helfe dir.«

Den Kopf in ihre Hand gestützt, saß sie auf der Treppe, kraftlos und leer. Sie fühlte, wie sie geschliffen wurde mit schmerzhaftem, feinem Schleifpapier. Nur, dass wir Menschen hinterher nicht facettenreich glänzen wie ein Brillant, sondern zerschunden sind, blutend, ohne Haut, dachte sie müde.

Katharina kam wie immer mit festen Schritten die Treppe runter. Agnes hob schnell den Kopf.

»Reto ist im Hotel geblieben, er kommt nachher – wegen der Kinder. Bitte lass dir nichts anmerken.«

»Oh, du Babe, da siehst du, was für ein anständiger Kerl er ist. Ich habe das von ihm nicht anders erwartet.«

Damit ließ sie Agnes einfach sitzen. Wenn die Babe nicht über ihren alten Schatten springen konnte, sollte sie eben drüber fallen, dachte sie. Ihre energischen Schritte hallten im Haus wider.

»Max, ich komme.« Damit landete sie in der Küche.

»Elaine, gibt es schon Frühstück? Ich habe Hunger. Die Nacht im Zelt hat mich hungrig gemacht, dich auch, Max?«

»Na ja, es geht«, kam es etwas zögerlich zurück.

»Hei, Max…«, mit diesen Worten fing sie an, ihn zu plagen, wie sie das nannte, wurstelte ihn, umarmte ihn, boxte ihn, holte ihn damit aus seinem Tief wieder hoch.
»Das war doch ein Abenteuer, wie wir zwei da draußen übernachtet haben mit den wilden Tieren um uns herum, oder?«
»Wilde Tiere, waren da wilde Tiere?«, fragte Maximilian erstaunt.
»Ja, hast du sie denn nicht gehört? Füchse, Dachse, Wildschweine, alle standen um das Zelt herum und knurrten und schubsten mit ihren Schnauzen gegen das Zelt.«
»Echt wahr, Kasimir?«
»Echt wahr, Max.«
»Meinst du nicht, wir schlafen dann heute Abend lieber wieder unterm Dach?«
»Hast du etwa Angst?«
»Nöö…«
»Max, ist doch geschwindelt, keine Sau kam uns heute Nacht besuchen.«
Jetzt schubste Maximilian Katharina: »Du immer mit deinen Lügengeschichten!«
Da klingelte es an der Haustür und Maximilian rannte blitzschnell, um zu öffnen.
»Reto! Ich dachte schon, du wärst weggefahren, als ich dein Auto heute Morgen nicht gesehen hab.«
»Aber, Max, niemals, ohne mich zu verabschieden!« Damit strich er ihm über das Haar. »Ich hatte nur eine Verabredung, geschäftlich, verstehst du?«
»Verstehe.« Maximilian zog ihn förmlich in die Küche.

Agnes hatte von der Treppe aus alles gehört und war erleichtert. Er war wieder da und die Kinder hatten nichts bemerkt.
Katharina umarmte Reto und küsste ihn dreimal, links, rechts, links und gab ihm einen Kuss auf die Lippen. Auf seinen erstaunten Blick erwiderte sie: »Den hast du verdient.«
»Na, du bist mir eine.«
Wusste sie was?, fragte er sich. Sie war doch die ganze Nacht im Zelt gewesen.
Agnes kam mit Natascha in die Küche. Ganz verlegen und wie nebenbei wünschte sie Reto einen guten Morgen, vermied es jedoch, ihn anzusehen.
»Was darf ich anbieten?« Da nun alle in der Küche versammelt waren, mischte sich Elaine ein und servierte das Frühstück.
Reto hatte schon im Hotel gefrühstückt, er trank nur Kaffee und betrachtete Agnes aus den Augenwinkeln. Sie sah schlecht aus. Um die Augen hatte sie schwarze Ringe. Sie wirkte müde und kraftlos. Sie tat ihm fast leid. Wie anders wäre die Nacht verlaufen, wenn sie sich einfach in seine Arme gelegt hätte? Agnes versuchte, seinem Blick auszuweichen, und beschäftigte sich mit Natascha, die ihre anfängliche Tapferkeit verloren zu haben schien.
»Wenn wir mit dem Frühstück fertig sind, sollten wir, bevor wir in die Kirche gehen, hier im Haus noch einmal an eure Eltern denken, für sie beten und auch für uns. Seid ihr einverstanden?«
Sie sah Natascha und Maximilian liebevoll, eindringlich

an. »Wollt ihr wirklich dabei sein bei der Abschiedsfeier in der Kirche? Das wird bestimmt nicht leicht für euch.«
»Ja, Oma, ich will dabei sein.«
»Ich auch«, sagte Maximilian, »Hauptsache, ihr bleibt bei uns.« Dabei schaute er Reto, Katharina und Agnes Hilfe suchend an.
Reto dachte: Mein Junge, wie stellst du dir das vor, wie sollen wir das bewerkstelligen? Katharina sah ihre Gärten in Stein am Rhein davonschwimmen … Agnes umarmte die beiden. »Natürlich bleibe ich bei euch.«
Katharina wurstelte Maximilian und sagte lachend: »Ich zieh zu dir ins Dach, Max, dann musst du alles mit mir teilen.«
Reto schaute Agnes an. Was soll aus uns werden? Langsam und vorsichtig sagte er: »Ich hab mein Büro in Stein am Rhein. Ich kann nur manchmal hierherkommen, wenn es meine Zeit erlaubt.«
Maximilian unterbrach ihn: »Papa und Mama hatten auch nie Zeit. Ihr Erwachsenen habt nie Zeit.«
»Ja, da hast du wohl recht.«
Maximilian schaute Reto treuherzig an: »Kannst du nicht in Lugano eine Kanzlei eröffnen und deine verkaufen?«
»Mein Junge, so einfach ist das nicht. Hier gibt es Juristen wie Sand am Meer.«
»Aber bestimmt keinen wie dich«, sagte Maximilian mit dem Brustton der Überzeugung.
Agnes fragte sich, warum Reto so etwas auf sich nehmen sollte. Seine Existenz aufs Spiel setzen wegen wildfremder Kinder.

Reto und Agnes sahen sich an, bis Agnes den Blick senkte und aufstand.
»Kommt, wir gehen ins Wohnzimmer, Elaine, kommen Sie mit?«
»Gern, wenn ich darf.«
Agnes zündete die Kerzen an. »Es ist wichtig, dass wir miteinander in Ruhe Abschied nehmen. Nachher ist zu viel Trubel und zu viele fremde Menschen. Setzt euch alle in einen Kreis, schließt eure Augen, atmet ganz tief und ruhig, legt alle Gedanken, die aufsteigen, draußen auf die Bank.«
Sie versuchten zu tun, was Agnes ihnen sagte. Sie fuhr fort: »Stellt euch jetzt vor, dass Sergio und Johanna, eure Eltern, auch wenn wir sie nicht sehen, auf uns herabblicken. Wir wollen ihnen versprechen, dass sie nicht durch unseren Schmerz festgehalten werden. Ihr Kinder, redet in Gedanken mit euren Eltern. Ihr könnt auch mit ihnen richtig schimpfen. Sagt ihnen alles, was ihr auf dem Herzen habt, alles, was eure Eltern euch nicht erfüllt haben. Zeigt ihnen euren Schmerz, eure Trauer und eure Wut. Bittet sie, alles zu lindern.«
Sie ließ den Kindern Zeit, beobachtete sie und wartete, bis sie von selbst ihre Augen öffneten, die voller Tränen waren. Als sie spürte, dass die Kinder nichts mehr zu sagen hatten, fuhr sie fort: »Ihr seid mit euren Eltern durch Seelenbänder verbunden. Lasst diese Seelenbänder lang und länger werden. Lasst diese wunderbar schimmernden Bänder langsam los, damit sie in die Unendlichkeit aufsteigen können, aber immer über Raum und Zeit hinweg in euren

Seelen verankert bleiben. Damit bleibt eure ewige Verbindung zu euren Eltern bestehen.«

Eine lange Weile war es still im Zimmer.

»Lasst uns behutsam wieder hier im Wohnzimmer ankommen.«

Agnes öffnete ihr Herz weit, hüllte die Kinder ein in ihre Liebe. Und Reto auch ein bisschen, dachte sie, ohne ihn anzusehen. Dann erhob sie sich.

»Was haltet ihr davon, wenn wir uns jetzt umziehen?«

Reto sagte verhalten: »Ich bleibe hier und warte auf euch.«

Er saß in diesem Haus, das ihm seit gestern nicht mehr fremd war. Er dachte an den gestrigen Abend. Am meisten hatte ihn ein Satz gekränkt: »Ich kann doch nicht mit einem wildfremden Mann in diesem Haus …«

In diesem Haus, das verstand er noch, aber wildfremd, nach allem, was geschehen war? Sie kannten sich immerhin seit drei Jahren und er war ohne Zögern mit ihr hierhergefahren war, um ihr beizustehen … Wieso waren Frauen immer wieder so verletzend zu ihm? Davon hatte er wirklich genug. Dieses Mal würde er rechtzeitig gehen und nicht wieder einen Affen aus sich machen lassen. Tja, wie anders würde Agnes jetzt ausschauen, wenn sie in seinen Armen eingeschlafen wäre … Er hatte sich genug gekümmert! Nach der Trauerfeier würde er sofort wegfahren und wenn sie was von ihm wollte, müsste sie sich bemühen.

Wie würde sie das überhaupt angehen? Ihre Wohnung in Stein am Rhein aufgeben und hierherziehen, ganz und

gar? Dann würden sie äußerlich getrennt werden und alles ließe sich leichter ertragen.
Falls Katharina auch ginge – Gärten zum Bearbeiten findet sie überall –, dann würde es leer und öde im Haus. Vielleicht sollte er dann das ganze Haus mieten, im unteren Bereich seine Kanzlei einrichten und oben wohnen? Oder wäre es besser, wenn Agnes mit den Kindern nach Stein am Rhein käme? Die Wohnung war vielleicht nicht groß genug, aber die Kinder hatten ja jetzt schon ihre Zimmer für die Ferien eingerichtet. Man müsste dann eine Schule suchen und die Kinder müssten vom Italienischen ins Deutsche wechseln. Als Anwalt und sachlich denkender Mensch würde er entscheiden, dass sie bleiben sollten, wo sie sind. Dann läge das Problem nur bei Agnes. Nur bei Agnes?
Das eigentliche Problem hieß Maximilian. Nein, nicht weiterdenken … Wie stellte sich der Junge das vor, er sollte seine Kanzlei verkaufen und hierherziehen? Er ertappte sich dabei, schon in Gedanken umzuziehen. Nein, das ist unmöglich, die Verantwortung für die Kinder übernehmen, wollte er das wirklich? Bei der Totenwache im Krankenhaus hatte er es versprochen. Wie sollte er sein Versprechen halten? Er mochte es eigentlich nicht, sich von seinen Emotionen hinreißen zu lassen, aber in diesem Fall war es ihm passiert – ebenso mit Agnes.
Er ließ alle Frauen, mit denen er jemals ein Verhältnis gehabt hatte, an seinem geistigen Auge vorüberziehen. Natürlich waren sie jünger als Agnes, manche auch schöner. Aber keine hatte ihre Ausstrahlung, ihre Menschlich-

keit, ihre Einfachheit. Sie hatte ein Format, das anderen Frauen fehlte, und er wollte eine Frau, die erwachsen, die ihm geistig ebenbürtig war, mit der man sprechen und lachen konnte.
Ihre Beziehung war in eine komplizierte Situation geraten, bevor sie überhaupt begonnen hatte – doch warum eigentlich sind die Kinder eine komplizierte Situation? Sie beide konnten keine Kinder mehr bekommen. So hätten sie gleich zwei und beide aus dem schlimmsten Alter heraus. Reto, du gehst zu weit, rief er sich selbst zur Vernunft, wohin führen diese Gedanken, die wie junge Hunde keine Ruhe geben und immer weiter vorwärtspreschen?

Maximilian kam als Erster angezogen ins Wohnzimmer und setzte sich neben Reto.
»Gut siehst du aus, Maximilian.«
Er war wirklich ein richtig fescher Junge.
»Bei dir werden die Mädchen eines Tages Schlange stehen.«
»Och, das interessiert mich nicht.«
Reto lachte. »Noch nicht. Darf ich dich fragen, was dich interessiert?« Maximilian bekam leuchtende Augen: »Die Raumfahrt, Pilot sein in einem Raumschiff, das von einem Planeten zum andern fliegt ...«
»Da müsstest du in Amerika studieren.«
»Ist doch kein Problem.«
»Du müsstest perfekt Englisch sprechen.«
»Ja, ich weiß, aber ich bin ja auch schon der Beste in meiner Klasse.«

»Was interessiert dich noch?«
»Segeln und Navigieren.«
»Ich habe ein Segelboot.«
»Oh, cool, nimmst du mich da mal mit?«
»Natürlich, wenn du Ferien hast, können wir mal zusammen rausfahren und das Navigieren üben.«
Natascha und Katharina kamen nun ebenfalls schön angezogen die Treppe herunter und setzten sich zu Reto und Max.
»Natascha, du siehst entzückend aus.«
Reto versuchte, das Gespräch weiterzuführen. Natascha sah ihn nur mit großen Augen an.
»Ich finde auch«, mischte sich Katharina ein, »sie sieht aus wie eine kleine Prinzessin.«
Natascha versuchte tapfer, nicht in Tränen auszubrechen. Gott sei Dank kam jetzt auch Agnes. Sie hatte denselben blauen Anzug an wie in München und trug dazu ihre neue weiße Bluse. Der Schal lag über ihren Schultern und sie hatte die schwarze Perlenkette mit den dazu passenden Ohrringen angelegt. Reto wollte ihr ein Kompliment machen, aber er hielt sich zurück. Er war von ihrer Erscheinung beeindruckt, ja hingerissen. Sie wirkte zarter und zerbrechlicher und das machte sie noch schöner.
Natascha schaute Agnes überrascht an.
»Oma, du bist aber schön« – und damit sprang sie auf und umarmte Agnes. »Meine Süße, du siehst aus wie ein kleiner Engel.«
Sie küsste das Kind liebevoll und fragte dann: »Wie wol-

len wir fahren? Mit Elaine sind wir sechs, mit Maria sieben, also müssen wir mit zwei Autos fahren. Reto und ich holen Maria ab.«

»Nehmt ihr mich mit?«, bat Natascha.

»Aber natürlich, meine Kleine. Maximilian, Elaine und Katharina fahren mit dem Jeep und wir treffen uns auf dem Parkplatz.«

Katharina fand das nicht gut. »Max muss mit euch fahren. Die Familie muss zusammenbleiben. Elaine und ich nehmen den Jeep. Wir können uns ja dann am Parkplatz treffen.«

Sie hatte wieder mal das letzte Wort.

Als sie bei Maria ankamen, stand diese schon vor dem Haus. Sie trug ein cremefarbenes Cape über einem blauen Kostüm und sah sehr elegant und vornehm aus. Reto öffnete ihr höflich die Tür und sie sank mit einem Seufzer ins Auto.

»Grüßt euch, schön, dass ihr mich abholt. Wir fragen uns heute lieber nicht, wie es uns geht, ihr Lieben.« Damit setzte sie sich eine große Sonnenbrille auf. »Also gehen wir es an, das Unvermeidliche.«

Reto fuhr los. Agnes nahm wahr, dass links und rechts an den Straßen ein ganz normaler Tagesbetrieb herrschte. Und gleichzeitig hatte sie das Gefühl, die Zeit müsse stillstehen – auch für andere Menschen. Die Zeit rinnt immer weiter. Also wird auch dieser Tag mit seiner Zeit versinken und eine andere Zeit wird am Horizont auftauchen. Sie umarmte die beiden Kinder ganz fest und dachte: Es wird unsere Zeit werden. Wenn ich noch eine Weile zu leben

habe, kann ich euch als gefestigte Menschen ins Leben entlassen, so hoffe ich jedenfalls.
Sie fuhren den steilen Hügel zur Kirche hinauf. Überall blühte es herbstlich. Als sie in Gentilino ausstiegen, empfing sie die Wärme des Südens. Katharina und Elaine waren schon da. Maria hakte sich bei Reto ein. »Seien Sie heute wieder mein Stab und meine Stütze.«
Agnes ging mit den beiden Kindern. Katharina und Elaine folgten ihnen. Langsam schritten sie durch die feierliche Baumallee auf die Kirche zu. Auf dem Vorplatz erwarteten sie viele Menschen, doch außer Mario Botta und den beiden Architektinnen kannte Agnes niemanden. Sie bedankte sich bei Mario Botta für seine Hilfe. Maria begrüßte ihn auch. Sie kannten sich natürlich und sie bat ihn und seine Mitarbeiter nach der Feier ins Principe Leopoldo. Die Mitarbeiter von Sergio bekundeten Maria ihr Beileid und wurden Agnes vorgestellt. Selbst Reto kannte hier einige Leute. Wahrscheinlich Anwälte, dachte Agnes.

Langsam gingen sie durch die Menschen, von denen tatsächlich die meisten nicht in Schwarz gekommen waren. Sie setzten sich zur Linken der Marienstatue und des segnenden Christus. Vor lauter Blumen und Kränzen sah man die Särge vor ihnen kaum noch und das war gut so.
Natascha war ganz blass und ihr Gesicht war wie aufgerissen von Schmerz. Maximilian rannen die Tränen über das Gesicht. Reto hielt ihn an der Schulter ganz fest um-

schlungen. Agnes spürte, wie er versuchte, den Jungen zu beruhigen und ihm Halt zu geben.
Danke, dass du da bist, Reto. Sie schaute ihn an. Ihre Blicke trafen sich, blieben einen langen Moment ineinander verschlungen.
Natascha nahm die Hände von Maria und Agnes. In ihrem kleinen, tapferen Herzen dachte sie, sie müsse die beiden stützen, vor allem Maria, dass sie nicht in der Kirche auf den kalten Boden in Ohnmacht fiele.
Inzwischen hatte sich die Kirche bis auf den letzten Platz gefüllt und es erklang die Ouvertüre von Händels »Messias«. Über das Blumenmeer und die Särge ergoss sich durch das Kirchenfenster ein Streifen von goldgelb und weiß strahlendem Licht, wie um die Toten zu segnen.
Agnes betrachtete den Altar aus rötlich braunem Marmor, der von zwei fein gearbeiteten, grazilen Engeln verziert wurde. Darüber stand ein Heiliger mit einem Stab und noch weiter oben, über seinem Haupt, saßen vier weitere weiße, fröhlich wirkende Engel.
Gott sei Dank kein gekreuzigter Christus. Hier im Tessin wird hauptsächlich die Mutter Maria verehrt, was in Agnes ein Gefühl von Heimat hervorrief.
Agnes' Augen wanderten jetzt zur Statue der Mutter Maria.
Sie betete: Maria, Mutter von Jesus, die du voller Liebe und Mitgefühl bist, gieße über uns deinen Gnadenstrom aus und hilf den Kindern, damit sie die Wirklichkeit besser ertragen können.

Sie versuchte, Natascha und Maximilian die Energie von Ruhe und Geborgenheit zu schicken. Sie betete immer wieder leise: Maria, voller Gnade, hilf den Kindern, hilf den Kindern. Nach einer Weile sank Nataschas Kopf wie im Halbschlaf gegen Agnes und auch Maximilians Körper fiel immer mehr gegen den von Reto.

Dieser schaute Agnes an. Sie gab ihm zu verstehen, es sei gut so. Ihr Blick wanderte zur Statue der Maria. Sie hilft, verstehst du? Daraufhin schaute Reto ebenfalls zu Maria hoch und nickte. Er verstand.

Inzwischen sprach der Pfarrer wunderschön über diese beiden Menschen, die von ihnen gegangen waren, doch seine Worte rauschten an Agnes vorbei.

Ihre Aufmerksamkeit blieb bei Mutter Maria und in einem stillen Gebet versunken – immer wieder für alle ihre Lieben um Gnade bittend.

Eine wunderschöne klare, junge Stimme sang jetzt das Lied von Bach: »Willst du dein Herz mir schenken, so fang es heimlich an …«, worauf viele unterdrückte Schluchzer die Kirche erfüllten.

Agnes war sicher, dass Mutter Maria einen Schleier des Vergessens über den Schmerz ihrer Lieben legte. Dankbar blickte sie in ihr gütiges Gesicht, betrachtete ihr goldenes Gewand und den darübergeworfenen blauen Schutzmantel, aus dem Maria ihre segnende Hand über die Gemeinde hielt.

Es erklang das »Sanctus« von Gounod und alles Schwere wurde leicht. Dann war der Gottesdienst vorbei.

Die Kinder schreckten hoch, als Agnes und Reto aufstan-

den. Die Menschen bildeten ein Spalier für die Familie, um sie an den Särgen vorbeigehen zu lassen.
Natascha legte ihren Schal über das Blumenmeer.
Was für eine Geste, dachte Agnes. Maximilian sah dieses und legte seinen Schal dazu. Die beiden Kinder fassten sich an den Händen und tapfer gingen sie an den Spalier stehenden Menschen vorbei.
Maria hatte sich bei Mario Botta eingehakt und Agnes musste wohl oder übel mit Reto den langen Gang an den Menschen vorüber zum Ausgang der Kirche gehen. Dennoch spürte sie wieder, dass seine Gegenwart ihr guttat.
Vor der Kirche nahmen Maria und Agnes die Beileidsbezeugungen entgegen. Maria lud dabei alle Freunde von Sergio und Johanna ins Principe ein. Mario Botta verabschiedete sich, er müsse leider nach Mailand. »Bitte melden Sie sich, Frau Berg, wenn Sie Zeit haben«, sagte er höflich zum Abschied.
Reto war jetzt wieder Stab und Stütze von Maria und sie fuhren den kurzen Weg ins Principe. Er erklärte Maria, dass er sie nur noch ins Hotel hineinführen würde, dann müsse er sofort heimfahren.
»Das dürfen Sie mir nicht antun, Herr Doktor Zumsteg. Fahren Sie halt ein bisschen später. Ich brauche Sie an meiner Seite und ich glaube, meine Enkel auch.«
Maximilian mischte sich ein.
»Reto, bleib doch noch bis heute Abend, bitte.«
»Also gut, noch zwei Stunden, aber dann muss ich fahren.«

»Fährt Katharina etwa auch, Großmutter?«, fragte Maximilian ängstlich.
»Nein, die bleibt noch zwei Tage, dann fährt sie mit dem Zug und kommt am Samstag mit meinem Auto wieder. Zufrieden?«
Schon waren sie bei dem Hotel angekommen. Reto half Maria beim Aussteigen und das Auto wurde für ihn geparkt. Sie ging, schwer auf ihn gestützt, in die Halle. Agnes folgte mit den Kindern, die seltsam gefasst waren, als ob die Müdigkeit den Schmerz von ihnen genommen hätte. Danke, Mutter Maria, dachte Agnes.
Im Hotel trafen immer mehr Menschen ein. Maria und Reto wurden von ihnen umringt. Katharina, Elaine, Natascha und Max gingen auf die Terrasse. Katharina nahm Max in den Arm. »Wir haben uns alle ein Eis verdient, findet ihr nicht auch?«
»Meinst du wirklich?«, fragte Natascha unsicher.
»Natürlich, ihr wart beide supertapfer, ihr verdient eine Auszeichnung. Max, ich schlage dich zum Ritter des goldenen Sterns und Fräulein Natascha erhebe ich zur Sternenprinzessin. Also los, was wollen wir?«
Inzwischen war Agnes umringt von einer Gruppe von Deutschschweizern, die im Tessin wohnten, sich monatlich einmal trafen und die jetzt, anstatt Johanna, Agnes in ihren Deutschen Club einluden. Besonders ein junger Mann bemühte sich um sie. »Frau Berg, ich kenne Ihre Bücher und wir würden uns sehr freuen, wenn wir eine deutsche Schriftstellerin in unserem Kreis begrüßen dürften.«

Er gab ihr seine Karte.
»Sie kennen meine Bücher?«
»Ja, Johanna hat mir viel über Sie erzählt. Sie war stolz auf Sie. Also, wie gesagt, sollten Sie sich entschließen, ins Tessin zu ziehen, sind Sie herzlich eingeladen.«
Daran, dass sie Schriftstellerin war, hatte Agnes gar nicht mehr gedacht. Das kam ihr vor wie aus einem anderen Leben.
Dann stellte sich ein Mann als Anwalt von Sergio vor, gab ihr seine Karte und sagte: »Mein Name ist Doktor Paul Wys. Wenn es Ihre Zeit erlaubt, müssen wir uns wegen des Testamentes treffen.«
»Seien Sie doch so liebenswürdig, Herr Doktor Wys, und besprechen Sie das mit Frau Convalli. Aber vielleicht nicht heute.«
Agnes blickte sich um und suchte Natascha und Maximilian, die sich mit Katharina und Elaine auf die Terrasse geflüchtet hatten, um den vielen Leuten auszuweichen. Agnes dachte, es wäre vielleicht das Vernünftigste, wenn sie auch zu ihnen ginge. »Hallo, ihr Lieben! Kann ich mal von deinem Eis kosten, Katharina?«
»Klar, setz dich zu uns, du kennst ja hier eh' niemand.«
»Oh, ich habe eben mehrere Leute kennengelernt, unter anderem Deutschschweizer, die hier im Tessin leben und einen Club haben.«
»Na, das ist doch gut, dann kannst du Deutsch sprechen.«
»Du musst sowieso Italienisch lernen«, meinte Max, »sonst bist du hier ganz schön aufgeschmissen.«

»Na, ich bin ja froh, dass ich mich wenigstens mit euch unterhalten kann«, sagte Agnes humorvoll. »Ihr könnt mir ja jeden Tag zehn Worte Italienisch beibringen, wie wäre das?«

»D'accordo!«, sagte Natascha. Sie fing gleich damit an.

Agnes' Augen wanderten zu den umliegenden Bergen, die den See umklammert hielten und steil ins Wasser abfielen. Ob sie sich an diese Enge gewöhnen könnte nach der weichen Weite des Bodensees? Gewöhnen wollte sie sich im Grunde an nichts. Sie fand, das würde den Lebensfluss hindern, weil man stehen bleibt und sich an die Dinge, die einen umgeben, gewöhnt.

Katharina hatte ihr inzwischen einen Kaffee besorgt, etwas Heißes, ein ganz irdisches Getränk, damit kamen ihre Füße wieder auf die Erde.

Reto kam, um sich zu verabschieden, an ihren Tisch.

»Ich bringe noch Maria nach Hause, dann fahre ich. Ihr sollt bitte sitzen bleiben, sie ruft euch heute Abend an.«

Maximilian umarmte ihn. »Komm bald wieder, Reto.«

»Ihr könnt ja, wenn ihr schulfrei habt, nach Stein am Rhein kommen und dann gehen wir beide segeln, versprochen?«

Er hob Natascha hoch, gab ihr einen Kuss. »Tschau, kleine Prinzessin.«

Katharina küsste ihn links, rechts, links. Agnes und Reto standen stocksteif voreinander und gaben sich die Hand.

»Danke, Reto«, brachte Agnes gerade noch hervor. Er hielt ihre Hand keinen Augenblick länger als nötig und verließ dann geradezu fluchtartig die Terrasse.

Natascha hatte diese kleine Szene genau beobachtet. Was war zwischen Oma und diesem Mann? Gestern hatte sie ihn noch auf den Mund geküsst und jetzt?
Reto parkte vor Marias Haus einfach im Halteverbot, um sie nach oben bringen zu können. Mit großer Würde verabschiedete sie sich von ihm.
»Machen Sie sich keine Sorgen um mich. Meine junge Freundin ist bei mir. Kommen Sie gut nach Hause, auf Wiedersehen, Herr Doktor Zumsteg, und danke für alles.«
Langsam ging Reto die Treppe hinunter.
Nach Hause? Was war das für ein Zuhause, wenn Agnes nicht mehr da sein würde und die laute Fröhlichkeit von Katharina nicht mehr durch das Haus schallte? Er hatte die Gegenwart von Agnes über seiner Wohnung immer wahrgenommen, auf ihren Alltag gelauscht. Er hörte sie aufstehen, duschen, herumwirbeln und er nahm die Ruhe wahr, wenn sie an ihrem Schreibtisch saß, und hörte, wann sie zu Bett ging.
Müde stieg er in sein Auto und fuhr auf die Autobahn. Zuhause, was bedeutet das? Eigentlich, dachte er, sind es die Menschen, bei denen man sich zu Hause fühlt. Während der Fahrt hörte er die ganze Zeit Musik und hatte keine Augen für die Schönheit des San Bernardino. Am liebsten hätte er sich an den Straßenrand gesetzt und geweint. Nur, ein Mann von sechzig tut so was nicht. So fuhr er dreieinhalb Stunden ohne Halt, bis er in Stein am Rhein ankam.
Was war inzwischen alles passiert? Es fühlte sich an, als ob er Wochen weg gewesen wäre. Er dachte an Agnes und die

Kinder. Ob sie heute unter dem Dach schliefen oder jeder in seinem Bett oder im Zelt? Mit diesen Gedanken ging er müde und mutlos ins Haus.

In der Via Capella saß man abends nach diesem ereignisreichen Tag in der Küche und überlegte, ob Natascha und Max am nächsten Tag zur Schule gehen sollten.
Agnes meinte: »Ihr müsst das entscheiden, ob ihr das schon wollt und überhaupt könnt. Ich habe ja schon lange keine Kinder mehr erzogen. Ich finde Erziehung ist eigentlich eine gegenseitige Sache. Ich bin daher auch immer auf eure Hilfe angewiesen. Am besten, wir besprechen jeden Abend ganz offen, was wir am nächsten Tag machen wollen und was uns am heutigen Tag nicht gefallen hat und wie wir das ändern könnten. Als ich noch Lehrerin in der Schule war, habe ich versucht, den Kinder klarzumachen: Ich kann nicht für euch lernen, ich kann euch bloß anregen, es zu tun und Freude daran zu haben.«
Natascha kam ganz nah an Agnes heran und sah erstaunt und forschend in ihr Gesicht. »Du warst Lehrerin? Das wusste ich ja gar nicht, Oma, ich dachte, du schreibst Bücher.«
»Ja, aber lange Zeit davor war ich Lehrerin, so wie mein Vater auch.«
Johannas Vater ebenso, doch der ist schon lange tot, wollte sie sagen, doch das verschluckte sie. »Wenn du Lehrerin warst, kannst du uns doch bei den Schulaufgaben helfen.«

»Oh, mein Kind, ich kann ja nicht Italienisch und habe alles, was ich gelehrt habe, bestimmt vergessen.«
»Was hast du unterrichtet?«, fragte Max.
»Deutsch, Geschichte und Musik. Und ich hatte eine Arbeitsgruppe ›Kreativität als Spiel‹.«
»Was heißt denn das?«
»Weißt du, Max, ich hab mit den Kindern Theater gespielt oder mit ihnen gemalt oder getöpfert.«
Nachdem Natascha die Lehrerin im Gesicht ihrer Oma studiert und nicht gefunden hatte, meinte sie: »Du siehst aber nicht aus wie eine Lehrerin!«
Humorvoll erwiderte Agnes: »Ich habe mir auch viel Mühe gegeben, nicht so auszusehen.«
Katharina machte heute Abend einen sehr müden Eindruck. Ihre sonst quirlige Energie sank auf null. Die gestrige turbulente Nacht im Zelt und dieser Tag, an dem sie alle wieder aufgemuntert hatte, war auch an ihr nicht spurlos vorbeigegangen.
Sie fragte: »Was wollen wir heute machen, schlafen wir alle auf der Matratze? Dann gehe ich mich für die Nacht zurechtmachen und warte auf euch.«
»Ja, ich denke, wir sollten heute Nacht nochmals alle zusammen sein, was meint ihr, Kinder?« Die beiden nickten heftig.
»Ja …«
»Also dann los, geht schon voraus.«

Elaine räumte währenddessen die Küche auf. Agnes bedankte sich bei ihr und wünschte ihr eine gute Nacht.

Müde schleppte sie sich die Treppe hoch in ihr Zimmer, entfernte das Make-up von ihrem Gesicht und erschrak, wie sie darunter aussah. Auch das geht vorüber.
Sie dachte an Johanna und Sergio. Bestimmt sind sie jetzt von allem irdischen Ballast befreit, bestimmt haben sie bei der Trauerfeier zugeschaut. Soviel Agnes wusste, war diese Rückschau für die Seele eine wichtige Erfahrung.
Und was die Kinder betraf, sie hatten sich vorbildlich verhalten. Obwohl sie selbst nicht viel von der feierlichen Zeremonie mitbekommen hatte, war es wohl ein würdevoller Abschied für Johanna und Sergio. Nun, wir haben erst mal das Schlimmste überstanden.

Sie putzte sich heftig die Zähne. Dabei fiel ihr Reto ein. Ob er wohl schon zu Hause angekommen war? Die Fahrt ist doch ziemlich lang. Aber sie verbot sich, an ihn zu denken. Sie hatte jetzt weiß Gott anderes im Sinn und zu tun. Damit ging sie mit ihrem Kissen entschlossen nach oben.
Katharina lag schon auf der Matratze und Max gesellte sich zu ihr. Katharina wehrte ihn sofort ab. »Heute keine Geschichte, ich bin viel zu müde.«
»Da hast du recht«, pflichtete Agnes ihr bei, »wir sind alle müde und werden versuchen, sofort zu schlafen.«
Natascha legte sich zu Agnes wieder auf die rechte Seite und schlang ihre Arme um sie, ihre Beine legte sie über die Beine von Agnes und so konnte diese ihr nicht entkommen.
Katharina streichelte den Kopf von Max und nach einer

Weile atmeten sie beide tief. Auch Natascha schlief auf der Stelle ein. Agnes lag nicht gut auf dieser Matratze und sie beschloss, dieses Lager morgen zu beenden. Sie mussten in die Normalität zurückkehren, soweit es eine Normalität für sie und die Kinder geben konnte.

Sie erschrak, weil ihr plötzlich bewusst wurde, dass Maria nicht angerufen hatte. Doch sie konnte sich aus der Umschlingung Nataschas nicht befreien, ohne das Kind zu wecken. Vielleicht hatte Maria sich ja hingelegt und war gleich eingeschlafen. Reto hatte sie bestimmt bis in ihre Wohnung gebracht.

Reto. Er tauchte vor ihrem geistigen Auge wieder auf. Was hätte geschehen können, wenn sie ihm in sein Zimmer gefolgt wäre? Wieso hatte sie sich solche Blockaden zugelegt? Immer wieder die Gedanken: Ich will nie mehr einem Mann erlauben, mich auszulöschen. Ich will nie mehr einen Mann lieben. Das hieße ja auch, dass sie vor lauter Angst keinem Mann erlauben würde, sie zu lieben. Kein Wunder, dass sie zwanzig Jahre lang allein geblieben war.

So ein Gedanke gewinnt an Kraft, wird zu einem Muster. Katharina hatte recht. Was war sie für eine Babe. Johanna hätte sicherlich gesagt: Mutter, wenn du die Chance hast, in deinem Alter noch mal zu lieben, dann greif zu – und dazu spöttisch gelächelt.

Doch was ging sie überhaupt ihr Alter an? Das, was da jetzt in ihr tobte, war nicht alt, das war verdammt jung und kraftvoll. Ihre Sehnsucht war stärker als all ihre Glaubenssätze. Sie würde sich wieder verletzen lassen. Sie

wollte noch einmal die Liebe erleben. Um jeden Preis. Ja, sie wollte sich wieder hingeben, sich auslöschen, verschmelzen mit dem anderen. Mit dem Göttlichen im Mann …
Eingeengt zwischen Natascha und Max, schlief sie tränenüberströmt und doch irgendwie befreit ein.

5

Die Orientierung

Katharina erwachte am nächsten Morgen als Erste. Sie wartete geduldig, bis Agnes ebenfalls ihre Augen öffnete, und schaute dann in ihre Richtung.

»Wollen wir aufstehen?«, flüsterte Katharina.

»Wie spät ist es?«

»Halb sieben.«

Agnes löste sich vorsichtig aus Nataschas Umklammerung. Seufzend drehte sich das Kind auf die andere Seite und schlief weiter. Agnes kletterte mühselig hoch. »O Gott, mein Kreuz«, stöhnte sie.

Sie gingen beide leise die Treppe hinunter. »Du kannst in Retos Zimmer duschen.« Doch Katharina hielt Agnes am Arm fest.

»Warte, Agnes, findest du nicht auch, dass wir die Kinder heute schon in die Schule schicken sollten?«

Agnes schaute sie an.

»Meinst du wirklich?«

»Ja, ich bin mir sicher, sie sollten so schnell wie möglich in die Normalität zurückkehren.«

»Komisch, das habe ich gestern Abend auch gedacht. Du hast wie immer recht, Kasimir.«

»Ziehen wir uns schnell an und wecken die Kinder.«
Elaine kam jetzt auch schon die Treppe herunter.
»Guten Morgen, Elaine. Könnten Sie bitte das Frühstück und Pausenbrote herrichten? Wir haben uns entschlossen, die Kinder schon heute in die Schule zu schicken.«
Agnes hatte sich noch schneller angezogen als Katharina und ging nach oben, um die Kinder zu wecken. Sie kniete sich auf die Matratze, umarmte Natascha und sagte ihr leise ins Ohr. »Aufwachen, Natascha, aufwachen, die Schule wartet.«
Natascha drehte sich ihr zu. Aus dem Schlaf kommend, schaute sie erstaunt in das Gesicht von Agnes.
»Ja, Mama ...«
Ein langsames Erkennen in den Augen des Kindes – ach, Mama ist ja tot – diese schmerzhafte Rückkehr der Erinnerung bei Natascha gab Agnes einen Stich im Herzen. Sie nahm das Kind in den Arm.
»Ich bin bei dir.« Sie streichelte ihr Köpfchen und hob sie hoch.
»Lass uns Maximilian wecken.« In diesem Moment kam Katharina mit Indianergeheul die Treppe hoch.
»Max, aufwachen, die Schule wartet!«
Als sie sah, wie erschüttert Natascha im Arm von Agnes hing, wollte sie das bei Max auf keinen Fall aufkommen lassen.
»Max, Mäxchen«, sie knuddelte und schüttelte ihn, »los, aufstehen!«
Max boxte eifrig zurück. Die beiden kabbelten sich so lange, bis Max endlich aufstand.

»Ich dachte, wir hätten drei Tage frei?«
»Ja, mein Herr! Doch je eher ihr wieder hingeht, desto besser, dann habt ihr das hinter euch.«
Agnes half Natascha, sich anzuziehen, und Katharina half Max. Dann gingen sie mit ihren Schultaschen in die Küche. Elaine hatte schon alles vorbereitet.
»Guten Morgen, Elaine.«
»Guten Morgen«, tönte es hin und her. Natascha schaute ihre Oma mit großen Augen an. Sie also wird mich morgens wecken, in die Schule bringen, nicht Mama. Sie fing an zu weinen. Doch ihr tapferes Wesen half ihr aus dieser Verzagtheit heraus. Es war nicht zu ändern. Ihr Leben hatte sich gedreht, verdreht. Die Oma war jetzt ihre Mama.
Max und Katharina schauten noch mal in ihr Zelt und Katharina versprach ihnen, dass sie am Nachmittag ihre Zeit mit ihnen verbringen würde.
»Hast du denn einen Freund, Max?«
»Natürlich, zwei sogar.«
»Dann bring sie doch mit.«
»Ja, wirklich?«, fragte Max.
»Ja, wirklich.«
Agnes und Katharina fuhren die Kinder in die Schule, brachten sie bis vor die Klasse und übergaben Natascha der Lehrerin, die sie beruhigte: »Machen Sie sich keine Sorgen, die Kinder in der Klasse sind informiert, wir machen das so normal wie möglich.«
Max wurde seinem Lehrer übergeben, der ebenso verständnisvoll einfach seinen Arm um dessen Schultern legte.

»Schön, dass du wieder da bist«, sagte er und ging mit ihm in die Klasse.

Agnes und Katharina verließen erleichtert die Schule und setzten sich gegenüber in ein kleines Café.

«Um Maria anzurufen, ist es noch zu früh. Lass uns einen Kaffee trinken und überlegen, was wir als Nächstes tun müssen.«

Katharina schwieg eine Weile. Agnes saß nur da und dachte, dass dieses Café sie ab jetzt vielleicht jeden Morgen sehen würde.

In Gedanken sah sie die schmale hohe Gestalt von Hermann Hesse sich eine Zeitung holen und hier im Café seinen Kaffee trinken. Vielleicht würde sie seine Energie spüren, seine Inspiration? Immerhin war er ihr Lieblingsdichter.

»Hast du schon einen Plan, wie es weitergehen soll?«, fragte Katharina.

»Plan? Nein, ich habe keinen Plan. Glaubst du, man kann in einer solchen Situation planen?«

»Natürlich, gerade in so einer Situation musst du einen Plan haben«, antwortete Katharina spöttisch.

»›Ja, mach nur einen Plan, sei ein großes Licht. Und mach' dann noch 'nen zweiten Plan, gehen tun sie beide nicht.‹ Wie Brecht zu sagen pflegte«, erwiderte Agnes lakonisch.

»Du Babe, ich habe nachgedacht! Mein Vorschlag wäre: Du kommst am Freitag mit dem Flugzeug oder mit der Bahn mit den beiden Kindern nach Stein am Rhein. Max kann mit Reto segeln, wenn Reto Zeit hat. Mit Natascha machen wir einen Einkaufsbummel. Du packst deine Siebensachen und dann fahrt ihr am Sonntag oder Montag wieder zurück.«

Katharina lehnte sich zurück, trank von ihrem Kaffee und schaute Agnes prüfend an.

»Hast du in diesen Tagen schon mal darüber nachgedacht, was mit dir geschehen soll, Agnes? Eigentlich hast du keine Wahl, du musst wohl oder übel die Verantwortung für die Kinder übernehmen. Das bedeutet mindestens acht bis zehn Jahre Zeit deines Lebens, bis die beiden studieren oder was auch immer tun werden, bis sie einigermaßen flügge sind. Du kannst dir vielleicht den Spielplatz für diese Zeit aussuchen. Tessin oder Stein am Rhein. Aber du bist in jedem Fall dran, ob hier oder dort. Maria könnte sie zwar geldtechnisch in ein teures Internat stecken, aber mit ihren vierundachtzig Jahren nicht täglich für sie sorgen.«

»Du hast leider mal wieder recht. Ich habe offensichtlich keine Wahl. Was würdest du an meiner Stelle tun?«

»Eine gute Frage, ich möchte nicht in deiner Haut stecken. Ich weiß nur: Ich kann schwer von zu Hause weg. Ich bin am Bodensee aufgewachsen, ich habe da meine Wurzeln. So schön Montagnola auch ist, ich kann mir nicht vorstellen, hier zu leben.«

Agnes schaute Katharina traurig an. »Du könntest hier nicht leben, auch nicht, wenn ich dich brauche?«

»Machen wir uns doch nichts vor, Agnes, ich muss das wenige, das ich zum Leben brauche, mit Gartenarbeit verdienen. Jetzt habe ich mein Leben, meinen Verdienst einigermaßen im Griff. Ich würde meine Freiheit aufgeben und das kann ich mir nicht leisten. Übrigens: Du hast ja auch nicht so viel Geld, dass du mich mit finanzieren könntest. Glaub mir, da ginge unsere Freundschaft in die Brüche.«

»Aber«, konterte Agnes, »ich weiß gar nicht, wie ich das mit den Kindern machen soll. Du hast einen viel besseren Draht zu ihnen, bist vom Alter näher an ihnen dran. So wie du mit Max umgehst, das kann ich gar nicht.«

»Ja, du Babe, du brauchst eben einen Mann für den Jungen. Aber den hast du gerade siegreich in die Flucht geschlagen.«

Agnes schaute sie nur an.

»Ja, ich weiß.«

»Also, was machen wir?« Katharina wurde wieder ganz pragmatisch. Sie beantwortete ihre Frage selbst: »Ich fahre morgen heim. Du kommst Freitag mit dem Flugzeug und ich hole euch ab. Du musst sie am Montag von der Schule befreien, dann haben wir in Stein am Rhein drei Tage zur Verfügung. Die Kinder können sich das Leben bei uns ansehen und vielleicht gefällt es ihnen. Ich sage Reto Bescheid, dass er sich Zeit nimmt für Max.«

»Du hast wie immer das letzte Wort und auch noch recht«, lächelte Agnes. »Ich rufe jetzt Maria an.«

Maria war gleich am Telefon. Sie entschuldigte sich für den vorigen Abend. »Ich konnte nicht mehr anrufen, ich musste mich sofort hinlegen. Wie geht es euch?«

»Danke, wir versuchen, eine Art Alltag aufzubauen. Die Kinder sind in der Schule. Wir hoffen, es geht gut. Katharina und ich machen Pläne in dem kleinen Café gegenüber der Schule.«

»Wie lange bleibt sie denn?«

»Nur bis morgen. Sie schlägt vor, dass wir am Freitagnachmittag nach Zürich fliegen und Montag wieder zurückkommen.«

»Ja, das finde ich sehr gut, dann sind die beiden in einer anderen Umgebung. Reto kann Max auffangen. Ist es dir möglich, heute um drei Uhr bei mir zu sein? Ich würde gerne mit dir zur Bank gehen.«

»Ja, gut. Es geht, solange Katharina da ist. Tschau, bis später.«

Nachdem Agnes ihr Handy zugeklappt hatte, fragte sie Katharina, ob das für sie in Ordnung wäre.

»Klar kümmere ich mich um die Kinder.«

»Danke dir. Dann fahren wir jetzt wieder zurück und räumen die Matratzen weg, damit keiner auf die Idee kommt, darauf zu schlafen. Das hält mein Kreuz nicht mehr aus.«

Sie fuhren heim und zerrten mithilfe von Elaine alle Matratzen wieder in die Betten, räumten Kissen und Decken weg. Agnes ging zum ersten Mal in das Schlafzimmer von Sergio und Johanna, das noch erfüllt war von dem Duft der beiden. Man spürte ihre Liebe, ihre seelische Verbindung. Der ganze Raum atmete das Wesen dieser ungewöhnlichen Beziehung. Agnes hielt das nicht aus und verließ fast fluchtartig den Raum. Sie würde erst mal in ihrem Zimmer bleiben. Das Bett wäre groß genug für sie und Natascha. Nur wenn Max nicht allein oben schlafen wollte, müsste sie ins Gästezimmer von Reto wechseln. Aber heute schläft ja noch Katharina bei Max.

Und schon war es Zeit, die Kinder abzuholen. Katharina meinte, sie wolle noch jede Minute mit Agnes genießen.

»Ich werde furchtbar Heimweh nach dir haben, du Babe.«

»Na, so aus der Welt bin ich nicht. Alles ist noch offen. Vielleicht gefällt es den Kindern bei uns. Das Haus von Sergio ist zwar sehr schön und es hat auch diesen großen alten Garten. Wir hingegen hätten den Fluss und den See …«

Sie standen auf dem Parkplatz und die Kinder kamen aus der Schule gestürzt, immer in Rudeln. Natascha trudelte allein die Treppe herunter, später kam Max mit zwei Freunden, die am Nachmittag zum Spielen kommen wollten.

»Ja, bitte, kommt nur.« Damit gab ihnen Katharina eine Art Ritterschlag auf die Schulter. Das fanden sie megacool.

Sie stiegen ins Auto und fuhren nach Hause.

Elaine hatte schon Gemüse und Rösti vorbereitet.

»Für eine Engländerin haben Sie tolle Rösti gemacht«, lobte Agnes.

Elaine lächelte stolz.

»Das hat mir Frau Convalli beigebracht.«

Einen Moment waren alle betroffen. Katharina schaute Agnes an und fragte schnell: »Elaine, haben Sie noch Kartoffeln? Wir werden heute Nachmittag ein Lagerfeuer im Garten machen und Kartoffeln braten. Und Äpfel, haben

Sie auch Äpfel?« Elaine war dankbar für das Ablenkungsmanöver.
»Ja, ich habe genug von beidem.«
»Max, nach dem Essen bauen wir mit Steinen einen Feuerplatz, dazu brauchen wir Holz. Aber das habt ihr, das habe ich gesehen im Keller.«
Max war leicht abzulenken. Natascha jedoch saß wieder verloren am Tisch und ihre Augen waren voller Tränen. Agnes spürte, dass sie nichts essen konnte. Sie nahm sie auf ihren Arm.
»Mein Kind, wir gehen in mein Zimmer.« Sie legte sich mit ihr aufs Bett.
»Du musst nicht tapfer sein, Natascha. Wenn du traurig bist und weinen musst, dann tue es.« Da warf sich Natascha plötzlich schluchzend in ihre Arme.
»Mir fehlt die Mama so, ich will zu meiner Mama.«
Agnes ließ das Kind den Schmerz ausweinen.
Natascha hielt ihre Oma umschlungen. Ihr Köpfchen lag auf deren Brust und sie weinte sich in den Schlaf. Die tiefen Atemzüge des Kindes zogen auch Agnes in den Schlaf des Vergessens.
Kurz vor drei Uhr wachte Agnes auf. O Gott, dachte sie, ich wollte doch um drei Uhr bei Maria sein!
Sie ging zu Elaine und bat sie, ihr ein Taxi zu bestellen.
»Natascha schläft noch. Kümmern Sie sich bitte um sie.«
Agnes ging in den Garten und freute sich, dass Max mit den Freunden dabei war, eine Feuerstelle zu bauen. Auf der Fahrt in die Stadt musste sie an Sant'Abbondio vorbei. Der gestrige Tag war schon Vergangenheit. Eine schmerz-

volle zwar, aber auch dieser Tag würde hinter dem Tor des Vergessens versinken.
Maria wartete schon vor dem Haus. Agnes entschuldigte sich: »Ich bin mit Natascha eingeschlafen.«
»Ist schon gut. Lass uns gehen, die Bank ist hier in der Nähe.«
Maria hatte einen sehr eleganten schwarzen Stock mit einem Silbergriff, auf den sie sich stützte, und so gingen sie langsam die Straße entlang.
Maria hatte am Telefon alles vorbereiten lassen.
»Du hast jetzt, bis das Testament eröffnet wird, jeden Monat sechstausend Franken zur Verfügung. Meinst du, dass dir das reichen wird?«
»Für mich ist das ein Vermögen, Maria.«
»Das Gehalt von Elaine übernehme auch ich.«
Agnes musste nur unterschreiben und ihren Pass vorlegen.

»Du bist sehr großzügig, Maria, vielen Dank.«
»Es ist das Einzige, was ich tun kann. Ich bin leider zu alt, um die Kinder im Alltag zu versorgen oder ihre Erziehung zu übernehmen. Ich schaffe es gerade noch, in meinem eigenen Leben unabhängig zu bleiben. Jetzt, wo wir vor dieser Aufgabe stehen, vor allem du, solltest du nicht auch noch finanzielle Sorgen haben müssen.«
Nach der Bank gingen sie in ein Reisebüro und buchten drei Flüge nach Zürich. Dann bat Maria Agnes, mit ins Grand Café zu kommen, in ihr Lieblingscafé.
Dieses Café erinnerte noch an die gemütlichen Kaffeehäuser Wiens. Die beiden Frauen, die gestern von ihren

Kindern Abschied nehmen mussten, spürten in dieser nostalgischen Atmosphäre, wie nahtlos Leben und Tod ineinander verwoben sind. Dass ihr Dasein weiterging, das Jammern zu viel Energie kostet und zu nichts führt, außer, dass man dadurch noch mehr geschwächt wird und sich elend fühlt.

Solcher Art Gedanken hingen sie nach, jede auf ihre Art.

»Schreibst du gerade an einem Buch?«, fragte Maria. »Du musst wissen, ich habe alle deine Bücher gelesen und deine Gedanken über das Leben, vor allem dein Humor haben mir sehr gut getan.«

»Das Schreiben kann ich vorläufig vergessen. Dazu brauche ich Ruhe. Die Kinder verdienen meine ganze Aufmerksamkeit. Es würde auch gar nichts nützen, etwas nur halbherzig zu tun. Ich glaube, viel eher muss ich meinen Körper trainieren, dass er durchhält.«

Maria lachte jetzt herzlich.

»Sieh es einfach als eine Art Jungbrunnen.«

»Du bist gut, Maria! So kann man es auch betrachten. Los, Großmutter, Treppen hoch, Treppen runter, bring mir dies, bring mir das, aber bitte schnell.«

»Und Reto?«, fragte Maria unvermittelt. »Was bedeutet dir Reto? Er scheint ein sehr sensibler Mensch zu sein, ich hatte schon immer eine Schwäche für sensible Männer.«

»Wenn ich ehrlich bin, ich auch. Ich finde Reto wirklich in Ordnung.«

»Nur in Ordnung?«

Agnes hatte nicht den Mut, ehrlich zu sein.

»Ich weiß es einfach nicht, es wird sich zeigen.«
Maria sah Agnes nachdenklich an.
»Darf ich dir einen Rat geben, von Frau zu Frau, von einer nicht mehr jungen Frau, um nicht zu sagen von einer alten, erfahrenen Frau. Wenn du für diesen Mann etwas empfindest und er für dich – und das habe ich gespürt –, dann verspiele die Chance nicht. Greif zu. Solange man noch so aussieht wie du, sollte man nicht allein in der Welt herumlaufen. Zu zweit könnt ihr jede Herausforderung meistern.«
»Ich habe bisher jede Herausforderung auch allein gemeistert«, entgegnete Agnes etwas trotzig.
»Du wirst dich noch wundern, meine liebe Agnes, was bei der Testamentseröffnung alles auf dich zukommt. Wenn du Reto nicht bittest, dabei zu sein, werde ich das tun. Mehr will ich jetzt dazu nicht sagen.«
Sie tranken ihren Kaffee und gingen später langsam wieder zu Marias Haus. »Grüß bitte die Kinder von mir.« Sie fasste nach Agnes' Hand. »Lass uns immer offen sein für das, was auf uns zukommt.«
»Das werde ich, Maria, und danke für deine Hilfe.«
»Aber das ist doch selbstverständlich. Tschau, meine Liebe.«
Maria ging ins Haus.
Agnes musste noch ein Stück zu Fuß gehen, um ein Taxi zu finden, und bewunderte die Promenade um den See mit den alten, ausladenden Bäumen, die sie bei ihrem ersten Besuch in Lugano so beeindruckt hatten.
Es könnte schön sein, hier unten am Wasser zu sitzen,

wenn es in Stein am Rhein schon kalt ist – man wird sehen. Sie fand ein Taxi und fuhr heim.
Fahre ich denn schon *heim*?

Im Garten roch es nach verbranntem Holz. Die Kinder saßen um ihr Lagerfeuer und hielten an langen Stöcken Äpfel ins Feuer, die unglaublich gut dufteten, aber schlecht schmeckten, da das Feuer ihnen zu sehr zugesetzt hatte.
In der Glut lagen in Stanniolpapier eingepackte Kartoffeln. Für die Kinder war es ein Abenteuer und sie hatten viel Spaß. Katharina hatte daran wahrscheinlich die meiste Freude. Sogar Natascha hielt eifrig ihren Apfel ins Feuer. Agnes hockte sich zu ihr und Katharina brachte ihr ein Stöckchen mit einem Apfel und ein Kissen.
»Für ältere Damen bieten wir einen gewissen Komfort«, meinte sie spöttisch.
»Du, pass auf, werd' nicht frech.«
Katharina parierte: »Ich bin frech, ich liebe es, frech zu sein.« Und beide im Chor: »Du Babe.«
»Warst du bei Oma Maria?«, fragte Natascha sie.
»Ja, mein Kind. Sie lässt dich grüßen, es geht ihr gut. Wir haben schon unseren Flug am Freitagnachmittag nach Zürich gebucht.«
»Habt ihr gehört?«, schrie Natascha in die Runde. »Wir fliegen am Freitag nach Zürich.«
Aus drei jungen Kehlen kam begeistert: »Geil!«
Sie aßen ihre etwas angekohlten Äpfel und warteten auf die Kartoffeln. Als diese gar waren, bekam jeder von Ka-

tharina einen Teller und aus einer großen Schüssel einen Löffel Quark, ein Stück Butter und natürlich Salz.
Katharina hatte Decken ins Gras gelegt und Kissen, auf denen sie vergnügt ihre Teller leer aßen.
Natascha meinte: »Mir schmecken die Kartoffeln so am allerbesten, besser als aus der Küche.«
»Ja, mir auch«, meinte Max.
»Können wir das morgen auch machen, wenn du weg bist, Katharina?«
»Natürlich, ihr Süßen. Ich zeige Elaine, wie es geht, und du, Max, hast mir heute schon zugeschaut und geholfen. Das schafft ihr auch ohne mich. Ihr müsst es nur machen wie die Aborigines. Die leben in Australien und streifen wie Nomaden durch das Land. Wenn sie Hunger haben, beten sie, dass sich ihnen ein Tier oder eine Pflanze opfert. Ebenso bedanken sie sich in einem Gebet dafür. Ihre Feuerstelle verlassen sie so sauber, dass keiner glauben würde, dass vielleicht zwanzig Menschen da gegessen und geschlafen haben. Alles klar?«
Sie holte weitere Kartoffeln aus dem Feuer und verteilte sie.
Agnes beobachtete Katharina. Wie schade, dass sie keine Kinder hat. Sie hat eine so wunderbare Art, auf sie einzugehen. Wenn sie morgen fährt, wird sie mir sehr fehlen. Dann schmeckten auch ihr die Kartoffeln mit Quark.
Sie saßen noch eine Weile im herbstlichen Garten und sahen in die Glut – wie das Feuer langsam erlosch. Die Decken wurden geschüttelt, fein zusammengelegt ins Zelt gepackt, die Holzscheite, die sie nicht gebraucht

hatten, versorgt, Teller und das Besteck ins Haus gebracht.
Wohlwollend und zufrieden schaute Katharina dieser Putzarie zu: »Wenn ihr das morgen auch so macht, wird Agnes begeistert sein.«
Dann verabschiedeten sich die beiden Freunde, die von ihren Müttern abgeholt wurden.
Alle gingen ins Haus.
»Großmutter, ab morgen«, meinte Max großmütig, »gebe ich dir Italienischunterricht.«
»Darauf freue ich mich, Max, ich habe nur die Befürchtung, dass ich mit dem rollenden R nicht klarkomme.«
»Ach, du wirst sehen, das kommt schon.«
»Bin ich froh, dass ich das nicht lernen muss«, sagte Katharina, »ich bin total unbegabt für andere Sprachen, eine echte Katastrophe!«
Max entgegnete: »Weißt du, Kasimir, wenn du erst mal hier lebst, dann schaffst das auch du.«
Katharina sah ihn nachdenklich an. Sie dachte, wenn du wüsstest, Max, dass ich gar nicht hierher will und vor allem nicht hierher kann, wärst du vielleicht sehr traurig. Sie legte den Arm um ihn und sagte: »Los, wir zwei gehen jetzt nach oben schlafen. Natascha schläft bei Agnes. Wir bringen euch in die Schule und danach fahre ich gleich ab. Aber die frohe Botschaft ist, in vier Tagen sehen wir uns wieder, ist das nicht toll?«
»Gute Nacht, gute Nacht, schlaft schön da oben, bis morgen.«
Natascha zog sich ganz schnell aus und legte sich ins Bett.

Agnes beeilte sich ebenfalls, doch als sie mit allem fertig war und ins Zimmer kam, schlief Natascha bereits. Agnes war erleichtert. Sie überdachte den Tag und dankte innerlich Maria für ihre tapfere Haltung und ihre Großzügigkeit. Sie tat, was sie tun konnte, und half so auf ihre Art. Vielleicht wollen die Kinder lieber in Stein am Rhein leben? Vielleicht müsste man sie einfach fragen? Ohne Katharina hierzubleiben wäre für sie einfach undenkbar. Wie sollte sie das allein mit den Kindern schaffen?

Katharina, die immer zu spüren schien, was in Agnes vorging, unterhielt sich mit Max ebenfalls darüber. Sie wusste, dass Agnes das alles ohne sie hier im Tessin nicht schaffen würde.

»Weißt du, Max, Stein am Rhein ist eine wunderschöne Stadt. Dagegen ist Lugano voll touristisch, ich könnte mich da nicht heimisch fühlen, obwohl es natürlich schicker ist als bei uns im Thurgau. Bei uns gehst du im Sommer nur einen kleinen Hügel runter und kannst im Rhein schwimmen, Boot fahren – was immer du möchtest. Du kennst das und bist den Rhein schon rauf und runter geschwommen. Du kannst Rad fahren, weil es eben ist. Hier musst du immer die Berge rauf und die Berge runter. Und im Winter können wir auch nach Falera zum Skifahren …«

»Wieso erzählst du mir das alles? Ich bin müde …«

»Oma Agnes macht nur, was für euch richtig ist, und sie würde auch hierbleiben. Ob aber Reto das kann mit seiner Kanzlei, ist sehr fraglich. Ich mache es auf keinen Fall. Ich komme euch besuchen, aber ich kann nicht hier leben.«

Max schaute sie aus müden Augen flehentlich an. »Und wenn ich dich brauche, Kasimir? Du kümmerst dich viel mehr um mich als meine Eltern.«
»Na, das waren gerade mal vier Tage. Ich hatte auch nichts anderes zu tun, als mich um euch zu kümmern. Ich denke, Max, wir sind eine kleine Gemeinschaft geworden: du, Natascha, Oma, Reto und ich und darauf sollten wir weiterhin aufbauen. Du bist doch ein sehr kluger, intelligenter Junge. Weißt du, es sind immer die Menschen, die dir das Gefühl von zu Hause geben ...«
Katharina streichelte seinen Kopf.
»Nun, mein Lieber, schlaf' schön, morgen sehen wir weiter. Ich bin auch sehr müde, Max, gute Nacht.«
Durch die Wärme des anderen Körpers, den Rhythmus des Atems schliefen sie ein.

Agnes lag noch wach. Wie sollte sie bloß die Kinder beschäftigen? Solche Ideen, wie Katharina sie hatte, fielen ihr gar nicht ein. Sie könnte mit ihnen an interessante Orte fahren, sie in Museen führen, um ihnen die Schönheit der Kunst nahezubringen. Sie würde versuchen, sie für die Kostbarkeit der Erde zu sensibilisieren; für die Tatsache, dass wir hier alle nur zu Gast sind. Aber ob sie das überhaupt wissen wollten? Sie waren schließlich Kinder. Vom Ernst des Lebens hatten sie genug mitgekriegt.
Die Erfahrung ihres langen Lebens hatte sie doch gelehrt, dass Gott ihr immer geholfen hat. Er ist in mir, um mich und mit mir. Warum bin ich so ungläubig? Es gibt keine Probleme, außer man kreiert sie selbst. Wenn sie Reto in

sein Bett gefolgt wäre, hätte es auch da kein Problem gegeben.
Reto … Wenn sie ihn am Freitag sehen würde, was würde sie tun? Es gab da verschiedene Möglichkeiten. Bei den Gedanken daran, musste sie selbst lächeln: Denk nicht an die Zukunft, sei einfach mit dem, was gerade ist.
Agnes umfasste den warmen kindlichen Körper von Natascha, hörte ihrem gleichmäßigen Atem zu und schlief ein.

Am Morgen klopfte Katharina leise – ganz gegen ihre sonstige Gewohnheit – an die Zimmertür von Agnes und flüsterte: »Bist du schon wach? Komm, lass uns in Ruhe eine Tasse Kaffee trinken, bevor die Kinder kommen.«
Katharina stellte in der Küche die Kaffeemaschine an und erzählte Agnes: »Gestern Abend habe ich versucht, Max Stein am Rhein schmackhaft zu machen, nur damit du es weißt. Ich finde, du solltest dich nicht opfern, Agnes. Ich weiß, wie viel dir dein Zuhause bedeutet. Die Kinder brauchen uns, verstehst du? Nicht das Umfeld vom Tessin oder das Haus oder ihre Schule. Sie brauchen fröhliche Menschen, eine neue Familie. Auch wenn wir nicht ihre Eltern sind, sind wir doch so eine Art Patchworkfamilie.«
»Ich weiß nicht«, entgegnete Agnes, »alle behaupten, die Kinder bräuchten nach so einem Schicksalsschlag ihr soziales Umfeld …«
»Wenn ich das schon höre: soziales Umfeld! Wir, Agnes,

sind ihr soziales Umfeld. Ihr Netz, in dem wir sie mit unserer Liebe, mit unserem Einsatz von Zeit einfangen, halten und weiterführen.«

Agnes schaute Katharina staunend an.

»Manchmal frage ich mich, Katharina, woher du deine Weisheit nimmst. Du verblüffst mich immer wieder und ich muss dir gestehen, du würdest mir wirklich fehlen.«

»Agnes, ich sage dir, wir schaffen es. Die Kinder werden es von sich aus wollen.«

»Also gut. Unser Vorsatz fürs Wochenende ist, ihnen alle Vorzüge von Stein am Rhein schmackhaft zu machen.«

»Gut so, nun haben wir einen Plan. Von Plänen hältst du nicht viel«, sagte Katharina spöttisch. »Außerdem könntest du noch Reto anrufen und ihn vorwarnen, dass ihr am Freitag kommt. Sonst hat er vielleicht etwas anderes vor. Es macht sich besser, wenn du ihm das sagst, du Babe, du weißt schon, warum. Ich springe jetzt schnell unter die Dusche und gehe packen.«

Katharina trampelte so laut die Treppe hoch, dass Max aufwachte. Agnes weckte Natascha liebevoll.

Alles Weitere lief schon wie in gewohnten Bahnen. Die Kinder tranken Kakao, aßen ihre Butterbrötchen, bekamen von Elaine die Brote und einen Apfel für die Pause. Katharina kam mit ihrem Koffer und die vier fuhren ab. Der Abschied von Katharina fiel Natascha und Maximilian trotz des baldigen Wiedersehens schwer.

»Seid nicht traurig, ihr beiden. Heute ist Dienstag. Noch Mittwoch und Donnerstag. Freitagabend sehen wir uns schon wieder. Nur drei Nächte müsst ihr ohne mich sein.

Also los in die Schule und seid konzentriert. Oma Agnes holt euch wieder ab.«
Agnes fuhr Katharina auf den hübschen Bahnhof und auch ihr fiel der Abschied schwer.
»Oh, Kasimir, steig' bitte nicht in den falschen Zug und vergiss nicht, in Zürich umzusteigen.«
»Ja, ja, ich fahr' ja nicht zum ersten Mal mit dem Zug.«
»Aber, wie wir wissen, doch schon öfter mal mit dem falschen.«
»Tschau, du Babe.«
»Tschau, Kasimir.«
Nachdem der Zug losfuhr, spürte Agnes ein Gefühl von Einsamkeit. Sie liebte es, allein zu sein, ihren eigenen Gedanken Raum zu geben. Doch nach den Aufregungen der letzten Tage war es, als ob sich eine Leere in ihr ausbreitete. Ihr fiel Maria ein. Wie es ihr wohl ging? Fast automatisch lenkte sie den Jeep vom Bahnhof in Richtung von Marias Haus und rief sie erst an, nachdem sie, wie zuvor bestellt, einen Parkplatz direkt vor der Tür gefunden hatte.
»Oh, wie wunderbar, Agnes. Ich freue mich! Komm zu mir hoch, wir trinken zusammen einen Kaffee.«
Maria freute sich wirklich, das spürte sie.
Die junge Freundin, wie Maria ihre Haushaltshilfe nannte, deckte den Tisch.
»Wie geht es dir und den Kindern?«
»Ach, eigentlich gut. Katharina hat den Kindern sehr gut getan.«
»Ja, sie ist auf ihre Art sehr weise.«

»Heute Morgen haben wir überlegt, dass es für uns alle besser wäre, wenn wir nach Stein am Rhein gingen. Katharina will auf keinen Fall hierherkommen. Was mich an ihr immer wieder erstaunt, ist, wie sehr sie an der Gegend des Bodensees hängt. Vielleicht ist das so bei bodenständigen Menschen, dass sie ihre Wurzeln tief in der Erde verankert haben. Ich glaube, ich selbst habe keine solchen Wurzeln.«

Maria meinte nachdenklich: »Das mag sein, aber ihr müsst euch alle wohlfühlen, Agnes, auch du.«

»Tja, trotzdem möchte ich das tun, was für die Kinder am besten ist.«

»Du solltest dabei auf keinen Fall eine Opferrolle übernehmen. Auf dich warten schon genug andere Herausforderungen. Natascha und Maximilian sind jung und flexibel. Vielleicht ist es sogar gut, sie aus dem Land der Erinnerung zu verpflanzen. Ich glaube, ihr werdet genügend Geld zur Verfügung haben, dass auch Katharina nicht mehr so viel arbeiten muss. Das werden wir nächste Woche alles erfahren. Doktor Wys hat einen Termin für uns angesetzt und bittet übrigens Reto, dabei zu sein.«

Maria hielt kurz inne, dann sagte sie mit leiser Stimme: »Johanna und Sergio werden morgen verbrannt.«

Dann holte sie tief Luft, hielt sich das Taschentuch einen Moment vor ihre Lippen und schloss die Augen.

Agnes saß ebenfalls einen Moment wie gelähmt. Eine tiefe Stille entstand. Die irdische Hülle ihrer Kinder würde morgen verbrannt. Es war schwer, es anzunehmen und zu ertragen.

Nach einer langen Zeit des Schweigens sprach Maria langsam.
»Wir beide werden sie Donnerstag zu Grabe tragen …«
Sie rang um Fassung.
»In unser Familiengrab. Die Kinder müssen diese Erfahrung nicht mitmachen. Später, später werden wir mit ihnen hingehen.«
»Ja, Maria, so soll es sein.«
Agnes berührte die Hand von Maria.
»Danke, dass es dich gibt.«
Nach einer Weile meinte Maria: »Du musst nicht klein denken, Agnes. Wenn die Entscheidung für Stein am Rhein fällt, könnt ihr das Haus hier bestimmt behalten. Darüber wäre auch ich sehr froh, dann sehe ich meine Enkel und dich öfters. Du weißt, ich kann nicht mehr so gut reisen. Dann lebt ihr in Stein und die Ferien verbringt ihr in Montagnola – oder umgekehrt.«
Damit nippte Maria Kaffee aus einer kostbaren Tasse und bot Agnes mit einer ebenso schönen Tasse Kaffee an. Agnes hielt nachdenklich die hauchdünne Porzellantasse in ihren Händen.
»Ich habe gar keine so kostbaren Gegenstände. Bei mir ist alles einfach und praktisch. Irgendwann musste ich die Sehnsucht nach exklusiven Dingen fallen lassen. Nur hell und leicht sollte es sein.«
»Wem sagst du das. Dieses ganze Empire-Zeug erdrückt mich fast …«
Maria seufzte tief.
»Agnes, weißt du, ich war in den vergangenen Jahren sehr

viel allein. Sergio und Johanna hatten zuerst mal ihre Kinder und ihre Karriere. Oder sollte ich besser sagen: ihre Karriere und ihre Kinder? Vielleicht kam da vieles zu kurz. Johanna war sehr erfolgreich und Sergio wollte sie natürlich überbieten. Sie haben gebaut und gebaut und zu viel blieb dadurch auf der Strecke. Du siehst ja, wie zugebaut das Tessin mittlerweile ist. Natürlich waren das nicht nur die zwei. Aber mitgebaut haben sie. Schau dir den Monte Brè an. Am Abend sieht es aus, als läge eine Perlenkette aus Lichtern um den Berg, und wenn das so weitergeht, sind sie bald oben gelandet.«

»Ja, wir machen uns die Natur untertan, bis sie uns untertan macht, und haben vergessen, dass alles Leben Ausgewogenheit braucht. Die Kinder tun mir in dieser Beziehung leid. Was steht der Menschheit noch bevor? Stürme, Erdbeben, Fluten … Eigentlich darf man sich das gar nicht ausmalen. Wir können nur hoffen, dass die Menschen noch rechtzeitig aufwachen und wir einen Weg aus unserer selbst geschaffenen Katastrophe finden. Eigentlich, Maria, bin ich froh, dass ich so alt bin, wie ich bin.«

»Wem sagst du das! Mein Alter hat mir nie Schwierigkeiten bereitet. Nur den anderen. Für die anderen wirst du zusehends älter. Man selbst spürt es nur an immer mehr Schmerzen und Zipperlein. Doch im Herzen ist man eher immer jünger geworden, weil man begreift, wie das Leben funktioniert. Ach, meine Liebe, ich wäre froh, dich für immer hierzuhaben. Nun, ich will nicht selbstsüchtig sein.«

»Das gelingt dir gar nicht.«

»Na, sei da nicht so sicher«, meinte Maria und wechselte das Thema: »Was machst du denn heute mit den Kindern?«
»Wir wollen noch mal ein Lagerfeuer inszenieren – leider ohne Katharina. Ich werde meine Fantasie sehr strapazieren müssen, um neben Katharina bestehen zu können. Morgen wollte ich, wenn die Kinder in der Schule sind, auf den Monte Tamaro, die Kirche Maria von den Engeln anschauen. Sie hat Johanna sehr viel bedeutet …«
»Ja, das solltest du tun und vielleicht könnten wir morgen Mittag etwas gemeinsam unternehmen.«
Beim Abschied umarmten sich die beiden. Agnes ging langsam die Treppe hinunter. Was hatte Sergio, der Mann, den sie hätte lieben können, für eine außergewöhnliche Mutter! Eine auch im hohen Alter schöne, weiche, herzliche, offene Frau. Die Andeutung, dass Johanna und Sergio mehr für ihre Karriere gelebt hätten, war für Agnes nicht neu. So oft war sie nicht im Tessin gewesen, um sich darüber ein Urteil erlauben zu können. Wenn die Kinder in den Ferien zu ihr kamen, waren Johanna und Sergio meist im Ausland unterwegs. Sie wagte zu denken: Warum sind die beiden wirklich verunglückt? Hatten sie eine Auseinandersetzung über ein berufliches Thema? Oder war etwas zwischen ihnen nicht mehr in Ordnung? Sie wischte den Gedanken weg.
Agnes trat hinaus und im Gegensatz zum Thurgau waren hier viele Menschen unterwegs. Sie ging langsam am See entlang, setzte sich auf eine Bank und schaute dem bunten Treiben zu. Vielleicht würde sie, wenn sie die Kraft hätte, wieder Konzerte besuchen und sich mehr für Kulturelles

interessieren? In Stein am Rhein hatte das alles brachgelegen.
Sie dachte an Reto. Wie würde er sich am Freitag verhalten? Sie tat, was Katharina ihr geraten hatte, sie rief ihn an.
»Hallo Reto, hier ist Agnes, grüß dich. Bist du gut nach Hause gekommen?«
»Danke der Nachfrage.«
»Reto, bitte entschuldige, ich habe mich wirklich blöd benommen. Ich habe das nicht so gemeint.«
Reto blieb zurückhaltend.
»Ist schon gut, Agnes.«
»Ich wollte dir nur sagen, Reto, wir kommen am Freitagabend und bleiben bis Montag. Ich wollte dich bitten, dir Zeit für Max und eine Segeltour zu nehmen.« Und dachte weiter: Und für mich.
»Ja, das lässt sich einrichten. Noch was?«
»Nein, danke, das war alles.«
»Tschau, Agnes.«
Sie saß noch eine Weile auf der Bank, schaute auf den See und spürte, wie weh es tat, dass Reto so sachlich und kühl gewesen war. Ihre Gedanken schweiften wieder zu Johanna und Sergio. Johanna, das wusste sie, war ehrgeizig und die Wahrheiten, die sie Agnes immer mal wieder um die Ohren geschlagen hatte, waren ganz schön verletzend. Hatte sie sich Sergio gegenüber genauso verhalten am Tag des Unglücks? Wir werden es nie erfahren. Sergio war ruhiger, auch gelassener. Sein Erfolg war langsam und stetig gewachsen. Als Sohn eines Bauunternehmers hatte

er es als Architekt leichter als Johanna, die sich alles schwer erarbeitet hatte. In so einem Unfall liegt ein tieferer Sinn. Entweder hatten sie ihre Aufgabe erfüllt und konnten gehen oder sie waren auf einem falschen Weg und ihre Seelen wollten auf diese Weise für eine Korrektur sorgen?
Wieder schaute Agnes auf den See, auf die nahen Berge. Das Tessin hatte etwas von dem Bild »Die Toteninsel« von Böcklin. Diese Landschaft war für sie immer wie eine Pforte in das Totenreich gewesen. Eine sehr mystische, aufsteigende Enge. Sie hatte, wenn sie im Tessin war, oft tief gehende, schöpferische Träume. Vielleicht würde diese Gegend ihre Arbeit befruchten?
Sie wusste jetzt, dass sie morgens immer Zeit zum Schreiben hätte. Das war ja schon mal ein guter Anfang … Als sie auf die Uhr schaute, sah Agnes, dass es höchste Zeit war, die Kinder abzuholen.
Natascha saß schon auf der Treppe, als sie kam. Auf Max mussten sie noch warten. Natascha sah müde aus.
»Geht es dir nicht gut, mein Kind?«
»Doch, doch, Oma, ich bin nur traurig.«
»Wer hat euch sonst von der Schule abgeholt?«
»Elaine natürlich.«
Hm …, dachte Agnes, die Kinder waren mit Elaine doch viel allein gewesen.
»Oma« – Natascha schmiegte sich an Agnes –, »ich bin froh, dass du da bist, bleibst du wirklich bei mir?«
»Aber natürlich bleibe ich bei dir.«
In dem Moment kam Max die Treppen herunter mit der Nachricht, dass er heute Nachmittag Sport hätte.

»Die gute Nachricht ist, wir kriegen beide am Montag frei.«

»Danke, Max, das hast du gut gemacht.«

Sie fuhren heim. Elaine hatte schon den Tisch gedeckt. Es gab Fisch und Kartoffeln. Fast schon selbstverständlich saßen Max und Natascha mit ihrer Großmutter am Tisch. Agnes bat Elaine, Max in die Schule zu fahren, und legte sich mit Natascha in ihr Zimmer.

»Komm, Natascha, wir zwei Mädels ruhen uns aus. Danach bist du wieder frisch.«

Natascha schlang wieder ihre Beine um die von Agnes und hielt sich an ihr fest, damit sie in ihrem kindlichen Schmerz nicht ertrank. Agnes lag eine Weile in dieser kindlichen Fessel, bis auch sie in einen heilsamen Schlaf gezogen wurde.

Als sie beiden aufwachten, war es schon fünf Uhr.

»Oma, das war schön, ich hatte so einen schönen Traum. Ich habe Mama gesehen, sie war auf der Venus und war so schmal wie eine kleine Feder, aber ich wusste, dass sie das ist.«

Agnes küsste sie.

»Das ist schön, dass sie sich dir gezeigt hat, kleine Prinzessin. Und jetzt lass uns schauen, was Max macht.«

Max und Elaine waren noch nicht zurück und als sie nach einer halben Stunde kamen, hatte Max keine Lust mehr, noch ein Feuer zu machen. Die Kinder krochen bis zum Abendbrot ins Zelt und erzählten sich scheinbar die Geschichten von Katharina. Man hörte sie ab und zu kichern.

Beim Abendessen bekam Agnes ihren ersten Italienischunterricht. Max war sehr praktisch und überreichte ihr ein Schulheft.

»Darin notierst du dir die Vokabeln.«

Er zeigte auf die Gegenstände.

»Tavola, pane, burro, salame, formaggio, pomodoro, bicchiere …«

Sie lachten viel über Agnes' furchtbare Aussprache und dass sie partout kein Zungen-R zustande brachte. Die Lehrerin wurde vom Schüler belehrt. Max hatte viel Geduld und Natascha saß mit leuchtenden Augen dabei und versuchte, der Großmutter zu helfen.

»Rrrrrrr … Du musst die Zunge an die Zähne vorn legen und einfach rollen lassen.«

»Oh, mein Kind, meine Zunge ist nicht so gelenkig wie deine kleine niedliche.«

Die Ausdauer der Kinder hielt so lange an, bis es Zeit war, ins Bett zu gehen. Da tauchte die Frage auf, ob Max und Natascha schon bereit wären, allein oben zu schlafen. Die beiden drucksten herum: »Na ja, vielleicht bis Freitag … schlafen wir lieber mit dir.«

»Dann schlage ich vor, dass wir ins Gästezimmer von Reto gehen, da ist das Bett groß genug für uns drei. Auf dem Boden möchte ich nicht schlafen. Dafür ist mein Rücken nicht gemacht.«

Sie nickten beide einträchtig.

»Klar, in deinem Alter.«

»Ihr Frechdachse!« Agnes jagte die beiden die Treppe hoch ins Bad. »Waschen, Zähneputzen. Wir treffen uns im Bett.

Ich brauche ein bisschen länger als ihr. Habt also Geduld mit eurer Großmutter.«

Als Agnes ins Zimmer trat, saßen die beiden wie die Osterhasen erwartungsvoll in dem großen Gästebett und bettelten: »Eine Geschichte vor dem Einschlafen. Du kannst so schön erzählen. Bitte, Oma.«

Natascha streichelte das Gesicht von Agnes: »Bitte, Oma.«

Agnes war über diese sanfte Berührung erschüttert und musste sich beherrschen, da ihr plötzlich Tränen in den Augen standen. Sie räusperte sich.

»Also, ein Märchen für euch. Wie wär's mit der Fliederfee Fiona?«

»Au ja …«

Sie kuschelten sich gemütlich unter die Decke und Agnes begann zu erzählen.

»Es gibt heute auf der Erde nur noch wenige Gärten, in denen Naturwesen wie Elfen, Erdgeister und Baumelben leben oder sogar geduldet und geliebt werden. Ich kenne einen solchen Garten, der auf einem steilen Abhang terrassenförmig in den Wald gebaut wurde. Wie ein Amphitheater umarmt der Wald den Garten. In dem untersten Abhang lebt die Holunderfrau Warwara, eine knorrige Alte, die genauso alt ist wie ihre Bäume und so widerstandsfähig, dass sie alle Veränderungen in diesem Garten überstanden hat. Warwara war gerade dabei, mit ihren Bäumen zu schimpfen.

›Ihr Langschläfer, ihr Faulenzer. Wacht auf! Lasst die Blätter wachsen und gebt den Blüten endlich Energie, damit sie blühen und duften. Immer ist uns die Fliederfee voraus mit ihren Blüten und dem Duft, der durch den Garten weht. Und ihr Trottel steht da und habt gerade mal Blätter.‹

Esmeralda, die kleine Koboldin, gesellte sich zu Warwara. ›Du darfst nicht so schimpfen mit deinen Bäumen, nur weil du ehrgeizig bist und den Holunderduft vor dem des Flieders durch den Garten schicken willst. Du bringst ja alles durcheinander. Es gibt doch Gesetze, die wir beachten müssen.‹

Warwara regte sich auf.

›Du Naseweis, die du zu nichts nütze bist. Willst mich über die Gesetze der Natur belehren? Hau ab!‹

Und damit nahm sie ein Stück alten Holzes und schleuderte es gegen Esmeralda. Diese schrie auf, weil es ihre kleine Nase getroffen und die Backe einen Riss bekommen hatte. Laut heulend lief Esmeralda in den heiligen Hain zur Hüterin des Gartens, die da wohnte, und klagte ihr Leid.

Die Hüterin des Gartens, Serafina, war größer als die anderen Naturwesen. Sie hatte ein silberblaues schillerndes Kleid an, lange silberne Haare flossen über ihre Schultern und ein schmales schönes Gesicht mit blauvioletten Augen blickte gütig auf die kleine Esmeralda. Sie legte ihre Hände auf die Wunde der kleinen Koboldin und im Nu waren alle Verletzungen verschwunden.

Die Fliederfee Fiona, die so schön war, dass man den Neid der alten Warwara verstand, hatte den Klagen Esmeraldas zugehört und wusste, dass die Eifersucht eigentlich ihr galt. Sie raffte ihr violettes leichtes fließendes Gewand.

›Lasst mich das regeln‹, rief sie und mit einem duftenden Fliederzweig flog sie zu Warwara.
Diese schrie wütend: ›Du hast mir gerade noch gefehlt mit deinem stinkenden Duft!‹
Fiona wedelte mit dem Zweig so lange um Warwaras Nase, bis diese aufhörte zu schimpfen und den Duft gierig einsog.
›Na, siehst du, so schlimm stinkt der Flieder doch gar nicht.‹
›Werde nur nicht größenwahnsinnig‹, sagte Warwara im Ton schon etwas versöhnlicher.
›Du hast so einen schönen Baum, Warwara, schau, überleg doch. Mein Flieder duftet vielleicht zehn oder vierzehn Tage und dann sind die Blüten verwelkt. Aber dein Baum lässt Blüten wachsen und der süße Duft hüllt den ganzen Wald ein. Außerdem kann man deine Blüten essen – mit Ei und Semmelbröseln panieren und in Öl braten. Oder Sirup aus ihnen herstellen. Aus deinen Beeren wird Saft gemacht, der sehr heilend ist, und ebenso eine wohlschmeckende Marmelade. Und sogar Holunderschnaps gärt man aus deinen Beeren. Übrigens täte es dir gut, wenn du ab und zu einen trinken würdest. Dann hättest du bessere Laune und würdest Esmeralda nicht mehr beschimpfen.‹
Sobald Warwara den Namen Esmeralda hörte, regte sie sich erneut auf.
›Dieses unnütze Ding! Kannst du mir erklären, Fiona, wozu es Kobolde gibt, die zu nichts zu gebrauchen sind, außer dass sie selbst glauben, sie seien komisch und wit-

zig, und die ohne jegliche Verantwortung fröhlich in den Tag hinein leben?‹

›Genau dafür sind sie da. Man muss nicht immer nützlich sein. Hast du nicht auch schon über ihren Schabernack gelacht? Wir alle lieben diese kleinen unnützen liebevollen Kobolde. Warwara, du alte, zauberhafte Holunderfrau, sei wieder gut und schmeiß nicht mit Gegenständen auf die Mitbewohner des Gartens, sonst wirst du genauso böse und unversöhnlich wie die Menschen.‹

Warwara wollte gerade wieder in Wut geraten.

›Hör' mir bloß auf mit den Menschen …‹, konnte sie gerade noch sagen, da erschien groß und leuchtend die Hüterin des Gartens.

›Warwara, hüte deine Zunge und kühle dein Gemüt, sonst wirst du diesen Garten verlassen. Ich dulde keine Feindschaft, keinen Neid und keinen Hass. Wir nehmen uns kein Beispiel an den Menschen. Heute, Warwara, ist es so weit, dass die Menschen von uns lernen müssten.‹

Damit verschwand sie wieder in ihren heiligen Hain. Die schöne Fliederfee streichelte das knorrige Gesicht von Warwara.

›Sei wieder gut. Wir alle lieben dich und deinen Baum und wir alle brauchen dich im Garten, du bist unser aller Schutz.‹

Der alten Holunderfrau liefen die Tränen aus den Augen.

›Ich würde sterben, wenn ich diesen Garten verlassen müsste, Fiona.‹

›Na also, dann sei wieder gut und entschuldige dich bei Esmeralda.‹

Das tat Warwara dann auch wirklich aus vollem Herzen und der Frieden im Garten war wiederhergestellt.«
Agnes lehnte sich zurück.
»Leider sind meine Märchen nicht so witzig wie die von Katharina.«
Natascha antwortete schnell: »Aber schön, die Fliederfee Fiona gefällt mir. In unserem Garten haben wir keinen Flieder.«
»Mithilfe von Katharina können wir alles pflanzen und nun gute Nacht, ihr zwei. Morgen ist ein neuer Tag. Katharina sagt immer: Ein neuer Tag, ein neues Glück.«
Agnes lag zwischen ihren Enkelkindern und die Nähe dieser jungen Körper tat ihr gut – das Gefühl, gebraucht zu werden, nützlich zu sein. Durch den Verlust ihres eigenen Kindes wurden ihr zwei Seelen anvertraut. Durfte sie überhaupt so denken? Es blieb ihr eigentlich gar nichts anderes übrig, dachte sie, bevor sie einschlief.
In dieser Nacht träumte sie, dass sie in einen Zug voller Menschen eingestiegen war, der später mitten im Nichts stehen blieb. Sie versuchte, sich zu orientieren. Was sollte sie hier? Da gab es nicht mal einen Bahnhof und die vielen Menschen verschwanden alle lautlos in verschiedene Richtungen.
Auf einmal hörte sie ihren Namen rufen. Ein junger Mann winkte sie in seine Richtung. Agnes, komm ... Erstaunt ging sie zu ihm und fragte: Woher kennen Sie meinen Namen? Er lächelte nur, nahm sie an seine Hand und sie hatte das Gefühl, dass ihre Füße nicht mehr den Boden berührten und sie ganz schnell von der Stelle kamen.

Es war ein seltsames Zwielicht. Überhaupt, was war das für eine Landschaft? Eine Zwischenlandschaft, dachte sie, aber zwischen was?

Sie schaute ihren Begleiter an und ohne dass er sprach, verstand sie: Zwischen deiner und unserer Welt. Bin ich etwa im Himmel?

Ihr Begleiter lachte. So könntest du es auch nennen. Sie bogen um einen Berg und dahinter lag ein von der Sonne beschienenes, fruchtbares Tal. Agnes hatte noch nie eine so leuchtende, blühende Landschaft gesehen.

Plötzlich standen sie vor einem wunderschönen Haus, fast wie ein Schloss oder ein strenges Patrizierhaus mit einem riesigen Garten, der dieses Haus umgab.

Johanna und Sergio arbeiteten mit anderen in diesem Garten.

Agnes lief stürmisch auf die beiden zu. Doch der Mann hielt sie fest.

Du darfst sie nur sehen, Agnes, nur anschauen, damit du die Kraft hast weiterzuleben.

Auf einmal stand sie wieder vor dem Zug. Die vielen Menschen, die mit ihr ausgestiegen waren, kamen lautlos wieder zurück. Keiner kümmerte sich um den anderen, sah ihn auch nicht an und der Zug fuhr ab.

Als sie aufwachte, so gegen vier Uhr morgens, wusste sie, dass dieser Traum voller Wahrheit war, der sie trösten sollte.

Die beiden Kinder neben ihr schliefen fest.

Agnes brauchte eine lange Zeit, bis sie die Bilder des Traums einigermaßen verstehen konnte. Das Schweben über die Landschaft und die Leichtigkeit, die sie erlebt hatte, hatten ihr gutgetan. Wenn man das auf der Erde auch könnte, sich erheben und über die Wiesen schweben …

Sie war sich nun wieder ganz sicher: Es gibt keinen Tod. Nur einen Neuanfang.

6

Die Entscheidung

Das morgendliche Ritual verlief reibungslos und Agnes wurde bei jedem Tun, beim Essen, beim Autofahren und allem, was sie mit den Kindern erlebte, von ihnen mit italienischen Worten überschüttet. Sie musste innerlich lachen. Zwei Generationen Lehrer als Vorfahren haben diese Kinder. Wie könnten sie anders sein? Sie bemühte sich, eine eifrige Schülerin abzugeben.

Nachdem sie Natascha und Maximilian in der Schule abgeliefert hatte, fuhr sie zur Seilbahn des Monte Tamaro. Von unterwegs rief sie Maria an.

»Ich hole dich um ein Uhr ab. Wir gehen alle zusammen essen.«

Maria unterbrach sie: »Ich lade euch ein ins Eden Hotel auf die Terrasse, das wird dir gefallen.«

Angekommen bei der Seilbahn, die sie als sehr windig empfand, verließ Agnes beinahe der Mut hochzufahren. Doch da so viele Menschen couragiert einstiegen, tat sie das auch. Die kleine Gondel wackelte ziemlich hin und her und Agnes war froh, als sie oben wieder Erde unter ihren Füßen spürte. Ein überwältigender Blick auf die Alpen und das Versascatal öffnete sich ihr. Auf dem Weg

zur Kapelle glaubte sie auch, das Matterhorn zu erkennen. St. Maria von den Engeln wirkte von außen wie eine Festung, fügte sich jedoch in diese gigantische, fast unwirtliche Landschaft. Sie konnte Johannas Enthusiasmus für dieses Bauwerk an diesem außergewöhnlichen Ort begreifen. Es war fast so, wie wenn die Engel um diese einsame Alpenkirche herumfliegen würden.
Tief berührt betrat sie das Innere der Maria geweihten Kirche. Magisch wurde sie von dem Bild der übergroßen segnenden Hände angezogen, die, in blaues Licht getaucht, den sonst so archaischen Innenraum beherrschten. Jetzt verstand sie, wie vollendet der Lichteinfall, von dem Johanna immer gesprochen hatte, hier verwirklicht war.
Auf einer Bildtafel an der Seite las sie:

»Gegrüßt seist du (Salve)
jungfräuliche Rose,
Aufgeblüht, ohne Dornen
Erhaben auf deinem
Stängel Königin über
jeden Garten«

Agnes war nicht fähig, mehr aufzunehmen. Langsam ging sie an den Bildtafeln entlang aus der Kirche hinaus. Sie wusste, dass sie noch oft hierherkommen würde mit mehr Kraft und mit mehr Zeit.

Eine Stunde später standen Maria und Agnes vor der Schule und Agnes versuchte, Maria den starken Eindruck,

den die Kapelle St. Maria von den Engeln auf sie gemacht hatte, zu vermitteln. Dann kamen schon die Kinder freudestrahlend aus der Schule gerannt.
»Überraschung, wir gehen auf die Terrasse vom Eden Hotel.«
Das fanden sie supercool.
Maria wurde auch in diesem Hotel respektvoll begrüßt. Man kannte sie in Lugano. Sie bekamen einen Tisch direkt über dem Wasser.
Agnes empfand den Wechsel von der kargen, fast abweisenden Natur des Monte Tamaro hin zur mediterranen, spätsommerlichen Landschaft als wohltuend. Die Berge und das Blau des Wassers, das sie an das Blau der Hände in der Kapelle erinnerte, hatten etwas Erlösendes. Der sich nach hinten verengende See kam Agnes vor wie ein weiteres Tor, das in die Unendlichkeit führte.
Sie erinnerte sich, dass Hermann Hesse diesen Blick oft gemalt hatte. Er hatte ihn offensichtlich auch fasziniert.
Eine große Fontäne zauberte Regenbogen über das tiefblaue Wasser. Die ockerfarbenen Häuser am Ufer mit ihrem südlichen Flair, ihren bunten Fensterläden und den Blumentöpfen gefielen Agnes immer wieder aufs Neue. Und dieser Blick in die Ferne auf die hohen Berge mit dem gleißenden Weiß des ewigen Schnees, der wie ein kühlender Hauch herunterströmte, das Grün vom Monte Brè, auf dem sich die Häuser nach oben schlängelten … Agnes atmete diese Landschaft tief ein. Es war anders als am Rhein, aber sehr beeindruckend.
Maria und die Kinder bestellten das Essen auf Italienisch.

Agnes hörte aufmerksam zu, wie man die Worte aussprach. Max erzählte Maria stolz, dass er Agnes unterrichte. Natascha meinte altklug: »Weißt du, Oma, sie kann das R nicht rollen und das übe ich mit ihr.«
Agnes spürte, wie glücklich Maria in der Gegenwart der Kinder war. Sie wunderte sich, warum Maria die beiden früher nicht öfter getroffen hatte. War es der Alltagstrott oder hatte sie sich ganz einfach nicht getraut?
Agnes schickte die Kinder Händewaschen, damit sie Maria ihren Traum der letzten Nacht erzählen konnte.
»Spürst du, wie tröstlich das ist? Sie sind nur von hier weg, woanders hin. Dort sahen sie viel schöner und glücklicher aus. Es hat mich sehr berührt, sie in einem Garten arbeiten zu sehen. Ihre Seelen erholen sich scheinbar dort bei der Gartenarbeit, wie wir es hier bei uns auch machen würden. Ich denke, ich durfte das in diesem Traum erfahren, damit wir beide ohne Trauer und Schmerz weiterleben können.«
Maria bat Agnes mit einem Schmunzeln: »Kannst du mir die Telefonnummer von deinem Anwalt geben? Ich möchte ihn offiziell bitten, am Donnerstag nächster Woche hierherzukommen.«
Maria, Agnes und die Kinder verbrachten zusammen einen harmonischen Nachmittag. Dann begleiteten sie Oma Maria nach Hause, die etwas müde und angestrengt aussah, doch Agnes fühlte, wie gut ihr die Gesellschaft getan hatte.
Am Abend ging der strenge Italienischunterricht für Agnes weiter. Erst als sie alle im Bett lagen, bat Agnes um Gnade.

»Kinder, bitte, morgen ist auch noch ein Tag.«
Natascha und Maximilian waren hartnäckig.
»Dann musst du uns ein Märchen erzählen.«
Sie setzte sich im Bett auf. Links und rechts kuschelten sich die Kinder an sie und schauten sie erwartungsvoll an. Agnes erzählte ihnen weiter von dem Garten, von Kirschbäumen und ihren Faunen, von Kobolden und Zwergen, bis sie einschliefen.
Agnes tat es ihnen gleich. Ihr Schlaf war tief und traumlos.

Als sie die Augen öffnete, wusste sie: Heute ist Donnerstag, der Tag, an dem sie mit Maria die Asche von Johanna und Sergio mit dem Pfarrer von Sant'Abbondio zur letzten Ruhe geleiten würde.
Agnes wollte versuchen, sich nicht mehr von Schmerz und Trauer überwältigen zu lassen. Bei all dem Leid war auch immer ein harmonisches Gefühl der Ruhe und Stille in ihrer Mitte. Wenn sie versuchte, glücklich zu sein, entstand in ihrem Innersten eine Quelle der Liebe und Harmonie. Diese wollte sie nähren und keine negativen Gedanken zulassen. Sie lenkte ihre Aufmerksamkeit auf ihren Atem. Es fühlte sich gut an – so, als ob sie die Wasser ihres Lebens mit farbiger Lichtenergie füllte. Agnes entspannte ihren Körper und in ihr war ein leuchtendes Fließen. Sie ließ dieses Glücksgefühl aus ihrer Mitte auf die Kinder in ihrem Bett strömen, so lange, bis diese erwachten.
Agnes begrüßte sie mit einem zärtlichen: »Buon giorno …«

Sie streichelte das Köpfchen von Natascha und versuchte dasselbe auch bei Max, der es geschehen ließ.
»Wollen wir aufstehen? Es ist schon recht spät ...«
Wie auf Kommando sprangen die beiden aus dem Bett und quasselten sehr lebendig in bestem Italienisch auf Agnes ein. Der Unterricht ging weiter, bis Agnes die Kinder an der Schule abgeliefert hatte.
Dann fuhr sie zu Maria, die schon bereitstand. Diszipliniert und gefasst stieg sie ins Auto und Agnes sah, wie müde sie aus der Nähe aussah.
»Nun müssen wir das Unvermeidliche tun, meine Liebe, ich danke Gott, dass du bei mir bist, Agnes.«
Sie fuhren hoch nach Gentilino. Der Pfarrer erwartete sie bereits und hatte auf Marias Wunsch hin alles Notwendige veranlasst. Zwei Männer trugen die Urnen und gingen von der Kirche durch die lange Zypressenallee zum Friedhof hinüber. Maria, Agnes und der Pfarrer folgten ihnen. Unter Gebeten wurden die Reste von Johanna und Sergio der Erde übergeben.
»Asche zu Asche, Staub zu Staub.«
Johanna und Sergio lagen nun bei den Ahnen der Familie Convalli.
Agnes sah vor ihrem geistigen Auge ihre Tochter und ihren Schwiegersohn in diesem schönen Garten arbeiten und sie wusste: Dieses hier war nicht die ganze Wahrheit.
Die beiden Frauen standen noch eine Weile am Grab. Agnes versuchte, bei allem Schmerz wieder dieses Glücksgefühl in ihrer Mitte zu spüren. Zwei Lebensströme waren von der Erde gegangen, doch der Lebensfluss von Agnes

und Maria ging weiter. Maria hängte sich bei Agnes ein. Sie verließen langsam diesen Friedhof, der ein Hof des Friedens war.

»Wollen wir in das Café nach Montagnola fahren und dort auf die Kinder warten, Maria? Ich denke, du solltest jetzt nicht allein sein.«

Sie ließen sich Zeit, setzten sich an einen der einfachen Tische auf der Straße und schauten vom Café aus dem Treiben im Dorf zu.

»Ich weiß so wenig von dir, Agnes. Willst du mich nicht ein bisschen an deiner Vergangenheit teilhaben lassen? Was ist eigentlich mit dem Vater von Johanna? Ich weiß fast nichts über ihn, nur, dass er Lehrer war.«

Agnes lehnte sich zurück, schloss die Augen. Es fiel ihr schwer, von sich zu erzählen.

»Ich bin in Burghausen an der Salzach aufgewachsen und mein Vater war Lehrer an einem berühmten Gymnasium. Ich hatte eine schöne, aber strenge Kindheit und war sehr viel draußen in der Natur. Natürlich ging ich auch auf dieses Gymnasium und wurde, wie mein Vater, den ich sehr verehrte, Lehrerin. Eines Tages verliebte ich mich in unseren Sportlehrer, der fünfzehn Jahre älter war als ich. Ein sehr gut aussehender Draufgänger. Fröhlich dem Leben und den Frauen zugetan.«

Agnes musste lachen, als sie an Franz und seinen Charme dachte.

»Er war der größte Skifahrer vor dem Herrn, spielte Tennis, schwamm, ritt und überall waren die Mädels hinter ihm her. Ich natürlich auch und ich hatte Glück: Er verliebte sich ernsthaft in mich. Wir heirateten, hatten sechs überaus glückliche Jahre, bis er sich in eine Schülerin verliebte. Du kannst dir denken, was das für ein Skandal war. Zudem bekam sie noch ein Kind und mein Vater bestand auf Scheidung.«

Agnes seufzte. »Ich mochte ihn immer noch ... Solche Männer sollten für mein Leben zum Muster werden. Männer, die ich interessant fand, gefielen stets auch vielen anderen Frauen. Schweren Herzens verließ ich mein geliebtes Burghausen, suchte mir eine Stelle in München und zog mit der damals sechsjährigen Johanna nach Schwabing. Ich glaube, ich wurde eine ganz gute Lehrerin. Als Johanna sechzehn war, ist Franz bei einem Skiunfall ums Leben gekommen. Mein Vater hat Johanna und mir immer geholfen, bis er fast gleichzeitig mit meiner Mutter starb. Um diese Zeit verliebte ich mich in einen Musiker, wenn du so willst, einen sehr berühmten Dirigenten. Ein ähnlicher Typ Frauenschwarm wie Franz, nur völlig unsportlich. Diese Beziehung stellte mein Leben auf den Kopf und warf mich aus meiner bis dahin doch sehr stabilen, bürgerlichen Existenz. Ich erlebte mit ihm Momente des höchsten Glücks. Seine großen Konzerte überall in der Welt erfüllten mich mit einer großen Achtung vor seinem Können. Er lehrte mich, Bach zu verstehen, Händel und Mozart zu lieben. Doch vor allen Dingen liebte ich diesen Mann in einer Art Wahnsinn. Wir lebten eine Beziehung voller Höhenflüge und Abstürze. Ich wurde umgegraben, innerlich auch aufgerieben. Er hatte Frauen in der ganzen Welt, da habe ich mich vor Eifersucht verzehrt, bis ich leer und ausgebrannt war. Erst dann bin ich gegangen. Ich wollte nie mehr eifersüchtig sein. Das ist eine der schlimmsten Krankheiten. Vielleicht kannst du dir vorstellen, dass ich Jahre brauchte, um wieder ein normales Leben zu führen. Aber trotz allem Schmerz bin ich an dieser Beziehung am meisten gewachsen. Gott sei Dank starb er an seinem rasanten Lebenshunger und ich war erlöst.«

»Du Arme …« Maria legte ihre Hand auf den Arm von Agnes. »Ich habe gefühlt, dass du durch eine Hölle gegangen bist, deshalb hast du jetzt den Himmel in dir.«

»Ich muss dir gestehen, Maria, als ich deinen Sohn auf der Frankfurter Buchmesse kennenlernte, war das der erste Mann, der mir wieder gefiel, nur war er zehn Jahre jünger und er wurde der Mann meiner Tochter.«

Agnes liefen jetzt die Tränen übers Gesicht. »Entschuldige, diese alten Geschichten tun anscheinend immer noch weh.«

Sie trank einen Schluck Wasser, schaute Maria an und sagte leise: »Du hattest wahrscheinlich mehr Glück, warst ein Leben lang verheiratet …«

Maria lachte herzlich.

»Agnes, glücklich, wer ist schon in einer lebenslangen Ehe glücklich? Da sind vielleicht glückliche Momente, doch der Alltag frisst sie alle auf. Sergios Vater war eine imposante Erscheinung. Ein Bauunternehmer, weißt du, ein Mann, der immer etwas Großes erschaffen wollte, deshalb hatte er keine Zeit, nach anderen Frauen zu schauen. Er war großzügig, offenherzig, sogar liebevoll, er hatte nur nie Zeit. Er war immer mit Bauen beschäftigt.«

Maria dachte eine Weile nach.

»Eigentlich war ich nie unglücklich. Ich fühlte mich beschützt und Geld war immer genügend da. Ich bekam großartige Geschenke. Ich glaube, er hat mich auf seine Weise sehr geliebt.« Sie seufzte tief. »Und ich? Ich war dankbar, dass es das Leben so gut mit mir meint. Ich hatte wahrscheinlich die Sicherheit, die du nie hattest.«

»Nein, Sicherheit hatte ich nicht, dafür umso mehr Gottvertrauen. Aber mein Glaube an die Redlichkeit der Männer ist doch tief erschüttert. Manchmal frage ich mich, ob nicht vielleicht sogar meine Weiblichkeit auf der Strecke geblieben ist.«

Maria schaute sie liebevoll an.

»Meine Menschenkenntnis sagt mir, dass Reto einer der redlichen Männer ist, einer, auf den du dich verlassen kannst. Geh auf ihn zu, wenn du jetzt nach Hause kommst. Solche Chancen sind selten und man muss sie ergreifen, wenn das Leben es gut mit einem meint.«

Sie blickte nachdenklich in die Ferne und gab sich dann einen Ruck.

»Lass uns Elaine anrufen und ihr sagen, dass wir mit den Kindern auf die Terrasse vom Principe Mittagessen gehen, dann können wir noch ein Weilchen zusammenbleiben.«

Als die Kinder aus der Schule kamen, waren sie sofort einverstanden. Es war einer der warmen Herbsttage, an denen man noch auf der Terrasse sitzen konnte. Die Aussicht nahm Agnes wieder gefangen. Was war es bloß, was sie hier so faszinierte? Die Stadt unter ihnen sah von oben eigentlich hässlich, modern und zugebaut aus.

Doch den Blick in die Ferne schweifen zu lassen war paradiesisch.
Maria sah in den Augen von Agnes, wie diese sich in der Landschaft verloren, und lächelnd fragte sie: »Hat dich die mystische Schönheit des Tessins schon gefangen genommen?«
Die Berge im Dunst sahen unwirklich aus. Agnes dachte, am Ende des Sees könnte jederzeit der Schwan Lohengrins auftauchen. Laut sagte sie: »Aus einem fernen Land, unnahbar euren Schritten, steht eine Burg Monsalvat genannt.«
Ja, in so einer Landschaft könnte das auch spielen, dachte sie.
»Was ist das, Oma? Das klingt schön«, meinte Natascha.
»Das ist aus Lohengrin. Wenn ihr Lust habt, erzähle ich euch heute Abend seine Geschichte.«
Maria schaute Agnes erstaunt an.
»Meinst du, sie verstehen das?«
Agnes zwinkerte ein bisschen mit den Augen.
»Die Ritter vom Heiligen Gral haben mich in meiner Kindheit fasziniert und begleitet, weshalb sollte das bei Natascha und Max anders sein?«
Sie schaute ihre Enkelkinder mit einem echten Lehrerinnenblick an.
»Wisst ihr, ich finde es toll, einen Helden aus der Geschichte als Vorbild zu haben, um ihm nachzueifern. So wie König Artus oder Lanzelot oder Siegfried.«
»Die kennen wir zum Glück alle nicht, Großmutter«, sagte Max.

»Die werdet ihr schon noch kennenlernen. Geschichte macht nämlich Spaß, weil sie voller Abenteuer ist.«

Maria meinte lächelnd: »Kannst du mich zu deiner Geschichtsstunde hinzuziehen? Ich war immer ein faules Mädchen. Außer der griechischen Geschichte kenne ich nichts.«

»Na, im Grunde reicht die griechische. Da hast du Odysseus, den Trojanischen Krieg, die Ilias …«

»… habe ich leider nie gelesen.«

»Oh, dann haben wir ja alle einiges zu tun. Ich lerne Italienisch und ihr bekommt Geschichtsunterricht.«

Natascha hatte aufmerksam zugehört.

»Ich kenne die Geschichte von Jesus«, meinte Natascha etwas verschämt.

»Wir haben die Geburt des Jesuskindes in der Schule gespielt und ich war der Stern von Bethlehem, der den drei Weisen aus dem Morgenland den Weg gewiesen hat.«

Agnes war gerührt.

»Wie hast du denn das gemacht, mit dem Stern?«

»Ich hatte einen langen Stab, an den ein leuchtender Stern gebastelt war, in dem eine Kerze brannte. Ich bin immer vor den drei Weisen hergegangen, damit sie den Weg zur Krippe finden konnten.«

»Hast du auch mitgespielt, Max?«

»Ja, ich war einer von diesen Häschern, die das Kind suchten.«

»Weißt du, Oma« – Natascha stellte sich zwischen die Beine von Agnes –, »es hat mich immer traurig gemacht, dass das Jesuskind sterben musste.«

»Mich auch, Natascha, mich schmerzt es noch immer.«
Agnes spürte die Trauer in sich und versuchte, sich vor den Kindern nichts anmerken zu lassen. Ihre Gedanken schweiften immer wieder zu den beiden Urnen, zu Johanna und Sergio, die nun, zu Asche geworden, im Grabe der Convallis lagen. Wahrscheinlich ging es Maria ähnlich, denn sie aß kaum etwas und stocherte in ihrem Essen herum.

Sie saßen lange auf der Terrasse und erst als es Abend wurde, brachten sie Maria in ihre schöne Wohnung und fuhren dann in die Via Capella.

Zu Hause angekommen, bat Agnes Elaine, mit den Kindern Koffer zu packen und sie alle morgen nach der Schule zum Flughafen zu bringen.

Als sie im Bett lagen, bat Natascha: »Oma, erzählst du uns die Geschichte von Lohengrin? Das klang so schön, was du gesagt hast.«

Sie holte tief Luft.

»Also gut, aber es ist eine komplizierte Geschichte. Vor langer, langer Zeit, im zehnten Jahrhundert, kam König Heinrich nach Brabant, um für einen drohenden Krieg gegen Ungarn Truppen zu sammeln. Ihr müsst euch vorstellen, Brabant war ein Herzogtum in den heutigen Niederlanden. Der alte Fürst war gerade gestorben und hinterließ zwei Kinder. Der Sohn und Erbe hieß Gottfried und war verschwunden. Graf von Telramund, der Vormund der Kinder, bezichtigte Elsa, die Tochter des Herzogs, öffentlich, ihren Bruder ermordet zu haben. Sie war mit ihm im Wald spazieren gegangen und ohne ihn zurückgekehrt.

Bestimmt hätte Elsa einen Freund, den sie zum Herzog machen wollte. Graf Telramund sagte das nur, weil er eigentlich das Herzogtum für sich in Anspruch nehmen wollte. König Heinrich ließ Elsa rufen und diese war so sprachlos über die furcht-bare Anschuldigung, dass sie sich vor lauter Schreck gar nicht verteidigen konnte. König Heinrich sah sich außerstande, einen Schuldspruch zu fällen. Deshalb wurde das Gottesgericht angerufen. Telramund sollte für sein Recht gegen einen von Elsa erwählten Ritter kämpfen. Doch für Elsa fand sich kein Ritter. In höchster Not fing sie an zu beten und erzählte von einem Traum, in dem ihr ein edler Ritter erschien, der ihr beistehen würde, weil sie ganz bestimmt unschuldig sei, wie sie immer wieder beteuerte. Und, o Wunder, der Ritter erschien wirklich auf dem Fluss in einem Nachen, der von einem Schwan gezogen wurde.«

»Oma, was ist ein Nachen?«, fragte Natascha.

»Das ist ein kleines Boot und in diesem Boot, Natascha, stand ein wunderschöner, unbekannter Ritter«, sagte Agnes und zwinkerte ihrer Enkelin liebevoll zu. »Er bot Elsa an, für sie zu kämpfen, unter der Bedingung, dass sie ihn nicht nach seinem Namen und seiner Herkunft fragen dürfe, auch dann nicht, wenn sie seine Frau würde. Elsa beteuerte, nie gegen dieses Gebot zu verstoßen. Natürlich siegte der unbekannte Ritter und schenkte Telramund großmütig das Leben, damit er es in Reue verbringe, denn Elsa war unschuldig. Doch Telramunds Frau Orthrud war eine Zauberin und nicht damit zufrieden. Sie wollte Rache, denn sie hatten nun das Herzogtum verloren und sollten am nächsten Tag in Schande abziehen. Am Morgen bliesen die Trompeten zur Hochzeit von Elsa und dem unbekannten, schönen, geheimnisvollen Ritter. Vor der Kirche verlangte Orthrud den Vortritt vor Elsa, die mit einem Namenlosen, der nicht rein und edel sein konnte, wenn er seinen Namen nicht preisgeben wollte, nicht vor ihr eintreten dürfe. Doch der Unbekannte sagte, nur Elsa müsse er Frage und Antwort stehen. Elsa blieb stark und hielt zu ihm. Nach der Hochzeit wurden sie ins Brautgemach geführt, wo sie sich ihrer Liebe versicherten. Getrieben von der Angst, er, den sie doch so liebte, könnte ebenso schnell verschwinden, wie er gekommen war, stellte Elsa nun doch die verbotene Frage, woher er denn käme und wie er hieße. Katharina würde sagen: Warum kann die Babe ihren Mund nicht halten?«

Die Kinder glucksten vergnügt und sahen sie erwartungsvoll an. Agnes fuhr fort.

»In diesem Moment brach Telramund in das Brautgemach ein und wollte den Bräutigam töten. Dieser war jedoch viel stärker und tötete Telramund. Er ließ die Leiche Telramunds vor den König tragen und dorthin sollte auch seine Braut geführt werden. Er würde diese ihre Frage vor dem König beantworten.

Und jetzt, meine Lieben, kommt das, was ich heute Morgen gesagt habe: Lohengrin erzählte, er komme aus einem Land, unnahbar euren Schritten. ›Dort steht eine Burg, Montsalvat genannt. Ich bin ein Ritter des Grals und mein Vater Parzival ist der Gralskönig. Gralsritter werden entsandt, um für Recht und Tugend zu kämpfen, müssen aber unerkannt bleiben.‹ Traurig nahm Lohengrin Abschied von Elsa, schenkte ihr einen Ring, ein Schwert und sein Horn. Sie solle das ihrem Bruder Gottfried geben, wenn er zurückkomme. Da erschien der Schwan, um ihn zu holen, und Orthrud erkannte an der Kette, die den Schwan zierte, dass er Gottfried, der von ihr verzauberte Bruder Elsas, war. Und sie dachte: Das ist gut so, wenn Lohengrin mit dem Schwan verschwindet. Doch Lohengrin, der sie durchschaute, betete zu Gott und der Zauber über Gottfried wurde erlöst. Der Schwan versank und an seiner Stelle erschien Gottfried, der rechtmäßige Herzog von Brabant. Eine Taube schwebte vom Himmel und, von der Taube gezogen, entfernte sich Lohengrin. Elsa brach vor Kummer tot zusammen und Orthrud vor lauter Wut ebenfalls. So, meine Lieben, das war die Geschichte vom Gralsritter Lohengrin.«

Natascha war schon eingeschlafen und Max meinte nur: »Vielleicht werde ich doch lieber Gralsritter«, drehte sich zur Seite und schlief auch ein.

Agnes dachte: Und morgen, Stein am Rhein … Komischerweise erschien ihr das bereits sehr weit weg. Natascha schlang im Schlaf ihre Beine um die von Agnes und in dieser Umschlingung, die beiden Halt gab, schlief auch Agnes ein.

Als sie am nächsten Morgen aufwachte, wurde ihr bewusst, dass erst acht Tage vergangen waren, seit Johanna und Sergio sie verlassen hatten. Es wird Morgen, es wird Nacht. Man funktioniert. Man tut die Dinge, die getan werden müssen. Natascha kuschelte sich im Halbschlaf an sie. Mit halb geöffneten Augen schaute sie ihre Oma an und Agnes spürte, dass es Natascha heute schon bewusst war, dass sie neben ihr schlief und nicht neben ihrer Mama.

Sie begrüßte Natascha auf Italienisch und Max verbesserte die Aussprache noch unter seiner Decke.

»Ihr zwei, packt eure Zahnbürsten ein und ab zu Reto. Freut ihr euch ein bisschen?«

Die Antwort bekam Agnes nicht wirklich mit, denn sie spürte, wie bei dem Namen Reto ihr eigenes Herz zu klopfen anfing. Wie nah Trauer und Glück beieinanderlagen.

Nachdem Agnes die beiden in die Schule gebracht hatte, entschloss sie sich, in die Stadt zu fahren. Da es noch sehr früh war, schlenderte sie fast allein durch die Gassen. Sie bewunderte die noch gut erhaltenen Barockhäuser mit ihren Rundbögen und Säulen, unter deren Arkaden und Laubengängen man flanieren konnte. Die eindrucksvolle künstlerische Bemalung vieler Häuser und die Balkone mit den eisernen verzierten Gittern verliehen den Straßen etwas Herrschaftliches – ein bisschen wie Paris.

Ein Haus rosa, das andere gelb oder rostrot, gaben dem Ganzen einen sehr südländischen Charakter. Die Obstgeschäfte hatten schon am Morgen alles auf das Trottoir dekoriert. Da hingen lange Zwiebel- und Knoblauchketten, in großen Körben waren Zitronen mit grünen Blättern und Apfelsinen mit kleinen Stängeln und Blättern dekoriert. Eine bunte, südliche Fülle.

Sie stand vor dem Grand Café und entschloss sich, einen

Kaffee zu trinken. Es wirkte altmodisch und heimelig. Touristen waren noch keine da, die das Café sonst bis auf den letzten Platz füllten.
Danach schlenderte sie die Straße an den reich dekorierten Schaufenstern hinunter zum See. Der Tag war etwas düster. In den Bergen hingen weiße Nebelwolken, alles wirkte blaugrau, eigentlich traurig. Ob man in dem See wohl schwimmen konnte? Wahrscheinlich war er schon zu kalt. Gedankenverloren stand sie und schaute in die Ferne, dahin, wo die Berge den See einengen und alles schmal und unwirklich wird. Wieder dachte sie an Lohengrin und seinen Schwan. Sie passten wirklich sehr gut hierher.
Dann schlenderte Agnes zurück zum Auto, fuhr aus der Stadt den Berg hoch nach Gentilino und parkte den Jeep vor dem Friedhof. Die ätherische Schönheit dieses Ortes umfing Agnes und sie hatte das Verlangen, diese Allee von Zypressen, die wie Finger in den Himmel ragten, entlangzugehen und sich in der Kirche bei der Mutter Maria für ihre Hilfe zu bedanken.
In der Kirche umfing sie eine tiefe Stille. Eine Stille, in der alle Freuden und alle Schmerzen ruhen.
Die Statue der Maria mit dem Kind zog sie an, sie setzte sich zu ihr.
»Mutter von Jesus, wie stark muss dein Schmerz gewesen sein, als man deinem Sohn Nägel durch Hände und Füße bohrte, um ihn grausam ans Kreuz zu schlagen? Und du, die du ihn mit deiner Liebe getragen hast bis in den Tod, warst nur umgeben von Frauen. Ich muss dir gestehen, ich verstehe nicht, warum man diesen Marterpfahl

in den katholischen Kirchen als Symbol gewählt hat. Jesus wollte uns doch eigentlich nicht seinen Schmerz mitteilen, mitleiden lassen. Seine Botschaft war, soweit ich das verstehe, seine Auferstehung. Glaubst du, dass die Päpste eines Tages diesen Marterpfahl, dieses schreckliche Symbol in den Kirchen erlösen werden? Na ja, daran glaubst du auch nicht.«

Agnes musste lächeln.

Und sie hatte das Gefühl, auch Maria habe ihr zugelächelt.

»Vertrau mir einfach, Kind.«

Agnes stiegen Tränen in die Augen. Kind – auch sie war ein Kind Gottes.

Die Tränen hatten etwas Erlösendes, Tröstendes.

»Weine, mein Kind, auch du bist eine Mutter, die ihr Kind verloren hat. Ein Kind zu verlieren ist die größte Prüfung, die uns das Leben auferlegt. Ich bin mit dir in deinem Schmerz. Fühle dich gesegnet und gehe deinen Weg mit Mut.«

Als Agnes die Kirche verließ, fühlte sie sich getröstet. Sie ging den langen Weg der Zypressen zum Friedhof entlang. Wieder nahm sie der Friede dieses Ortes gefangen. Heute sah man keine weißen Berge in der Ferne und der blaugraue Himmel spendete dem Friedhof nur ein fahles Licht.

Sie ging zum Grab, verneigte sich, blieb eine Weile, versuchte, zu verstehen und anzunehmen. Als sie auf die Uhr schaute, sah sie, dass sie sich beeilen musste, um ihre Tasche und Elaine abzuholen.

Elaine hatte für die Kinder Sandwiches vorbereitet und

für jeden einen Apfel eingepackt. Sie erreichten pünktlich den Flughafen und ihr kleines Flugzeug erhob sich über das verhangene Tessin in Richtung Zürich. Auch da oben waren nur dichte Wolken und die Kinder konnten nichts sehen.

Agnes fragte Max: »Weißt du eigentlich, dass es in der Schweiz auch so etwas wie einen Gralsritter gibt?«

Max wusste es nicht.

»Willst du die Geschichte hören?«

»Klar, Großmutter.«

»Also, ihr wisst, dass die Schweiz von hohen Bergen eingerahmt ist. Man konnte vor langer Zeit nur zu Fuß über diese Berge in den Süden reisen. Mit dem Bau der Teufelsbrücke in der Schöllenen-Schlucht wurde der Sankt-Gotthard-Pass als kürzeste Verbindung in Europa über die Alpen eröffnet. Wie ihr euch denken könnt, kamen daraufhin sofort mächtige Herrscher, in diesem Fall die Habsburger, um davon zu profitieren. Sie besetzten die Kantone Uri, Schwyz und Unterwalden, um Zölle zu erheben, und setzten gleichzeitig einen Landvogt namens Gessler ein, um diese Zölle einzutreiben. Was früher die Zölle waren, sind heute die Steuern. Wisst ihr, schon immer wurde das Volk durch Abgaben ausgepresst, Arm und Reich gab es auch schon immer.

Am 1. August 1291 leisteten die Vertreter von Uri, Schwyz und Unterwalden auf dem Rütli einen Schwur, um dadurch die Bildung einer Eidgenossenschaft gegen fremde Richter und Zölle zu besiegeln. – Von dem Landvogt Gessler habt ihr in der Schule sicher schon etwas gehört?«

»Na ja, irgendwie schon …«
»Stellt euch vor, selbst dort, wo der Landvogt Gessler sich nicht aufhielt und nicht wohnte, prangte sein Hut allgegenwärtig auf einer Stange in jedem Dorf. Die armen Schweizer mussten ihm ihren Respekt erweisen, indem sie ihren Hut zu lüpfen hatten. Ein Mann namens Wilhelm Tell jedoch verweigerte diesen Gruß, weil er es unter seiner Würde fand, einem Hut Respekt zu zollen. Zur Strafe befahl ihm der Landvogt, mit der Armbrust einen Apfel vom Kopf seines Sohnes zu schießen. Könnt ihr euch vorstellen, wie schwer es ist, mit einer Armbrust und einem Pfeil einen Apfel überhaupt zu treffen? Und dann noch auf dem Kopf seines Sohnes? Jedenfalls hat Tell den Apfel getroffen und sein Sohn und er waren gerettet. Für sein Volk erschoss Wilhelm Tell aus Notwehr den Landvogt Gessler in der hohlen Gasse bei Küsnacht. Dadurch befreite er die Schweizer von der Willkür des Unterdrückers und wurde zu eurem Nationalheld – ähnlich einem Gralsritter.«
Natascha schaute Agnes bewundernd an.
»Du weißt aber viel, Oma.«
»Na ja, Kind, ich wurde so erzogen und hatte immer Freude daran zu erfahren, was auf dem Fleckchen Erde wie zum Beispiel in der Schweiz, wo ich gerade lebe, schon alles passiert ist.«
Über der Geschichte von Wilhelm Tell war die Zeit wie im Fluge vergangen und die Maschine senkte sich zum Landeanflug.
Natascha und Max liefen zur Gepäckausgabe. Sie konnten

es kaum erwarten, Katharina zu umarmen. Die erwartete sie in Jeans und Pullover, ihre bunten Haare wie immer gut geföhnt, und strahlte sie an, knuffte Max, umarmte Natascha und erkannte mit einem Blick, dass Agnes in einer guten Verfassung war.

»Hallo, wie schön, dass ihr alle da seid.«

Agnes war leicht enttäuscht. Sie hatte insgeheim gehofft, dass Reto am Flughafen stehen würde, doch sie ließ sich nichts anmerken. Katharina hatte ihren suchenden Blick jedoch sehr wohl bemerkt.

In Zürich war es empfindlich kälter als im Tessin.

»Wie war denn bei euch das Wetter, als ihr abgeflogen seid?«

»Bedeckt, aber nicht kalt.«

»Na ja, hier ist es mindestens zwei bis drei Kittel kälter.«

»Was heißt das?«, fragte Natascha.

»Das ist Konstanzer Dialekt. Du brauchst hier zwei bis drei Sachen mehr zum Anziehen. Pullover und Jacke, also Kittel«, erklärte Katharina.

Agnes konnte sich entspannen. Nun hatte Katharina wieder das Kommando.

Freute sie sich auf ihr Zuhause? Auf den Rhein, auf ihren Schreibtisch? Sie fühlte sich wie in einem Vakuum. Ihr Leben hier war weit weg gewesen, nun kam es mit jedem Kilometer wieder näher, auch die Begegnung mit Reto.

Als sie in die Einfahrt einbogen, lag das Haus still da und Retos Auto stand nicht an der Seite. Inzwischen war es sechs Uhr.

Katharina hatte für die Kinder Kartoffelpuffer mit Apfelmus vorbereitet. Die Betten in ihren Zimmern waren bezogen, Blumen hingestellt, auch für die Babe Agnes. Man spürte Katharinas Freude, alle wieder unter ihren Fittichen zu haben.
»Ohne euch war es stinklangweilig.«
Sie saßen um den runden Tisch und lobten Kasimirs Kochkunst.
Agnes wollte auf die Brücke zum Rhein gehen und fragte die Kinder, ob sie Lust hätten mitzukommen, die wollten jedoch lieber bei Katharina bleiben.
»Dann gehe ich eben allein.«
Agnes schlenderte durch die Straßen ihrer kleinen Stadt. Sie versuchte zu spüren, ob ihr die Atmosphäre von Stein fehlen würde. Hatte sich ihre Seele schon entschieden? Als sie auf der Rheinbrücke stand, atmete sie tief ein, blickte nach Osten auf die Insel Werd, die den Wasserlauf teilte, bevor er kurz vor der Brücke wieder zusammenfloss. Sie lehnte am Geländer der Brücke und schaute dem Spiel der Silberstrudel zu, die zart und jungfräulich wirkten.
Auf alten Stichen hatte Agnes gelesen, dass der Rhein früher La Rhin hieß. Bei den Kelten nannte man den Bodensee den See der weißen Göttin, das hatte sie tief berührt – der See der weißen Göttin …
In diesem Moment legte jemand seinen Arm um ihre Schulter. Ohne sich umblicken, fragte sie: »Reto?«
»Woher weißt du?«
Sie wandte sich ihm zu, sah in seine Augen und dachte:

Wie sehr habe ich mich danach gesehnt, einfach in seine Augen zu schauen.
»Ich habe dich gefühlt.«
»Schön, dass du wieder da bist, du hast mir gefehlt, Agnes.«
Er sprach ihren Namen langsam und zärtlich aus.
So standen sie eine Weile voreinander, schauten sich an, wie Kinder, die sich verloren hatten.
»Kannst du mir verzeihen?«, fragte Agnes.
Als Antwort gab er ihr einen zärtlichen Kuss, nahm ihre Hand und sagte: »Komm, lass uns nach Hause gehen.«
Hand in Hand spazierten Agnes und Reto durch ihre Stadt zurück zum Haus.
Die Kinder sind gut aufgehoben, dachte Agnes, während Reto seine Wohnungstür öffnete.
Als sie ins Schloss fiel, nahm Reto Agnes liebevoll in seine Arme. Sie spürte seinen Atem, fühlte sein Herz klopfen und hatte das Gefühl, nach so langer Zeit endlich angekommen zu sein. Die Geborgenheit und Zärtlichkeit, die von dieser Umarmung ausgingen, waren wie Balsam, der sich auf ihre Wunden legte.
Lange Zeit standen sie einfach nur da und waren dankbar dafür, dass es den anderen gab, dass sie sich nun endlich gefunden hatten.
Reto gab Agnes einen Kuss und fragte mit einem spöttischen Lächeln: »Würdest du heute mit diesem wildfremden Mann ins Bett gehen?«
Agnes spürte ihre Unsicherheit. Sofort hörte sie wieder die Stimmen ihres Zweifels: Was, wenn ich ihm zu dick bin?

Geht das nicht alles ein bisschen zu schnell? Ich habe schon so lange nicht mehr mit einem Mann geschlafen … Doch das Leben selbst schien die Regie zu übernehmen und alle Unsicherheit und Angst wichen der tiefen Freude, Reto endlich nah zu sein. Reto streichelte sie sanft und streifte dabei geschickt ihre Kleider vom Körper. Agnes selbst fehlte darin etwas die Übung und Reto musste ein bisschen nachhelfen. Sie genoss es, mit ihrer Hand seine nackte Haut zu fühlen, seinen warmen Körper, seine Lebendigkeit.
»Wie schön du bist, Agnes.«
Reto zog Agnes sanft aufs Bett und Agnes spürte, wie sehr ihr ganzer Körper danach dürstete, endlich eins mit ihm zu sein, ihn ganz nah in sich zu fühlen.
Er küsste sie und sprach leise: »Ich habe mich so nach dir gesehnt, Agnes.«
Seine Hände glitten zwischen ihre Schenkel, suchten und fanden ihren Venushügel, den er sanft erweckte, bis sie vor Wollust aufstöhnte. Als er dann in sie eindrang, erlebten sie das Wunder aller wirklich Liebenden. Ihre Körper, ihre Seelen suchten die Vereinigung. Sie feierten die Sexualität, die sie so lange vermisst hatten, in diesem heiligen Moment, in dem der Mann das Weib, das für ihn gedacht war, mit einer Urgewalt an sich riss, die beide an die Grenzen ihres Bewusstseins schleuderte. Als sein Same sich in sie ergoss, lag sie tränenüberströmt unter ihm. Er küsste ihre Tränen fort.
»Ich lasse dich nie mehr los.«
»Ich würde am liebsten gar nicht mehr aufstehen, aber ich

muss jetzt zu den Kindern. Sobald sie schlafen, kann ich wiederkommen.«
Reto ging mit Agnes ins Bad.
»Reto, einen Moment musst du mich allein lassen.«
»Ich lass dich nie mehr allein.«
Er schob sie in die Dusche, stellte sich dazu und ließ das heiße Wasser über ihre Körper strömen. Das erregte ihn so, dass er Agnes, nass wie sie war, in sein Bett zog und erneut liebte.
Glückselig schlüpfte sie danach ins Bad, schloss die Tür hinter sich und schrie: »Du Verrückter, warte bis heute Nacht!«
Dann stieg sie zitternd die Treppe hoch zu ihrer Wohnung. Vielleicht schaue ich vor lauter Glück ein bisschen blöd aus, dachte sie amüsiert.

»Wo warst du denn?«, riefen alle drei aus einem Mund.
»Oh, ich war am Rhein und habe Freunde getroffen«, schwindelte sie.
Katharina nahm natürlich ihr derangiertes Äußeres wahr und fragte scheinheilig: »Hast du eventuell Reto getroffen?«
Agnes schaute sie strafend an. Wie kannst du nur?
Und leichthin sagte sie: »Ich glaube, er ist unten.«
Sie musste sich setzen, weil ihr vor lauter Liebe ganz taumelig war.
»Wir haben für morgen Pläne gemacht. Als Erstes zeigen wir Natascha und Max die schöne Schule auf der Höri. Max kann mit Reto segeln gehen, das Wetter soll gut wer-

den, und wir könnten mit Natascha durch die Stadt bummeln.«
»Wenn du meinst.«
Agnes war alles egal. Sie war erfüllt von ihrer wiedererwachten Sexualität und hatte nicht einen Moment an ihr Alter gedacht. Spielt anscheinend keine so große Rolle, wie sie sich immer vorgestellt hatte. Umgekehrt wäre es vielleicht bedenklicher. Ob ein Mann mit siebzig so potent wäre wie Reto?
Es klingelte und Max rannte an die Tür.
»Reto, da bist du ja!«
Reto hob Max hoch.
»Ich freue mich, dass du da bist, Max.«
Dann nahm er Natascha auf den Arm und wirbelte sie herum.
»Kleine Prinzessin, willkommen in Stein am Rhein. Hattet ihr einen guten Flug?«
Die beiden erzählten, dass sie leider nichts gesehen hätten außer Wolken.
»Dafür hat uns Großmutter erklärt, dass es in der Schweiz auch Gralsritter gibt«, sagte Max.
Reto schaute zu Agnes. Auch er hatte das Gefühl, dass er vor lauter Glück etwas kindisch aussah. Er hätte gerne gesagt: Ich habe eben mit eurer Großmutter geschlafen und es war wundervoll. Doch aus seinem Mund kam nur: »Hmm …« Er warf Agnes bewundernde Blicke zu.
Agnes fiel siedend heiß ein: Wir haben uns offiziell noch nicht gesehen.
»Grüß dich, geht es dir gut?«

Sie stand auf und gab Reto einen Kuss auf die Lippen. Natascha hatte diese kleine Szene beobachtet und fragte altklug: »Habt ihr euch wieder versöhnt?«
Agnes schaute sie erstaunt an.
»Wieso?«
»Als Reto weggefahren ist, habt ihr euch nicht mal angeschaut, auch nicht geküsst, da dachte ich, ihr hättet euch gestritten.«
»Na, du bist mir eine!«
Reto wirbelte sie nochmals hoch und gab ihr einen Kuss.
»Hast du schon gegessen Reto?«, fragte Katharina. »Wir haben noch Kartoffelpuffer mit Apfelmus.«
Reto mochte Kartoffelpuffer überhaupt nicht, doch er wollte jetzt diplomatisch sein und sagte überschwänglich: »Ich liebe Kartoffelpuffer!« – zur Strafe musste er drei Stück davon essen.
»Was geschieht heute Abend? Wo wollt ihr schlafen?«, fragte er kauend.
Katharina übernahm wieder.
»Wir haben beschlossen, die Kinder und ich, dass jeder in seinem Zimmer schläft. Sie sollen spüren, wie es sich anfühlen würde, wenn sie hier wohnten.«
»Ich finde hier alles viel kleiner als zu Hause«, meinte Max.
»Raum ist in der kleinsten Hütte für ein glücklich verliebtes Paar«, kommentierte Katharina mit neckischem Blick.
»Wo du nur immer deine Sprüche herhast!«
Agnes sah in den Gesichtern von Natascha und Max, dass

die Bemühung von Katharina, die beiden zu überzeugen, dass es in Stein besser sei für sie als im Tessin, schiefgehen würde.

Max schaute Reto an.

»Kennst du Lohengrin?«

»Flüchtig, wirklich nur flüchtig.«

»Großmutter hat uns gestern seine Geschichte erzählt. Weißt du, was ein Gralsritter ist?«

Jetzt wehrte sich Reto.

»Ich bin Anwalt und habe nur selten mit Gralsrittern zu tun. Ich kenne nur König Artus.«

Agnes und Reto saßen auf der Bank nebeneinander. Sie konnte sich vorstellen, dass er sich mit solchen Themen nie beschäftigt hatte. Wie um ihn zu retten, fing sie an zu erzählen: »Angefangen hat es damit, dass das Gerücht ging, Josef von Arimathäa habe einen Kelch, in dem er das Blut Jesu nach der Kreuzigung aufgefangen hatte, über das Meer auf einer weiten Reise nach Glastonbury gebracht. Dieser kostbare Kelch ging verloren. Man nannte ihn auch den Gral. In England und Schottland lebten damals die Kelten. Sie beteten zu vielen Göttern und waren offen für das Licht und die Liebe, die in den Lehren Jesu enthalten waren. – Wollt ihr das wirklich wissen? Das ist so eine lange Geschichte …«

»Was ist ein Gralsritter?«, fragte Max hartnäckig.

»Ein Ritter des Grals lebt für Recht und Ordnung in der Welt. Überall, wo ihm auf der Suche nach dem Gral Unrecht begegnet, setzt er sich unter Einsatz seines Lebens für das Gute ein. Wenn aus dem Leid und den Kämpfen, die ein Ritter zu bestehen hat, sich menschliche Reinheit entwickelt, dann kommt er eventuell in die Gralsburg Montsalvat, wo immer am Karfreitag ein Stein erscheint, der Wunder bewirkt.«

»Du kannst ja Gralsritter werden, Max«, meinte Natascha, »ich werde lieber Prinzessin.«

»Jetzt schicken wir den Gralsritter und die Prinzessin ins Bett.«

»Nur, wenn Katharina uns eine lustige Geschichte erzählt«, sagte Max und stand auf. Sie verschwanden mit Katharina. Agnes und Reto saßen auf der Bank und genossen die Nähe des anderen.

Agnes' Gedanken waren noch bei der Gralsgeschichte.

»Ich glaube, der Irrtum war oder ist, dass wir den Gral im Außen suchen, einen Kelch oder den Stein der Weisen, doch der Gral ist in uns. Es ist unser entwickeltes Bewusstsein der Göttlichkeit.«

Agnes lehnte sich noch mehr an seine Schulter. Sie sagte leise: »Du kannst dir nicht vorstellen, was es für mich bedeutet, mich an dich anzulehnen.«

Damit stand sie auf.

»Ich sage den Kindern Gute Nacht, rufe Maria an und dann komme ich zu dir, ist dir das recht so?«

»Mir ist alles recht, Hauptsache, du kommst.« Damit erhob sich Reto und ging.

Agnes rief Maria an, die sich freute.

»Wie schön, von dir zu hören, ging alles gut?«

»Ja, wunderbar.«

»Hast du Reto schon gesehen?«

»Ja, auch, es ist mehr als in Ordnung, Maria.«
»Ich habe mit deinem Anwalt über deinen Kopf hinweg beschlossen, dass ihr heimfliegt und Reto Mittwochabend deine Sachen mit dem Auto mitbringt. Es ist nicht gut, wenn du mit den Kindern eine so lange Autofahrt machen musst. Reto hat alles gemanagt. Die Tickets liegen am Flughafen.«
»Davon hat er mir gar nichts gesagt, aber danke, Maria, für deine Fürsorge, tschau, bis Dienstag.«
Agnes war gerührt über die liebevolle Hilfe. Sie hörte die Kinder lachen. Katharina erzählte wohl mal wieder eines ihrer Schauermärchen. Nach einer Weile gesellte sich Agnes dazu. Diesmal ging es um einen Teddybären, den sie so liebte, der auf einem Feld verschwunden war und den sie sich mit ihrem kindlichen Mut zurückeroberte.
Natascha hing schon sehr müde im Bett von Max. Agnes trug sie in ihr kleines rosa Zimmer mit dem Himmelbett, den von Agnes selbst gestrichenen rosa Möbeln und den selbst genähten Vorhängen. Natascha schlang die Arme um Agnes.
»Oma, müssen wir wirklich hierher?«
»Aber, mein Kind, du musst gar nichts. Du kannst wählen, meine Kleine. Du allein überlegst dir, was du willst, du allein entscheidest. Gut so?«
»Ja, Oma, gute Nacht.«
Agnes küsste sie und ging zu Max.
Katharina saß noch am Bett von Max und rühmte die Vorzüge von Stein am Rhein. Sein Zimmer hatte Agnes tiefblau gestrichen. Es war ebenso wie Nataschas Zimmer hei-

melig mit blauen gestreiften Vorhängen und einem kleinen Schreibtisch.

Agnes sah in den Augen von Max dieselbe Frage. Großmutter, müssen wir hierher? Sie streichelte seinen Kopf.

»Mein Junge, es ist allein deine Entscheidung, ob du im Tessin bleiben oder hierherziehen möchtest. Ich werde euch nicht beeinflussen, ich akzeptiere eure Wahl.«

Sie gab ihm einen Gutenachtkuss.

»Du bist sehr tapfer, Max.«

Sie legte den Arm um Katharina, die immer noch im Zimmer stand.

»Komm, Katharina.«

Diese hatte natürlich das letzte Wort: »Ich bin stolz auf dich, Max.«

Mit einem befehlenden Blick zog Agnes Katharina in den Flur und ging mit ihr ins Wohnzimmer.

»Katharina, ich glaube, wir müssen die Kinder in Ruhe lassen. Sie haben Augen im Kopf. Auch wir wissen, dass es hier viel enger ist als in dem großen Haus. Ich bleibe noch so lange, bis sie wirklich schlafen, dann gehe ich zu Reto. Sag jetzt nichts Blödes, Katharina, es ist einfach so.«

Katharina sagte spöttisch: »Denk an dein Alter, du Babe!« Sie nahm Agnes in den Arm und beide hatten Tränen in den Augen.

»Katharina, Maria hat organisiert, dass wir am Montag zurückfliegen und Reto am Mittwoch meine Sachen mit dem Auto bringt.«

»Na, dann braucht ihr mich ja nicht mehr«, sagte Katha-

rina beleidigt und hätte sich am liebsten auf die Zunge gebissen.
»Bitte, Kasimir, Donnerstag ist die Testamentseröffnung und sie will Reto unbedingt dabeihaben …«
»Ja, ja, ist ja gut, du Babe.«
Schweigend räumten die beiden die Küche auf, dann ging Katharina nach oben in ihre Wohnung.
Agnes wusste, dass sie sich in den letzten Jahren immer auf Katharina verlassen konnte. Mit diesen Gedanken ging sie ins Bad, putzte sich die Zähne, cremte sich ein, studierte kurz die Falten im Spiegel, ließ es aber sofort wieder sein. Das hatte keinen Sinn. Sie zog sich den Bademantel an, ging leise in die Zimmer der Kinder, um zu schauen, ob sie wirklich schliefen. Dann nahm sie ihren Wohnungsschlüssel und stieg die Treppe hinunter in Retos Wohnung.
Der hatte seine Eingangstür offen gelassen.
»Da bin ich.«
Reto saß bei einem Glas Rotwein im Wohnzimmer. Es war ein ziemlich großer Raum, den er sehr modern und männlich eingerichtet hatte. Schwarze Lackmöbel, graue Ledercouch und einen glänzend roten japanischen Lacktisch. Der Rotwein darauf sah schön aus. Agnes musste innerlich lächeln: Er war ein Mann und umgab sich mit maskulinen Accessoires.
Gott sei Dank hatte er das Licht gedämpft und Kerzen angezündet. Viele Kerzen. Leise Musik erfüllte den Raum.
»Komm, setz dich zu mir. Magst du ein Glas Rotwein, Agnes?«

Er sprach ihren Namen langsam aus, es klang wie eine Liebkosung.
»Ja, gern, das täte mir gut jetzt.«
Sie seufzte.
»Ich glaube, die Kinder finden es in meiner Wohnung zu eng. Was machen wir, Reto, wenn sie nicht hierherwollen? Dann müsste ich im Tessin bleiben.«
Reto brachte den Wein und setzte sich ganz nah zu ihr. Sie lehnte sich an seine Schulter.
»Im Moment habe ich auch keinen Rat. Ich weiß nur eines: Ohne dich will ich nicht mehr sein. Alles Weitere wird sich zeigen.«
Er hob sein Glas.
»Auf uns, Agnes, und die Kinder, wo auch immer.«
Er gab ihr einen zärtlichen Kuss auf die Wange, dann fragte er: »Hast du eigentlich einmal im Verlag angerufen, um zu erfahren, wie sich dein Buch verkauft?«
»O Gott, Reto, das habe ich völlig vergessen. Ich habe kurz mit der Verlegerin gesprochen, aber vergessen zu fragen.«
»Na, du bist mir ja eine ehrgeizige Schriftstellerin.«
»Ich war immer etwas nachlässig«, entgegnete Agnes. »Außerdem mag ich das Wort ehrgeizig nicht, da ist mir zu viel Geiz enthalten.«
Sie schmiegte sich noch mehr an ihn.
»Bist du denn ein ehrgeiziger Anwalt?«
»In der Sache schon, aber nicht grundsätzlich.«
Er fing an, ihren Nacken zu küssen, da, wo sie besonders empfindlich war.

Agnes erschauerte. Reto spürte es natürlich, kostete die Hingabe von Agnes aus und zog sie sanft in Richtung Schlafzimmer.
»Der wildfremde Mann ist einfach geil auf dich. Ich habe im Geiste so oft mit dir geschlafen, dass ich es tun muss.«
Sie umarmten sich, genossen die Berührung ihrer Haut.
»Ich liebe Haare auf der Brust«, seufzte Agnes und wühlte mit ihren Händen in seinem Brusthaar. »Ich habe geglaubt, Enthaltsamkeit sei etwas Heiliges. Jetzt weiß ich, dass ich mich viel mehr heilig und vollkommen fühle, wenn ich nahe bei dir bin … Liebe mich, Reto«, flüsterte sie.
»Lass uns Zeit, Agnes, lass uns Zeit, uns zu genießen.«
Ohne dass Agnes etwas sagte, schien Reto zu fühlen, was ihr guttat. Er brachte ihren fülligen erotischen Körper von einem Höhepunkt zum anderen, zu einer Erfüllung, die sie in vollkommenem Einssein aufgehen ließ.
Erschöpft, umschlungen, glücklich sanken sie in den Schlaf.
In der Nacht wachte Agnes auf und wusste im ersten Moment nicht, wo sie war.
Retos männlicher Geruch umgab sie. Vorsichtig löste sie sich aus seiner Umarmung und verließ das Zimmer. Sie ging, in ihren Bademantel eingehüllt, nach oben in die Wohnung und legte sich in ihr ebenso breites Bett.
Da kennen wir uns nun drei Jahre. Wohnen im selben Haus. Doch es musste erst etwas Schreckliches passieren, damit wir uns finden konnten.
Erfüllt, wunschlos glücklich schlief Agnes dem nächsten Morgen entgegen.

Als sie erwachte, dachte sie: Ich bin angekommen, heimgekommen, in jeder Beziehung.
Fröhlich sprang sie aus dem Bett, um für alle das Frühstück vorzubereiten. Sie hantierte leise in der Küche, um die Kinder nicht zu wecken. Als sie mit allem fertig war, setzte sie sich an ihren Schreibtisch und blickte auf das Wasser, das an ihrem Fenster vorbeifloss. Es würde mir sehr fehlen, dachte sie.
Da kam Natascha aus ihrem Zimmer.
»Oma, wo bist du?«
»Hier, meine Süße.«
Sie hob Natascha auf ihren Schoß.
»Schau, mein Kind, das ist mein Lieblingsplatz. Hier schreibe ich meine Bücher, schaue auf den Rhein, der jeden Tag ein anderes Gesicht zeigt.«
»Mir sind die Berge lieber. Hier ist alles so flach.«
»Da hast du recht. Hier ist alles flach. Außer der Burg Hohenklingen, da oben, die können wir von hier aus nicht sehen.«
»Hast du was geträumt, Natascha?«
Die Kleine dachte nach.
»Ich weiß nicht, Oma. – Kannst du auch Bücher schreiben, wo Berge sind?«
Aha, dachte Agnes: Nachtigall, ich hör dir trapsen …
»Ja, ich glaube schon, Natascha. Schreiben kann man, wenn man eine gute Idee hat, überall.«
»Na, dann bin ich ja beruhigt«, seufzte Natascha erleichtert.
Jetzt kamen auch Max und Katharina und stürzten sich

auf das Frühstück. Agnes hatte Brötchen aufgebacken, Kakao gekocht und Kaffee aufgebrüht.
»Max, wenn du willst, kannst du Reto wecken. Frag ihn, ob er zum Frühstück kommen will. Er kann ruhig im Bademantel erscheinen.«
Max rannte sofort los und kam mit Reto, der schon angezogen war, zurück.
Agnes sah aus den Augenwinkeln, wie aufmerksam Natascha sie beobachtete. Sie ging, so harmlos sie konnte, auf Reto zu und er küsste sie rechts, links, rechts, weil auch er die Augen der Kleinen spürte.
»Na, habt ihr alle gut geschlafen?«, fragte er fröhlich. »Kann ich bitte einen Kaffee haben?«
Jetzt war Katharina schneller als Agnes.
Mit einem spöttischen Blick servierte sie ihm eine übergroße Tasse Kaffee.
»Zum Wachwerden, Herr Anwalt.«
»Kasimir, Kasimir!«
Gott sei Dank verstanden die Kinder dieses kleine Geplänkel nicht.
Katharina übernahm wieder die Organisation. »Als Erstes fahren wir auf die Höri, die Schule anschauen, und dann kannst du mit Max nach Steckborn auf dein Boot.«
»Nicht schlecht, Kasimir, das machen wir. Doch heute fahre ich, damit wir alle in das Auto passen.«
Katharina klatschte in die Hände.
»Los, los, wer fertig gegessen hat: waschen, anziehen!«
Sehr zögerlich folgten die beiden den Befehlen Katharinas, die Max und Natascha vor sich hertrieb.

Als sie allein waren, nahm Agnes die Hand von Reto.
»Es war das Schönste, was ich je erlebt habe, ich danke dir.«
»Hast du denn nach deiner großen Liebe keinen Mann mehr gehabt?«
Agnes wurde etwas verlegen.
»Nein, Reto.«
»Aber dann hast du ja …«
Sie hielt ihm den Mund zu.
»… zwanzig Jahre mit keinem Mann mehr geschlafen.«
»Das behältst du besser für dich«, sagte sie humorvoll.
»Wir holen alles nach«, flüsterte er ihr ins Ohr, »diese zwanzig Jahre holen wir nach.«
Die Kinder kamen, nur Agnes war noch nicht fertig.
»Geht schon vor, ich brauche nur fünf Minuten.«
Als sie unten ankam, saßen die Kinder schon hinten im Auto.
Katharina meinte plötzlich, sie ginge lieber einkaufen, damit sie etwas zu essen hätten.
»Danke, das ist klug«, meinte Agnes und wusste, dass dies nicht die Wahrheit war. Damit stieg Agnes ein und sie fuhren über die Rheinbrücke auf die Höri. An der kleinen Grenze, wo selten kontrolliert wird, standen heute zwei deutsche Zöllner. Die Kinder hatten ihre Pässe vergessen, aber Reto regelte das.
»Wir sind in einer Stunde wieder da.«
Max fragte erstaunt: »Müssen wir immer, wenn wir zur Schule gehen, über diese Grenze? Und wenn es Krieg gibt, sind wir dann in Deutschland und die Oma ist in der Schweiz?«

Reto lachte.
»Aber Max, heute gibt es doch keinen Krieg zwischen Deutschland und der Schweiz.«
Agnes merkte, dass alles gerade gegen Stein am Rhein zu sprechen schien. Etwas übertrieben sagte sie: »Wir haben ja noch die Wahl der Schule in Schaffhausen. Da müsstet ihr mit dem Zug fahren oder ich bringe euch hin. Nur die Schule auf der Höri ist eben besonders gut.«
Sie fuhren über diese hübsche Halbinsel mit Blick auf das Schweizer Ufer des Bodensees. Überall standen Obstbäume, an denen eine Fülle von Äpfeln hing. Sie kamen durch kleine Dörfer, die schon anders aussahen als in der Schweiz.
In der Schule in Gaienhofen wurden sie äußerst liebenswürdig von einer Lehrerin empfangen. Katharina hatte das wie immer arrangiert. Sie zeigte ihnen die Schule und die Klassenzimmer, dann erklärte sie: »Es ist bestimmt kein Problem, den Lehrstoff, den ihr auf Italienisch hattet, auf Deutsch zu verstehen. Ihr sprecht ja perfekt Deutsch.«
Nach einer Dreiviertelstunde fuhren sie wieder zurück. Die beiden Kinder waren sehr schweigsam.
»Das ist total blöd«, meinte Max. »Dieser Weg jeden Morgen über die Grenze. Das sind bestimmt zwanzig Minuten. Ihr braucht gar nicht weiter zu schauen. Die Schule in Stein am Rhein wollen wir gar nicht erst sehen. Wir wollen zu Hause bleiben.«
»Ja, ich will in meiner Schule bleiben, Oma, hier ist alles doof.« Natascha weinte. Und schluchzend fuhr sie fort: »Ich will nicht hierher.«

»Liebling, beruhige dich, du musst ja nicht, wenn es euch nicht gefällt. Wir bleiben im Tessin.« Agnes schaute Reto an und sagte mit den Augen: Du weißt, was das für uns bedeutet.
Reto schien sie verstanden zu haben, denn er nickte.
Sie fuhren wieder über die kleine Grenze und die Zöllner waren sichtlich beruhigt, dass die Kinder tatsächlich mit dabei waren.
»Was hältst du davon, Max, wenn wir trotzdem zum Segelboot fahren? Die Damen setzen wir zu Hause ab.«
»Das finde ich cool, Reto.«
Agnes und Natascha stiegen am Haus aus und die beiden fuhren weiter.
Natascha warf sich in die Arme von Agnes, weinend und schluchzend bat sie: »Bitte, bitte, lass uns zu Hause bleiben. Ich will nicht hierher.«
»Ist ja gut, Natascha, alles ist gut, du brauchst nicht mehr zu weinen.«
Gleichzeitig dachte sie: Wie soll ich alles schaffen?
Agnes ging mit dem Kind nach oben.
»Komm, wir trinken einen Kakao oder willst du einen Saft? Später gehen wir in die Stadt, vielleicht können wir etwas Hübsches für dich finden.«
Katharina hatte eingekauft und alles in der Küche verstaut.
»Natascha, was ist denn los, warum weinst du denn?«
»Ich will nicht hierher.«
Jetzt wurde es ein richtig verzweifelter, kindlicher Ausbruch.

»Ich will nicht hierher. Ich will in meine Schule gehen. Ich will da bleiben, wo Mama und Papa sind.«
Agnes nahm das schluchzende Kind in den Arm.
»Schrei alles heraus, was du nicht willst.«
Das Schluchzen erschütterte den kleinen Körper von Natascha, die immer wieder weinend schrie: »Ich will nicht hierher. Ich will wieder nach Hause!«
Agnes hielt sie umschlungen. Es kamen noch ein paar Schluchzer, doch sie war bald so erschöpft, dass Agnes sie an der Hand nahm und sich mit ihr in ihr Himmelbett legte.
Sie streichelte Nataschas Köpfchen und ihren Rücken.
»Alles ist gut, alles ist gut, es geschieht, was du willst, Natascha.« Die warme, weiche Stimme von Agnes hüllte das Mädchen ein und der Schlaf erlöste ihren kindlichen Schmerz. Agnes blieb noch eine Weile liegen, dann stand sie auf und ging zu Katharina.
»Ich glaube, die Würfel sind gefallen, Katharina. Die Kinder wollen im Tessin bleiben. Ich werde wohl für längere Zeit meine Koffer packen müssen und wir werden sehen, was mit meiner Wohnung geschieht und wie Reto diese Situation handhaben wird.«
»Und ich?« Katharina stiegen Tränen in die Augen. »Was geschieht dann mit mir?«
»Katharina, was soll ich sagen? Ich weiß es doch selbst nicht, die Kinder finden hier alles doof.«
Katharina begann zu weinen.
»Ich kann nicht ohne dich sein.«
»Sei doch kein Frosch, Katharina. Du kommst bestens

zurecht ohne mich und das weißt du auch. Dass ich ohne dich zurechtkomme, ist viel fraglicher. Wir alle müssen etwas loslassen ...«

»Ich kann nicht so leicht loslassen wie du und ich will das auch gar nicht. Wo ich hänge, da hänge ich.«

»Schau, du hast immer nur in deinem Dorf gelebt. Die Menschen, die nur in ihrem Dorf gelebt haben und sich nie den Wind der Welt um die Nase wehen ließen, denen fällt es besonders schwer, etwas Neues zuzulassen, weil es bedeutet, alles, was sie kennen, alles, was immer funktioniert hat, zu verlieren. Ich weiß, dass dir das besonders schwer fällt. Du hast hier deine Mutter, deine Geschwister, deine Heimat, den Bodensee. Katharina, das Leben schenkt uns immer Ereignisse, die uns lehren, ins Ungewisse zu gehen. Hinterher stellt man fest: Es war gar nicht so schlimm, sondern vielleicht sogar eine große Erleichterung.«

»Du sprichst mit mir so, als ob du einen Dialog in einem deiner Bücher schreiben würdest. Doch ich habe schon verstanden. Der Mohr hat seine Arbeit getan, der Mohr kann gehen.«

»Wo du nur immer deine Sprüche herhast«, sagte Agnes. »Es heißt übrigens: Der Mohr hat seine Schuldigkeit getan, der Mohr kann gehen. Aber das ist doch bei uns vollkommener Quatsch. Du bist mir wichtig, egal ob ich nun in Stein wohne oder im Tessin. Das ändert doch nichts an unserer Verbundenheit.«

Katharina schaute sie traurig an.

»Du und Reto, ihr seid verliebt, da stört jeder Dritte.«

»Lass uns doch erst mal Zeit zum Luftholen.«
»Ja, ja, holt nur Luft. Ich gehe jetzt in meinen Garten, am Abend bin ich wieder da.«

Inzwischen waren Reto und Max an dem Steg angekommen, an dem das Boot lag. Der Sohn des Besitzers des kleinen Yachthafens hatte schon alles bereitgestellt. Er war ein bisschen älter als Max.
»Ich heiße Peter.« Damit gab er Max die Hand.
Es war ein schönes Boot aus edlen Hölzern, vielleicht zwölf Meter lang, mit einer kleinen Kabine, einem Großsegel und einem kleinen Segel.
Die erste Frage von Max war: »Wenn wir keinen Wind haben, mit was fahren wir dann?«
Reto lachte.
»Mit Benzin, mein Junge.«
Sie nahmen Peter mit und tuckerten erst mal in Richtung Reichenau.
Ein leichter Wind wehte und Reto setzte die Segel. Die Jungs saßen an der Pinne und Peter zeigte Max, wie man ein Boot steuert. Max war erstaunt, wie leicht das zu machen war. Peter zeigte ins Wasser: »Schau, da unten ist das Blatt und mit der Pinne steuern wir nach rechts oder links.«
»Kopf einziehen!«, rief Reto, das Segel kam herübergeschwenkt und drehte das Boot in Richtung Radolfzellersee. Der Wind wurde immer heftiger. Reto sah, dass es Max nicht so ganz geheuer war, da das Boot bei dem Manöver eine leichte Seitenlage bekam und die beiden Jungs doch

sehr nahe am Wasser hingen. Max hielt sich instinktiv an Peter fest.
Nach eineinhalb Stunden kehrten sie wohlbehalten in den Hafen zurück. Max schien heilfroh zu sein, wieder Boden unter den Füßen zu haben.
»Reto, ich habe schrecklichen Hunger.«
»Gut, mein Junge, wir gehen nach Mammern und essen Güggeli, die sind fein, da wirst du staunen.«
»Peter, willst du mit?«, fragte Reto den Jungen, der freudig einwilligte.
Die drei fuhren zum Essen und die gut gewürzten und fein zubereiteten Güggeli schmeckten allen drei vorzüglich. Die Jungs bekamen hinterher noch ein großes Eis. Peter bewunderte Max, dass er schon Englisch konnte und sogar perfekt Italienisch sprach.
Reto spürte, dass es keinen Sinn hatte, noch einmal über Stein und die Schule zu sprechen. Vielleicht hätte man den Kindern viel mehr Zeit lassen müssen. Wie sollten sie in so kurzer Zeit entscheiden? Es war erst eine Woche her, dass sie ihre Eltern verloren hatten. Das war einfach viel zu viel in so kurzer Zeit.
Er dachte an Agnes und was sie wohl im Moment tun würde. Ob sie mit Natascha in die Stadt gegangen war?
In diesem Moment klingelte sein Handy. Es war Agnes.
»Wo bist du, Reto?«
»Wir sind noch in Mammern im Restaurant. Wo bist du?«
»Ich bin zu Hause. Natascha hatte einen richtigen Verzweiflungsanfall. Wir sollten morgen schon heimfliegen.

Das war keine gute Idee, mit den Kindern so schnell hierherzukommen.«

»Wir sind bald bei euch, Agnes. Alles wird gut, du wirst sehen.«

Reto und Max brachten Peter nach Steckborn und fuhren heim. Als sie ankamen, war Natascha gerade aufgewacht. Agnes hatte ihr eine Suppe gekocht und eine Apfelwähe gebacken. Diese aß sie, ihren Kummer vergessend, mit kindlichem Vergnügen. Über die Apfelwähe fielen auch Reto und Maximilian trotz Hähnchen und Eis her. Reto schaute Agnes begeistert an.

»So gut kannst du backen? Wer kann heute noch eine solche Apfelwähe zubereiten?«

»Ja, Oma«, meldete sich Natascha. »Die schmeckt wirklich lecker.«

»Wir haben ganz kleine Güggeli gegessen. Das war auch sehr lecker. Und ich habe das Schiff von Reto gelenkt.«

»Na, seht ihr, es gibt auch etwas Gutes hier«, seufzte Agnes etwas resigniert.

»Da es euch so absolut nicht gefällt, schlage ich vor, dass wir morgen zurückfliegen, ihr aber dann Montag zur Schule gehen müsst. Schwänzen gilt nicht.«

Komischerweise waren beide sofort einverstanden. Ja, sie wollten lieber Montag zur Schule gehen.

»Sehr diplomatisch«, lachte Reto. »Schade.« Er schaute dabei Agnes an. Eine Nacht weniger, dachte er.

Agnes zuckte leicht mit den Schultern.

»So ist es.«

»Was wollen wir mit dem angebrochenen Tag machen?«

Agnes versuchte, wieder fröhlich zu sein.
»Fahren wir auf die Burg Hohenklingen oder zum Rheinfall nach Schaffhausen?«
»Nein, wir bleiben lieber hier«, kam es einstimmig zurück.
»Bei dir ist es so gemütlich.«
»Na, danke, wenigstens etwas.«

Agnes hatte ihre Wohnung, da sie nie viel Geld zur Verfügung hatte, kreativ eingerichtet. Das Wohnzimmer war in Sonnengelb gehalten und mit bäuerlichen Biedermeiermöbeln aus Tannenholz möbliert: ein runder Tisch, ziemlich robust, davor Stühle mit weißen Kissen. Die Bank war großzügig geschnitten und die Rückenlehne mit Arkanthus-Blättern verziert. Die Bilder hatte sie selbst gemalt. Ein großes Aquarell mit einer stolzen Iris beherrschte den Raum.
»Also gut, spielen wir Mikado? Das spielt man in Asien und wünscht sich was dabei.«
Agnes holte das Spiel. Reto ging in seine Wohnung, um die Flüge für den folgenden Tag umzubuchen.
»Ihr kennt ja das Spiel.« Damit schmiss sie die Stäbchen gekonnt auf den Tisch. Max wollte es als Erster versuchen. Doch er hatte keine ruhige Hand und auch keine Geduld. Natascha mit ihren kleinen Händen hatte mehr Glück mit den Stäbchen. Fein säuberlich zog und hob sie die Stäbchen zur Seite. Ihr Wunsch würde in Erfüllung gehen.
»Jetzt du, Oma!« Agnes schmiss die Stäbchen ein zweites Mal auf den Tisch, doch der Wurf misslang. Beim dritten Mal gelang es ihr und kurz vor Schluss, als sie schon fast

alle Stäbchen gerettet hatte, berührte sie doch aus Versehen ein Stäbchen und ihr Wunsch würde nicht in Erfüllung gehen.
Reto kam zurück mit den Worten: »Die Umbuchung hat geklappt.«
Auch er musste jetzt Stäbchen werfen, war jedoch eher unbegabt, die feinen Stäbchen einzeln zu entfernen.
Max und auch Natascha wollten es wieder versuchen. Die Faszination des Spiels hielt sie in ihrem Bann, bis Agnes sagte: »So, ihr Lieben, jetzt wird gegessen. Es gibt Mozzarella mit Tomaten und wenn ihr wollt, backe ich Crêpes.«
»Au ja«, war eine eindeutige Antwort.
Katharina kam aus ihrem Garten und war ganz gegen ihre sonstige Gewohnheit still. Das ging aber im allgemeinen Trubel unter. Sie aß mit den Kindern Crêpes, mischte sich ansonsten in kein Gespräch ein.
»Geht es dir nicht gut?«, fragte Agnes.
Katharina blickte sie nur vorwurfsvoll an.
»Wieso fragst du mich so scheinheilig? Du weißt doch genau, was mit mir los ist.«
Nach einem gekonnten Augenaufschlag bekam Agnes einen Lachanfall, den keiner verstand. Nur Kasimir de Bell fühlte sich noch weniger ernst genommen und meinte: »Dann kann ich ja gehen.«
Agnes nahm sie zur Seite.
»Katharina, glaubst du denn, dass jeder, wie er da sitzt, mit der Situation zufrieden ist? Schau dir Natascha an, schau dir Max an, haben sie es nicht ein bisschen schwerer als du? Ich verstehe, dass es dir nicht leichtfällt, mit Verände-

rungen zurechtzukommen, keiner von uns weiß, was werden wird.«

Katharina hatte nun schon wieder einen Anflug von Lächeln in ihrem Gesicht und fing an, Max zu wursteln.

Nach dem Essen räumte sie auf – sie konnte nicht anders, es musste alles an seinen gewohnten Platz. Alles musste blitzblank sauber sein. Sie nahm Natascha und Max: »Kommt ihr beiden, ich erzähle euch noch eine schaurige Geschichte.« An der Tür wandte sie sich noch um: »Gute Nacht, schlaft's gut miteinand« – es klang etwas anzüglich.

Agnes und Reto saßen auf der Bank. Für ihn war es ungewohnt. Er war bisher nur kurz in Agnes' Wohnung gewesen, um etwas zu besprechen.

»Du hast es wirklich hübsch hier. Man fühlt sich zu Hause. Deine Wohnung lebt. Meine, glaube ich, ist nur chic.«

Agnes musste lachen.

»Das ist für einen Mann eine richtig tolle Erkenntnis. Ich freue mich, wenn du dich bei mir wohlfühlst. Könntest du dir vorstellen, in Lugano ein Büro zu eröffnen?«

»Ich kann mir vieles vorstellen, Agnes, nur eines nicht: ohne dich zu sein. Ich komme am Mittwochabend. Vorher werde ich mit meinem jungen Anwalt über eine Übernahme meiner Kanzlei sprechen. Dann ist die Testamentseröffnung. Hast du eine Ahnung, wie wohlhabend Johanna und dein Schwiegersohn waren?«

»Ich weiß nur, dass er das Bauunternehmen seines Vaters übernommen hat und als Architekt sehr erfolgreich war.«

»Nun, wir werden es am Donnerstag erfahren. Ich wundere mich nur, dass Maria mich unbedingt mit dabeihaben will. Das Testament befindet sich doch in den Händen von Doktor Wys.«

»Maria weiß, was sie tut. Sie ist eine wirklich außergewöhnliche Frau.«

»Ja, das ist sie!«

»Durch den Tod unserer Kinder sind wir uns sehr nahe gekommen. Sie ist mir fast so etwas wie eine Schwester, eine Schwester der Seele. Verstehst du?«

»Ja, Agnes. Dieses Gefühl von verwandten Seelen hatte ich vom ersten Augenblick, als ich dich gesehen habe.«

»Reto, du erstaunst mich immer wieder.«

»So sind wir Männer«, erwiderte er und schmunzelte.

»Tja, nur Katharina, diese wirklich treue Seele, ist etwas von mir weggerückt. Ich muss zugeben, sie war für mich in ihrer fürsorglichen Art auch ein Ersatz für einen Mann. Verstehe das bitte nicht falsch. Ich habe mir eingeredet, dass ich sehr gut ohne Mann leben kann, doch tief in mir war die Sehnsucht nach dem Gegenüber, nach männlicher Energie, nach der Klarheit im Denken, die ein Mann hat – zumindest manchmal…«

Reto lachte. Agnes fuhr mit zärtlicher Stimme fort: »Ich weiß heute, wie sehr du mir gefehlt hast. Dass ich nur meine halbe Wahrheit gelebt habe. Wir Frauen glauben, dass wir es ohne euch schaffen. Durch solche Gedanken, die ich mir selbst gebetsmühlenartig wiederholt habe, konnte ich natürlich keinen Mann treffen, weil ich diese Energie ausgesandt habe. Ich allein bin gut genug, wozu brauche ich einen Mann? Ich glaube, wenn ich nicht diesen tragischen Tod erlebt hätte, würde ich immer noch behaupten, dass ich sehr wohl ohne Mann leben kann. Ich weiß nicht, ob ich mich dir gegenüber hätte öffnen können. Ich war nicht in Kontakt mit dieser tiefen Sehnsucht in mir.«

»Agnes, wenn du so erzählst, habe ich das Gefühl, dass du auch von mir sprichst. Du findest Worte für etwas in mir, was ich nicht benennen konnte.«

Er zog sie an sich und gab ihr einen zärtlichen Kuss.

»Entschuldige, Reto, ich muss nach den Kindern sehen, dann komme ich zu dir.«

Er stand auf und nahm Agnes in den Arm.

»Jede Sekunde, die ich nicht mit dir sein kann, ist verlorene Lebenszeit. Ich warte auf dich.«

Damit verließ er Agnes' Wohnung. Diese schlich in das Zimmer von Natascha, deckte sie zu, streichelte das Köpfchen, ging anschließend in das Zimmer von Max, der ebenfalls fest schlief. Sie konnte beruhigt gehen.

Im Bademantel stieg sie die Treppe hinunter, um mit Reto ihre letzte Nacht vor dem Abflug zu erleben.

Als sie eintrat, empfing sie die Stimme Frank Sinatras – auch schön, dachte sie, und flog gleichsam in die Arme von Reto, der ihr ein Glas Wein reichte.

»Agnes, lass uns den heutigen Abend feiern, als ob es unser letzter wäre. Immer könnte es das letzte Mal sein.«

»Nein, Reto, ich hoffe, dass wir noch viele Tage und Nächte miteinander erleben.«

»Ja, das hoffe ich auch. Doch was würden wir tun, wenn wir wüssten, dass es unser letztes Beisammensein wäre?«

Agnes setzte sich, trank einen Schluck Wein. Schaute Reto eine Weile an. Dann sagte sie: »Ich würde dir danken für die Stunden, die ich mit dir verbringen durfte. Danken, dass du in den Tagen der Trauer, des Verlustes an meiner Seite warst. Ich danke dir, dass du mich trotz meines Alters ohne Wenn und Aber als Frau, als Mensch angenommen hast, mich – um ein altmodisches Wort zu gebrauchen – auserkoren hast vor vielen anderen Frauen. Ich danke dir, dass du meine Sexualität wieder erweckt hast. Das Gefühl, mit dir am Anfang eines neuen Lebens zu stehen, ist für mich ein Wunder.«
Reto hob sein Glas.
»Agnes, ich danke dir, dass du meine Verantwortlichkeit geweckt hast gegenüber dir und den Kindern. Dass ich mich stark und mutig fühle, neue Wege zu gehen. Deine Nähe macht mich so glücklich, so ruhig, wie ich es nie für möglich gehalten habe. Ich begehre dich, wie ich noch nie eine Frau begehrt habe.«
Agnes schmiegte sich an ihn.
»Lass es genug sein. Lass es nicht unsere letzte Nacht sein.« Sie küsste zärtlich seine Augen, seinen Mund. Jetzt war er es, der sich ihr hingab. Ihre Hände, ihr Mund erkundeten seinen Körper, liebkosten diesen Mann. Alles, was sie in den letzten Jahren nur in ihrer Fantasie getan hatte, lebte sie jetzt. Ihre Hände streiften wie zufällig über seinen Bauch. Leicht wie ein Schmetterling flogen sie zwischen seine Beine, fanden sein Geschlecht. Kurz vor seinem Höhepunkt, setzte sie sich auf ihn und eine ungezähmte Wildheit überwältigte sie. Ihre Lust und der Mut, wirklich

so zu sein, wie in ihren kühnsten Träumen, ließen Reto aufschreien. Er krallte sich in ihren fülligen Leib und sie verloren sich gemeinsam in einer bewusstlosen Leidenschaft.

Dann lagen sie still da, in ihrer Umklammerung fühlten sie sich ganz. Vollkommen als Frau und vollkommen als Mann.

Leise sagte Reto: »Wenn das unsere letzte Nacht gewesen wäre, würde ich erfüllt sterben.«

Sie hielt ihm den Mund zu: »Es war genug Sterben um uns herum. Wir beide wollen leben.«

Sie nahm sein Gesicht in ihre Hände, küsste ihn.

»Ich werde nun gehen, schlaf gut und – danke!« In ihrer Wohnung sank sie glücklich in ihr Bett. Voller Dankbarkeit schlief sie ein.

7

Der Aufbruch

Am nächsten Morgen fühlte sich ihr Körper jung und geschmeidig an. In ihre Haut war die Nacht mit Reto eingeprägt. Sie spürte ihn zwischen ihren Beinen. In ihrem Innern sang eine Stimme von Liebe, an die sie nicht mehr geglaubt hatte.

Agnes machte Frühstück. Dann suchte sie in ihrem Schlafzimmer all die Kleider und Dinge zusammen, die sie mit ins Tessin nehmen wollte, und legte sie auf ihr Bett: Ihr Laptop, ein paar Bücher, ein paar CDs die sie gerne um sich hatte, ihren kleinen Aquarellkasten, den Block mit dem französischen Papier. Erst mal, dachte sie, ist es genug. Katharina wird ja öfter kommen.

»Oma, wo bist du?« Natascha kam aus ihrem Zimmer.

»Hier, Kind, im Schlafzimmer. Ich packe gerade meine Sachen, die mir Reto am Mittwoch mitbringen soll.«

Natascha setzte sich mit einem Sprung aufs Bett und mitten in Agnes' Kleider.

Im Schneidersitz saß sie da wie ein Buddha.

»Das alles willst du mitnehmen, Oma?«

»Schau, es wird langsam Herbst, dann Winter und ich weiß ja nicht, wann ich wieder hierherkomme.«

»Was machst du mit Reto, bleibt der hier? Ich habe gesehen, wie du ihn anschaust. Ihr liebt euch, oder? Wollt ihr etwa heiraten?«
»Etwa, Natascha, was soll das heißen? Ich dachte, du magst Reto.«
»Na ja …«
Natascha nahm ihre beiden Hände, breitete sie aus wie eine Waage, die sie nach oben und unten schwang, und mit Sorgenfalten im Gesicht antwortete sie: »Ich frage mich, wie das mit euch weitergehen soll, wenn du zu uns ziehst.«
»Das ist lieb von dir, Natascha, dass du dir um mich und Reto Sorgen machst, aber sei beruhigt, wir werden eine Lösung finden.«
Die Kleine blieb hartnäckig.
»Liebst du ihn wirklich, Oma?«
Agnes lachte herzlich: »Wenn du es unbedingt wissen willst, ja, ich liebe ihn.«
Natascha sprang mit einem Satz vom Bett, indem sie alle Sachen von Agnes durcheinanderschmiss, und rief: »Dann ist ja alles gut.«
Laut schreiend rannte sie in das Zimmer von Max.
»Max, Max, steh' auf! Stell dir vor, Oma ist in Reto verliebt. Bestimmt werden sie bald heiraten. Dann kommt Reto zu uns. Juhuu …« Damit hüpfte sie durch die ganze Wohnung und Max hinterher, ebenfalls laut schreiend.
»Juhuu, Reto kommt zu uns, super!«
Agnes war erstaunt über dieses Freudengeschrei. Sie hatte die beiden unterschätzt. Kinder haben eben ein feines Gespür für die Ereignisse, die um sie herum geschehen.

»Wenn du willst, Max, kannst du Reto zum Frühstück holen.«
»Ich geh' mit«, schrie Natascha. Sie stürmten beide die Treppe hinunter und klingelten Sturm.
Reto kam noch im Schlafanzug an die Tür.
»Was ist los, ihr beiden? Ich dachte schon, da oben ist der Teufel los.«
»Du sollst zum Frühstück kommen. Oma ist in dich verliebt, da musst du ja zu uns ins Tessin ziehen!« Die beiden waren völlig euphorisch und zogen Reto nach oben.
»Oma, wir haben ihn.«
»Ja, und was wollt ihr mit ihm machen, wo ihr ihn jetzt habt?«, fragte Agnes.
Natascha, die Reto immer noch an der Hand hatte, sagte: »Wir nehmen ihn mit nach Hause. Reto, du kommst doch mit zu uns? Du liebst doch die Oma?«
Max verbesserte Natascha: »Sag lieber Agnes, unsere Großmutter heißt Agnes. Man liebt keine Oma.«
»Sehr freundlich von dir, Max. Es wäre nett, wenn ihr öfter zu mir Agnes sagen würdet, sonst müsstet ihr Reto ja auch zum Opa erklären.«
Max platzte jetzt förmlich heraus.
»Wenn ihr heiratet, dann nennen wir euch Agnes und Reto, nicht wahr, Natascha?«
»Ja, ja, das machen wir«, sagte Natascha, »aber nur, wenn ihr heiratet.«
Reto und Agnes sahen sich an. Sie hatten sich vorgestellt, dass es schwierig sein würde, den Kindern ihre Liebe zu erklären. Nun hatten diese selbst Regie geführt.

Reto sagte humorvoll: »Vielleicht könnt ihr uns etwas Zeit lassen?«
»Ja, ja, natürlich«, meinte Max väterlich, »du musst ja auch erst mal ein Büro finden.«
»Gut, dann hätten wir ja nun alles geklärt. Lasst uns frühstücken.«
Einträchtig setzten sie sich um den runden Tisch und jeder nahm sich, was ihm gefiel.
Katharina kam. »Hunger, habt ihr was für mich?«
»Natürlich, Katharina, setz' dich.«
Agnes schenkte ihr Kaffee ein und reichte ihr den Brotkorb.
Natascha wartete gespannt auf den Moment, an dem sie auch Katharina die Neuigkeit verkünden könnte. Als diese einen Schluck Kaffee getrunken und ihr Brötchen mit Butter und Marmelade bestrichen hatte, hielt Natascha es nicht länger aus: »Katharina, Reto und Oma, äh … Agnes, heiraten und Reto zieht zu uns.«
Katharina fiel das Brötchen aus der Hand.
»Sie heiraten?«
Ungläubig schaute sie zu Agnes. Diese zwinkerte mit den Augen und sagte: »Die Kinder haben es beschlossen.«
Katharina sagte spöttisch: »Dann lass mich deine Schleppe tragen, Agnes.«
Sie ging darauf ein.
»Das wäre schön, Kasimir.« Kein Spott könnte heute ihr Glück schmälern.
Katharina nahm wieder das Zepter in die Hand: »Wann müsst ihr zum Flughafen?«

»Spätestens um drei Uhr. Das Flugzeug fliegt um halb sechs.«
»Willst du sie fahren, Reto?«
»Wenn du erlaubst, Katharina.«
»Gut, dann packe ich mit Agnes die Koffer, die du am Mittwoch mitnehmen musst.«
Katharina schaute in die Runde.
»Ihr seid ja alle noch im Schlafanzug. Ihr zieht euch an und packt ebenfalls eure kleinen Koffer. Bitte die Zahnbürsten nicht vergessen.«
Reto stand lachend auf.
»Ich gehe auch Zähneputzen, Katharina.«
Er umfasste Agnes und gab ihr einen liebevollen Kuss.
»Bis später.«
Natascha schaute dieser Umarmung wohlwollend zu, nahm daraufhin jedoch sofort die Hand von Agnes, wie um zu sagen, mir gehört sie auch, und forderte: »Hilfst du mir packen, Oma Agnes?«
Diese musste lachen. »Klingt gut, Oma Agnes.«
Natascha zog wieder ein sorgenvolles Gesicht. »Weißt du, Oma, wir müssen uns einen anderen Namen für dich ausdenken. Es müssen ja nicht alle Leute wissen, dass du unsere Oma bist. Du siehst ja noch ganz hübsch aus.«
»Danke, Natascha, für das Kompliment. Irgendwann wird dir ein Name einfallen.« Sie gingen ins Bad. Natascha putzte eifrig ihre Zähne und gab ihre Utensilien in einen hübschen Beutel.
»Bist du traurig, Oma, dass es uns hier nicht gefällt? In

den Ferien war es immer schön bei dir. Doch für immer finde ich es zu Hause schöner.«
»Ich verstehe dich, Natascha. Vielleicht bin ich ein bisschen traurig. Aber nur ein bisschen. Und wenn Reto mitkommt, bin ich überhaupt nicht mehr traurig.«
»Ich bin auch froh, dass Reto mitkommt. Glaubst du nicht, Oma, dass es besser ist, wenn wir einen Mann im Haus haben?«
»Wie recht du hast, Natascha, du bist ein kluges Mädchen. Während ich packe, kannst du mit Max Mikado spielen.«
Sie ging aus dem Zimmer, um Katharina zu helfen, ihre Sachen einzupacken. Katharina hatte zwei Koffer geholt und schichtete mit ihrem Ordnungssinn alles sorgfältig in dieselben.
»Dein System macht beim Auspacken alles leichter, du bist einfach wunderbar, Kasimir.«
Als sie fertig waren, rief Agnes noch im Tessin an, damit Elaine sie in Agno um achtzehn Uhr dreißig am Flughafen abholen käme. Auch dieses wäre somit erledigt.
Inzwischen saß Reto angezogen wieder bei den Kindern und unterhielt sich mit ihnen.
»Was haltet ihr davon, wenn wir etwas früher zum Flughafen fahren, um dort im Restaurant Mittag zu essen?«
»Au ja.« Dieser Vorschlag löste begeisterte Zustimmung aus.
»Katharina soll auch mitkommen. Wir sitzen hinten einfach zu dritt«, schlug Max vor.
So fuhren sie um ein Uhr los.
Agnes nahm leise Abschied von ihrer Wohnung. Ein letz-

ter Blick galt dem Rhein, der ihr ein Freund geworden war. Jedem Abschied wohnt ein Zauber inne, der uns beschützt und der uns hilft zu leben, drum, Herz, nimm Abschied und gesunde.

Im Auto fragte Katharina die beiden Kinder nach ihrem Sternbild. Max war Zwilling und Natascha Krebs.

»Ihr müsst wissen, dass zu jedem Sternbild ein Baum gehört. Das weiß ich aus einem keltischen Buch. Komischerweise habt ihr beide den Feigenbaum.«

»Oma Agnes, dürfen wir einen Feigenbaum pflanzen?«

Reto mischte sich ein: »Seit wann sagst du Oma Agnes?«

»Bis ich einen anderen Namen für Oma gefunden habe«, äußerte Natascha ernsthaft. »Weißt du, Reto, ich finde für eine Oma ist sie eigentlich zu hübsch.«

»Du bist ein sehr intelligentes und charmantes Mädchen voller Überraschungen«, lobte sie Reto.

»Wieso Überraschungen?«

»Na ja, was dir so alles einfällt. Heute Morgen wolltest du uns einfach verheiraten. Findest du das nicht überraschend?«

»Ich schon«, meldete sich Katharina. »Sehr überraschend, mein liebes Kind.«

In Zürich am Flughafen angekommen, parkte Reto das Auto. Nachdem sie die Tickets abgeholt hatten, gingen sie ins Restaurant.

»Wow!« Max fand das aufregend. »Von hier kann ich die Flugzeuge sehen.«

Katharina reichte ihnen die Speisekarten.

»Was möchtet ihr gerne essen? Sucht euch was aus.«
»Ich hätte gerne Pommes frites.«
»Igitt«, rügte sie Katharina, »aber ich nehme auch Pommes frites.«
»Ich auch«, rief Max.
»Also gut, wir bestellen eine große Portion Pommes frites, aber jeder isst dazu noch etwas Anständiges.«
Agnes und Reto konnten entspannen, denn das letzte Wort hatte alles im Griff.
Ab und zu fassten sie sich an den Händen, wie um dem anderen damit zu versichern: Ich bin da, ich genieße es, bei dir zu sein.
Katharina beobachtete sie aus den Augenwinkeln, verdrehte die Augen und konnte sich nicht verkneifen zu sagen: »Muss Liebe schön sein.«
Agnes erwiderte lachend: »Du hast recht, wie immer.«
Als die Pommes frites kamen, griffen drei Hände sofort hinein und im Nu war die Schüssel leer.
Natascha aß ein Wiener Schnitzel, das den ganzen Teller ausfüllte. Reto, Max und Katharina nahmen Zürcher Geschnetzeltes, Agnes Spaghetti aglio olio.
»Esst euch richtig satt. Wer weiß, was es zu Hause gibt, schließlich hat Elaine uns erst morgen erwartet.«
»Kriege ich ein Schokoladeneis, wenn ich alles aufgegessen habe?«, bat Natascha.
»Und du, Max?«
»Crème brûlée.«
Katharina bestellte sich ein Vanilleeis mit doppelter Schlagsahne.

Natascha fragte fürsorglich: »Was magst du, Reto?«
»Ich schaue euch zu, das genügt mir.«
Agnes hätte Reto gerne gesagt, dass er die Heiratsvorschläge der Kinder bitte nicht ernst nehmen, sich nicht genötigt fühlen sollte. An heiraten hatten sie überhaupt nicht gedacht … Doch das könnte sie ihm am Mittwoch sagen, wenn er käme.
Sie sah zu Katharina und fühlte, wie tapfer diese versuchte, die Trennung zu ertragen. Ob sie wohl noch über ihren Schatten springen würde? Gärten fänden sie in Lugano und Umgebung bestimmt genug. Agnes hörte sich das auf einmal laut sagen: »Katharina, Gartenarbeit findest du im Tessin bestimmt mehr als genug.«
Katharina schaute sie dankbar an.
Max bat übertrieben. »Katharina, bitte, Kasimir, komm zu uns, das wäre supercool.«
»Ja, ja«, mischte sich Natascha ein, »wir teilen auch unsere Zimmer mit dir.«
Katharina war gerührt.
»Ihr seid wirklich lieb, aber ich brauche schon eine Wohnung.«
»Ihr müsst wissen, Katharina wohnt gerne ein bisschen luxuriös, ein bisschen über ihre Verhältnisse. Eure Zimmer wären nicht ganz das Richtige. Doch ich bin überzeugt, Katharina, dass wir für dich ein hübsches Nest finden.«
Natascha bekam wieder ihre Sorgenfalten.
»Du würdest uns sehr fehlen, nicht, Max, ohne Katharina ist das Leben gar nicht mehr lustig.«
»Ja, wenn ihr das so seht, werde ich darüber nachdenken.«

Agnes legte ihre Hand auf die von Katharina: »Tu das.« Liebevoll fügte sie hinzu: »Lockere deine Wurzeln, auch im Tessin gibt es Erde, wo du sie wieder verankern kannst.«
Reto drängte zum Aufbruch.
»Sonst fliegt das Flugzeug ohne euch. Ihr habt im Flughafen noch einen langen Weg.«
Katharina boxte sich mit Max, küsste Natascha.
»Also, ihr Süßen, bis bald.«
Reto umarmte Agnes unter dem aufmerksamen Blick von Natascha. Dann verschwanden die drei hinter der Passkontrolle, Reto und Katharina fuhren sehr nachdenklich heim. Reto sprach als Erster.
»Du solltest dir das wirklich überlegen, Katharina. Was willst du hier allein? Die Kinder wären sehr glücklich, dich mit deinem Humor und deiner Tatkraft in der Nähe zu haben. Du bist ihnen auch im Alter viel näher als wir. Für mich ist es völlig ungewohnt, mit Kindern umzugehen.«
»Du machst das sehr gut, weil du dich nicht bemühst, sie von allein kommen lässt. Störe ich euch nicht? In jeder Beziehung ist der Dritte einer zu viel.«
»Kasimir, das ist doch Quatsch! Das bist doch nicht du. Ich denke, wir drei sind alt genug, um jedem seinen Freiraum zu lassen. Wenn du dich tatsächlich entschließt zu kommen, suchen wir nach Gärten und einer hübschen Wohnung für dich und natürlich nach allem, was du sonst noch zum Leben benötigst.«
»Danke, Reto, ich werde es mir überlegen. Ich brauche einfach etwas Zeit und bewundere dich, wie schnell du den Entschluss fassen konntest, neu anzufangen.«

»Du wirst es nicht glauben, aber seitdem ich mich entschlossen habe, mit Agnes zu gehen, denke ich weder an das, was ich zurücklasse, noch habe ich Bedenken, was auf uns zukommt. Ich fühle mich seltsam frei. Auch jung. Ich würde so, wie ich bin, ohne Gepäck, zu Agnes ziehen.«
Er dachte an Agnes und die Kinder, die jetzt über die Berge der Schweiz flogen, und schwieg den Rest der Fahrt.
Katharina zog im Geiste an ihren verschiedenen Wurzeln rund um den Bodensee. Waren die wirklich so stark, dass sie ohne Agnes hierbleiben wollte?

Alle drei kamen wohlbehalten in Agno an. Elaine strahlte, als sie die Kinder umarmte, und die beiden freuten sich, Elaine wiederzusehen.
Zu Hause aßen sie noch eine Kleinigkeit. Zum ersten Mal gingen Max und Natascha freiwillig in ihre Zimmer.
»Morgen früh um sieben wecke ich euch. Schule, ihr Lieben. Es wird nicht geschwänzt.«
Natascha sah ihre Oma verschmitzt an.
»Jawohl, Oma Agnes, Gott sei Dank sind wir wieder zu Hause.«
»Du Frechdachs, ab ins Bett.«
Agnes war froh, dass die beiden wieder den Mut hatten, allein zu schlafen. Vielleicht war der Besuch in Stein doch zu etwas nütze. Agnes bedankte sich bei Elaine und ging in das Zimmer von Reto, um in dem Bett zu schlafen, in dem er geschlafen hatte. Sie überlegte, ob sie Maria um diese Zeit noch anrufen könnte, verschob es jedoch auf morgen.

Da klingelte ihr Handy und Reto fragte: »Ist alles gut gegangen?«

»Ja, Reto. Du fehlst mir …«

»Du fehlst mir auch, Agnes. Ich freue mich auf Mittwoch.«

Agnes sank müde ins Bett. Alles in ihrem Leben hatte sich verändert. Trotz allem Schmerz zum Guten, dachte sie und schlief ein.

Sie erwachte sehr früh, blieb jedoch noch eine Weile im Bett und spürte in diesen Raum, ob er das zukünftige Schlafzimmer von Reto sein wollte. Sie fühlte Wärme, die ihr bestätigte, dass für Reto dieses Zimmer richtig wäre. Das angrenzende Bad war auch groß genug, durch das Fenster nach Norden konnte man auf die wirklich majestätischen Rotbuchen sehen. Die Schränke, die ihre Tochter auch in diesem Raum hatte einbauen lassen, würden alle seine Sachen aufnehmen können. Sie selbst würde in das Schlafzimmer gegenüber ziehen – so konnten sie sich über den Flur hinweg besuchen. Genau so, wie Max ihnen das am ersten Tag zugewiesen hatte, war es richtig.

Erst um sieben Uhr weckte Agnes Natascha. Liebevoll leise flüsterte sie: »Aufstehen, Prinzessin, die Schule wartet.« Sie streichelte ihr Köpfchen so lange, bis Natascha die Arme um Agnes schlang und sagte: »Ich habe dich so lieb.«

»Ich dich auch, mein Kind.« Gleichzeitig dachte sie: Ob ich dir wohl deine Mama ersetzen kann?

Natascha stand auf und lief zu Max.

»Aufstehen, aufstehen …«

Der kroch verschlafen aus dem Bett und murmelte vor sich hin: »Es wäre schon toll, wenn Katharina zu uns käme.«
»Ich glaube, wir haben gute Chancen, Max, dass sie kommt«, meinte Agnes. »Brauchst du Hilfe?«
»Nein, ich bin doch kein kleines Kind.«
»Natascha, du?«
»Ja bitte, Oma, was soll ich anziehen?«
»Lass es uns gemeinsam aussuchen.«
Das Zimmer von Natascha war sehr klug eingerichtet von Johanna. Das Bett war schon dafür gedacht, dass sie es auch als Teenager benutzen konnte. Es stand mit dem Kopfende nach Osten. Die gegenüberliegende Seite war bedeckt von einer Schrankwand, die das Fenster frei ließ. Unter dem Südfenster stand ein Schreibtisch. In der Mitte eine ovale Couch mit einem Tischchen.
In dem sehr ordentlichen Kleiderschrank suchten sie nach einer Jeans und einem Blüschen.
»Vielleicht nimmst du einen Pullover über die Schultern, falls es kalt wird.«
»Oma, du kennst das Tessin nicht, hier ist es noch warm.«
»Und deine Schultasche … hast du alles drin?«
»Ja, Oma.«
Agnes hatte das Gefühl, Natascha wollte sie einfach in ihrer Nähe haben. Gemeinsam stiegen sie die Treppe hinunter. Max kam hinterhergesaust und schmiss seine Schultasche auf den Küchenboden.
Auf dem rustikalen Tisch in der Mitte der sonst funktional eingerichteten Küche stand ein reichhaltiges Frühstück bereit. Agnes schaute das Haus und jeden Raum mit

anderen Augen an als zuvor: Von nun an sollte es ihr Zuhause sein. Die Küche erschien ihr ideal.
Als die Kinder aus dem Haus waren, rief Agnes Maria an, die sich sehr freute, ihre Stimme zu hören.
»Agnes, wie geht es euch?«
»Wir sind schon gestern Abend wieder zurückgekommen. Stein war für die Kinder eine Katastrophe.«
»Aber alles gut mit Reto?«
»Ja, Maria, ich bin glücklich. Er ist, so wie du sagtest, einer der redlichen Männer. Er will sogar seine Kanzlei aufgeben und hier neu anfangen.«
»Ich habe es von ihm nicht anders erwartet. Wie stellt ihr euch das weiter vor, Agnes?«
»Wir haben uns noch gar nichts vorgestellt, Maria. Ich versuche, das Haus hier in Gedanken zu meinem neuen Zuhause zu machen. Vielleicht könntest du mir dabei helfen und mich beraten, wie und wo ich etwas behutsam verändern könnte?«
»Mit Vergnügen, Agnes. Ich nehme mir ein Taxi und bin in einer halben Stunde bei dir.«
Agnes empfing Maria am Gartentor unter den Rotbuchen.
»Grüß dich, Agnes.«
Marias Herzlichkeit tat ihr wohl. Die beiden Frauen gingen ins Haus.
»Darf ich dir einen Kaffee anbieten, Maria?«
»Danke, ein Glas Wasser wäre mir lieber.«
Sie setzten sich ins Wohnzimmer.
»Ich verstehe, dass du hier einiges ändern musst. Dieser Raum wirkt sehr kalt.«

Agnes lachte.
«Reto lebt ähnlich. Seine Farben sind Schwarz, Grau, ein Tupfer Rot ... In diesem Raum fühle ich Johannas rationalen Geist. Alles durchdacht, auf ein absolutes Minimum reduziert. Ich brauche mehr Farbe und Wärme.«
»Du musst dich hier wohlfühlen.«
»Die Aufteilung der Schlafzimmer oben ist einfach, nur, wo soll Reto arbeiten?«
»Neben dem Wohnzimmer ist doch dieser große Raum mit allem möglichen Plunder. Sergio hat, wie sein Vater, alte Möbel gesammelt, die er manchmal an Kunden, denen er Häuser baute, verkaufte.«
»Diesen Raum kenne ich noch nicht.«
»Komm, ich zeig ihn dir.«
Maria stand für ihre Verhältnisse ziemlich forsch auf.
Als sie den Raum betraten, erschraken beide, denn er war ziemlich dunkel und vollgestellt mit Antiquitäten.
Agnes seufzte.
»Was soll man bloß mit dem alten Zeug anstellen, Maria?«
»Ich würde dir vorschlagen, du holst einen Antiquitätenhändler, lässt das alles schätzen und abholen. Sollte dir das eine oder andere Möbelstück gefallen, verwende es im Haus.«
Es war ein langer schmaler Raum. Wenn die Fenster frei wären, hätte man genügend Licht und mit etwas Farbe könnte man ihn bestimmt wunderbar beleben.
Von dort gingen sie in die Küche. Maria fand auch, dass diese gut durchdacht sei. Sie setzten sich an den großen

Tisch und Agnes stellte noch einmal ein Glas Wasser mit Zitrone für Maria bereit.

»Entweder nimmt Reto diese Rumpelkammer oder das Arbeitszimmer von Sergio, wo alle Computeranschlüsse vorhanden sind. Schließlich und endlich muss er das selbst entscheiden. Das Schlafzimmer von Johanna und Sergio ist für mich tabu. Wir können daraus vielleicht ein Gästezimmer machen.«

»Ich finde das eine gute Idee, Agnes. Ich denke, wenn du die alten Möbel abholen lässt, kannst du bestimmt auch das Bett der beiden mitgeben.«

»Maria, so weit kann ich noch nicht denken.«

Maria schloss die Augen, hielt einen Moment den Atem an und sagte leise: »Ich könnte es auch nicht.«

Nach einer längeren Pause fuhr sie fort: »Die persönlichen Sachen von Sergio und Johanna können wir ja nach und nach ordnen. Hauptsache, ihr seid erst mal untergebracht. Ich würde dir vorschlagen, am Freitag gehen du und Reto über das Wochenende ins Hotel Principe, ihr habt das wahrlich verdient. Es ist meine Einladung als Dank an euch. Ich übernehme die Kinder.«

Agnes wollte widersprechen.

»Ich dulde keinen Widerspruch, meine Liebe. Und jetzt hätte ich doch gerne eine Tasse Kaffee, wenn du so lieb bist.«

Beim Kaffee erzählte Agnes von den Ereignissen in Stein. Dann kam Elaine mit Einkäufen zurück und Agnes und Maria verließen die Küche und gingen langsam durch das Haus, das den rationalen Geist von Johanna atmete, die nichts Überflüssiges duldete. Die Modernität stand im Widerspruch zu dem charmanten, altmodischen Äußeren des Hauses.

Der Vormittag war in diesem Tun schnell vergangen. Agnes brachte Maria heim, bevor sie die Kinder abholte. Max begann sofort mit dem Italienischunterricht und rügte seine Großmutter: »Du lernst überhaupt nicht mehr. Du musst dir einen Kurs auf CD kaufen und wenn wir in der Schule sind, hast du ja Zeit zum Lernen.«

»Guter Vorschlag, Max, danke.«

Die Kinder aßen mit gutem Appetit Gnocchi mit Sahnesoße.

Nach dem Essen brachte Agnes Max wieder in die Schule. Natascha verzog sich ins Zimmer, um ihre Schulaufgaben zu machen. Später wollte sie ins Zelt gehen zum Spielen. Als Agnes zurückkam, saß Natascha tatsächlich im Zelt und sang: »Frère Jacques, frère Jacques, dormez-vous, dormez-vous …«

Agnes fragte: »Darf ich zu dir ins Zelt kommen?«

»Ja, Oma, komm nur rein. Kannst du singen?«

»Etwas schon.«

Sie sangen gemeinsam oder Agnes allein, was ihr gerade einfiel, dann wieder Natascha, was sie konnte und Agnes nicht. Es machte ihnen beiden Spaß. Agnes dachte: »Wie lange habe ich schon nicht mehr gesungen.«

»Oma« – Natascha nahm wieder eine Buddhahaltung ein und legte ihr Gesicht in Sorgenfalten. »Hast du auch noch für mich Zeit, wenn Reto bei uns ist?«

»Natürlich, mein Kind, Reto muss schließlich arbeiten.«

»Du, Oma, musst du auch arbeiten?«
»Nein, vorläufig nicht.«
»Vorläufig? Musst du wieder ein Buch schreiben?«
»Natascha, Natascha, was machst du dir für Sorgen. Für ein Buch brauche ich erst mal eine Idee. Das könnte ich auch schreiben, wenn ihr in der Schule seid.«
»Hast du dann immer Zeit für mich?«
Agnes nahm Natascha in den Arm, weil sie die Angst hinter der Frage spürte.
»Schau, mein Kind. Ich bin viel älter als deine Eltern. Großmütter haben immer Zeit. Sie haben eine andere Zeit, verstehst du? Ich habe ein langes Leben hinter mir, in dem auch ich manchmal keine Zeit hatte. Doch nun habe ich alle Zeit der Welt für dich, für Max, für Reto und auch für mich. Es ist genug Zeit da für alle. Beruhigt dich das?«
Natascha lächelte erleichtert.
»Wollen wir beide Max abholen, es wäre an der Zeit.«
Sie krochen aus dem Zelt und fuhren zur Schule. Max saß schon mit ein paar anderen Jungen auf der Treppe und wartete.
Agnes fuhr alle seine Freunde nach Hause.
»Siehst du, Natascha, wir haben für jeden Zeit.«
Natascha nickte befriedigt: »Ja, Oma, ich verstehe.«
Als sie zu Hause am Zelt vorbeikamen, brummte Max vor sich hin: »Ohne Kasimir macht das Zelt keinen Spaß.«
»Doch, Max, ich habe heute mit Oma im Zelt gesungen.«
»Gesungen? Du glaubst doch wohl nicht im Ernst, dass ich im Zelt singen will!«

»Bitte, Großmutter, ruf Kasimir an und sag, dass sie kommen muss!«
»Max, du musst ein bisschen Geduld haben. Oma Maria hat eventuell für Katharina etwas gefunden. Stell dir vor: einen großen Garten und ein kleines Häuschen. Katharina braucht noch etwas Zeit. Vertraue einfach darauf, dass sie sich für uns entscheiden wird.«
»Glaubst du das wirklich, Großmutter?«
»Ja, Max.«
»Erzählst du uns heute Abend wieder von den Gralsrittern?«
»O Max, die Geschichte von Parsifal ist lang und kompliziert. Gehen wir erst mal etwas essen.«
Danach verzogen sich die beiden freiwillig in ihre Zimmer und warteten, bis Agnes so weit war. Sie rief Max in Nataschas Zimmer und setzte sich mit ihm auf die ovale Couch. Dann begann sie zu erzählen: »Die Geschichte von Parsifal ist ein Epos von Wolfram von Eschenbach, der ein berühmter Minnesänger und Dichter war.«
»Was ist ein Minnesänger?«, kam prompt von Natascha.
»Die Minnesänger kommen aus Südfrankreich. Minne ist ein Ausdruck für Liebe. Die Minnesänger, die von Fürstenhof zu Fürstenhof wanderten, sangen über die Liebe und das war die Unterhaltung, die es damals gab, so wie wir heute das Fernsehen haben. Der Vater von Parsifal hieß Gahmuret. Er war der zweite Sohn eines Königs und ohne Erbe. Auf der Suche nach ritterlicher Bewährung und Ruhm kam er in den Orient, wo er dem Kalifen von Bagdad diente. Später half er der dunkelhäutigen Königin

Belacane gegen ihre Belagerer. Gahmuret siegte, heiratete Belacane und wurde damit König ihrer Reiche. Er zeugte mit ihr einen Sohn namens Feirefiz, doch bevor das Kind geboren wurde, zog es ihn wieder zurück nach Europa, auf der Suche nach neuen Abenteuern. Sein und Belacanes Sohn war am ganzen Körper schwarzweiß gescheckt wie eine Elster. Stellt euch das mal vor, schwarzeweiß gescheckt!

Zurück in Europa, nimmt Gahmuret an einem Turnier von Kanvoleis teil, bei dem er natürlich siegt und sowohl die Hand der Königin Herzeloyde als auch die Herrschaft über ihre Länder gewinnt. Doch auch diese Königin verließ er, bevor sein Sohn Parsifal geboren wurde. Es zog ihn wieder zurück nach Bagdad und dort fand er seinen Tod. Das ist die Vorgeschichte von Parsifal. Könnt ihr noch? Seid ihr noch nicht eingeschlafen?«

»Nö, hört sich doch ganz gut an, erzähl nur weiter.«

»Also, die Königin Herzeloyde, wie ihr Name Herzeleid sagt, litt so unter dem Tod ihres Mannes, dass sie mit ihrem Sohn Parsifal in die Waldeinsamkeit von Soltane floh. Aus Angst darüber, ihren Sohn so zu verlieren wie ihren Mann, erzog sie ihn weder als Ritter noch als Königssohn, sie lehrte ihn weder, was gut und böse, noch, was Recht und Unrecht ist. Sie wollte ihn von allem Höfischen fernhalten, damit sie ihn nicht verlöre. So wuchs Parsifal unerzogen, einfach, wild auf.

Als er jedoch eines Tages einem Ritter in der Waldeinsamkeit begegnete, war er so beeindruckt, dass er sich wünschte, genau das zu werden. Er gab keine Ruhe, bis seine Mutter ihm ein Narrenkleid nähte, in der Hoffnung, dass er am Hofe in diesem Narrenkleid Schiffbruch erleide.

Als einzige Lehre gab sie ihm mit auf den Weg: ›Wenn dir jemand begegnet, musst du ihn unbedingt grüßen.‹

Jetzt stellt euch vor. Es zog dieser wunderschöne Königssohn in einem Narrenkleid durch die Lande, grüßte Alt und Jung und sagte dazu auch noch: ›Meine Mutter hat mir dies geraten.‹

Die erste Frau, die er traf, hieß Jeschute. Er raubte ihr erbarmungslos ihren Schmuck, weil er gar nicht wusste, was er tat. Für Jeschute jedoch war das eine Katastrophe, denn ihr Ehemann Orilus glaubte ihr nicht und setzte sie als Ehebrecherin der gesellschaftlichen Verachtung aus.

In der Nähe des Artushofes angekommen, erschlug Parsifal den roten Ritter Ither, ein naher Verwandter, wie sich später herausstellte, um an dessen Rüstung und Pferd zu kommen. Da Parsifal kein Gefühl für Unrecht hatte, glaubte er, das wäre eine ritterliche Tat. Nun fühlte sich Parsifal durch den Raub der Waffen als Ritter, doch unter der Rüstung trug er immer noch sein Narrenkleid.

Auf seinen Reisen kam er an den Fürstenhof von Gurnemanz von Graharz und dieser, beeindruckt von der Schönheit Parsifals, unterrichtete ihn in ritterlicher Lebensführung und Kampftechniken. Erst hier lernte er höfisches Verhalten, Höflichkeit und Sauberkeit und ein Gefühl für Recht und Unrecht.

Gurnemanz lehrte ihn leider auch, auf seinem weiteren Weg keine unnötigen Fragen zu stellen. Er hätte Parsifal gerne als Schwiegersohn gehabt, doch bevor es dazu kam, ritt Parsifal wieder hinaus in die Welt.

Parsifal bewährte sich in der nächsten Zeit als Ritter und als er in der Stadt Pelrapeire die Königin Condwiramurs von der Belagerung durch aufdringliche Bewerber befreite, gewann er ihre Hand und damit die Herrschaft über ihr Königreich. Nachdem er das Reich geordnet hatte, verließ er seine Königin, noch bevor sie einen Sohn zur Welt brachte, um seine Mutter zu besuchen, von deren Tod er allerdings noch nichts wusste. Sie starb nämlich damals, als ihr Sohn sie verließ, an Herzeleid.

Auf seinen Reisen kam Parsifal an einen Fluss und fragte den Fischer nach einer Herberge für die Nacht. Dieser wies ihn in eine nahe gelegene Burg. Die Besatzung der Burg freute sich offenbar über sein Erscheinen, aber gleichzeitig befanden sich alle in tiefer Trauer. Im Festsaal der Burg traf er den Fischer wieder, denn der war der Burgherr Anfortas, der unter einer schweren Erkrankung litt. Parsifal kam aus dem Staunen nicht mehr heraus.

Unter lautem Klagen wurde eine blutende Lanze durch den Raum getragen. Später brachten vierundzwanzig wunderschöne Edelfrauen kostbares Geschirr herbei, um die große Tafel zu decken. Schließlich wurde von der Königin Repanse de Schoye der Gral hereingetragen, der auf geheimnisvolle Weise wie ›Tischlein deck dich‹ Speisen und Getränke hervorzauberte. Am Ende bekam Parsifal zu seiner großen Verwunderung das kostbare Schwert des Burgherrn geschenkt.

Anfortas wollte damit den schweigsamen Ritter zu einer

Frage ermuntern, mit der Parsifal, hätte er tatsächlich gefragt: ›Was fehlt Ihnen‹, diesen von seiner schweren Krankheit erlöst hätte. Doch dafür fehlte Parzifal das Mitgefühl. Am nächsten Morgen war die Burg verschwunden und Parsifal suchte vergeblich die Fußspuren der Ritter. Stattdessen traf er im Wald Sigune, von der er den Namen der Burg Munsalvaesche (Montsalvat) erfuhr.
Sigune verfluchte ihn, weil er nicht zu einer einzigen mitfühlenden Frage fähig gewesen war. Denn hätte er gefragt, wäre er Gralskönig geworden. Von jetzt an lebte Parsifal in einer großen Wut auf Gott, weil dieser ihm in seiner Allmacht nicht geholfen hatte, diese eine Frage zu stellen. Auf seiner weiteren Gralsuche begegnete er einem Einsiedler, der ihm erläuterte, dass Gott sich nicht zwingen lasse, Hilfe zu gewähren. Gralskönig könne nur werden, wer vom Gral dazu berufen würde.
Die Gemeinschaft wartete sehnsüchtig auf eine Botschaft des Grals, damit Anfortas von seinem Leiden erlöst werde. Nach der Zeit bei diesem Einsiedler wurde Parzifal offenbar von all seinen bisherigen Vergehen erlöst. Durch die vielen Abenteuer gereift, kehrte er zu seiner Frau, der Königin Condwiramurs, und zu seinem Sohn Lohengrin zurück. Eines Tages wurde er in die Gralsburg Montsalvat als Gralskönig gerufen.
Das, meine Lieben, ist die Geschichte des Vaters von Lohengrin.«
Natascha hing schon halb schlafend in ihrem Bett. Max hatte aufmerksam zugehört und Agnes brachte ihn, mit einem großen Lob dafür, ins Bett.

Die nächsten Tage vergingen wie im Fluge. Sie hatten sich aneinander gewöhnt. Der Haushalt funktionierte. Wenn die Kinder in der Schule waren, kroch Agnes in dem Zimmer mit den alten Möbeln herum, entstaubte diese und suchte nach Möglichkeiten, ihr Zimmer zu verschönern und ebenso das Zimmer von Reto.
Elaine und sie schleppten, was ihnen möglich war, probierten, was gut aussehen würde und was nicht.
Abends erzählte Agnes immer Geschichten und nahm sich Zeit, mit den Kindern zu sein. Dann endlich war es Mittwochabend und Reto kam.
Natascha und Max waren ganz aus dem Häuschen. Für Max hatte er eine Uhr mitgebracht, auf der die verschiedenen Zeiten der Welt zu sehen waren, um sie in sein Zimmer zu stellen.
Für Natascha eine Perlenkette aus echten kleinen Perlen.
»Jede Prinzessin sollte eine Perlenkette besitzen.«
Sie saßen in der Küche und Max fragte: »Wie geht es Kasimir? Glaubst du, dass sie zu uns kommen wird?«
»Ich glaube, Katharina wird kommen.«
Reto kam sich vor, als sei er nach vielen Irrfahrten heimgekehrt zu seiner Familie.
Nachdem die Kinder im Bett waren, setzten sich Agnes und Reto in das weißgraue Wohnzimmer. Agnes zündete Kerzen an und sah, wie Retos Blick im Zimmer umherschweifte.
»Etwas kühl eingerichtet. Findest du nicht auch?«
»Das werden wir ändern.«
Sie erzählte ihm lachend, dass Maria sie zwingen würde,

ein Wochenende ohne die Kinder im Principe zu verbringen.
»Na, das ist doch ein Angebot, Agnes. Da wird uns schon etwas einfallen ...«
Er nahm sie in die Arme und küsste sie. »Kommst du heute Nacht zu mir, Agnes?«
»Ja, Reto, ich komme.«

Als sie sein Zimmer betrat, lag Reto schon im Bett.
Sie legte sich zu ihm.
«Lass mich einfach nur bei dir sein.«
Sie wussten, ihre Leben würden zusammenfließen. Sie hatten hier in diesem Haus, in dieser wunderschönen Landschaft eine gemeinsame Zukunft – wie die auch immer aussehen würde. Keiner wäre mehr allein.
»Jetzt bin ich kein wildfremder Mann mehr für dich. Lass uns das tun, was ich dir an jenem Abend angeboten habe: Schlaf einfach in meinen Armen ein.«
»Danke, Reto.«
Aneinandergekuschelt schliefen sie ein.
Sehr früh morgens löste sich Agnes von ihm und flüsterte leise: »Schlaf weiter, ich wecke die Kinder.«
Heiter ging sie in ihr Zimmer. Ihr Lebensgefühl war erfüllt von Dankbarkeit. Sie warf einen Blick in den Spiegel. Ich nehme mich an, wie ich bin. Mein Alter spielt keine Rolle. Jedes Pfund zu viel auch nicht.
Ihre Koffer standen noch ungeöffnet in ihrem Zimmer. Damit würde sie sich später befassen. Sie schminkte ihr Gesicht. Dann stieg sie die Treppe hoch zu Natascha.

»Guten Morgen, Prinzessin mit der Perlenkette, aufwachen.« Sie streichelte das Kind, bis Nataschas Augen sie wach anschauten.
»Gut geschlafen?«
»Ja, Oma.«
»Die Perlenkette machen wir für die Schule ab. Einverstanden?«
»Ja, Oma.« Agnes löste die Kette.
Natascha lief zu Max: »Aufstehen, Max, die Schule ruft.«
Agnes fragte: »Alles in Ordnung, kann ich dir helfen, Max?«
»Danke, Großmutter, ich habe alles im Griff.«
Agnes half Natascha beim Anziehen und dann stürmten die Kinder die Treppe hinunter.
In der Küche erwartete sie Elaine und zur Überraschung von Agnes und den Kindern war Reto auch schon bereit.
»Guten Morgen, ihr beiden.«
»Guten Morgen, Reto.«
»Guten Morgen, Agnes.«
Er gab ihr einen Kuss auf die Wange unter dem strengen Blick von Natascha, die daraufhin ihre Oma an ihre Seite zog. Die beiden Erwachsenen bemerkten dieses mit einem leisen Lächeln.
Agnes fühlte, wie glücklich und dankbar sie war und sie wünschte sich, dass sie alle schon bald eine richtige Familie sein würden.
»Elaine fährt euch heute zur Schule. Wir holen Maria ab und fahren dann zum Anwalt.«
»Zu einem Anwalt, wollt ihr schon heiraten?«

Max kam sich sehr schlau vor.
Reto erwiderte lachend: »Noch nicht, es ist wegen einer anderen Sache.« Er scheute sich zu sagen, dass es wegen des Testamentes sei, um die Wunde heilen zu lassen.
Agnes zeigte Reto das Zimmer mit den vielen Möbeln. Ob er sich vorstellen könne, wenn der Raum renoviert wäre, hier zu arbeiten, oder ob er sich in Sergios Büro wohler fühlen würde.
»Denk darüber nach. Oben hast du einen schönen Blick auf den San Salvatore und den Sonnenuntergang.«
Um neun Uhr holten sie Maria ab, die sich freute, Reto wiederzusehen.
Sie begrüßte ihn.
»Danke, Herr Doktor Zumsteg, dass Sie gekommen sind.«
Sergios Anwalt Dr. Paul Wys hatte ein sehr komfortables Büro in einem der Barockhäuser mit Blick auf den See.
Er begrüßte Reto.
»Guten Morgen, Kollege.«
Maria gegenüber zeigte er großen Respekt. Zu Agnes war er liebenswürdig. Er war eine imposante Erscheinung, sich seiner Bedeutsamkeit im jetzigen Augenblick bewusst.
Langsam eröffnete er das Testament und bemühte sich, den Brief nicht im Basler Dialekt vorzulesen:

»Wenn dieses Testament geöffnet wird, weile ich offensichtlich nicht mehr unter euch. Bin vom Unwirklichen in die Wirklichkeit eingegangen.
Johanna, meine Geliebte und Ehefrau, die Mutter meiner Kinder, ich verneige mich vor Dir. Verzeih mir, Johanna,

dass ich vor Dir gegangen bin. Ich bin überzeugt, dass uns auch der Tod nicht trennen kann.«
Maria hielt sich das Taschentuch vor den Mund um das Schluchzen zu unterdrücken.
Agnes rannen die Tränen übers Gesicht.
»Johanna, da Du mit materiellem Besitz absolut nichts zu tun haben möchtest, muss ein Vermögensverwalter für die Kinder eingesetzt werden, den Du bestimmst. Sollte meine Mutter Maria Convalli noch leben, kann diese mit Dir gemeinsam diesen Vermögensverwalter einsetzen. Alles, was ich besitze, ist Dein und würde nach Deinem Tod in den Besitz der Kinder übergehen. Dr. Paul Wys hat außerdem einen versiegelten Brief. Der von euch bestimmte Vermögensverwalter findet in diesem das Kennwort, um das Dokument in meinem Computer zu öffnen, aus dem sowohl mein privates Vermögen als auch das Vermögen und der Besitz meiner Firma ersichtlich wird.
Ich danke Dir für das Glück, das ich an Deiner Seite erleben durfte, und dafür, dass Du mir zwei solch wunderbare Kinder geboren hast.
Sergio Convalli, Lugano, 21. Mai 2004.«

Maria schluchzte laut auf. Dr. Wys sprang sofort auf und holte ein Glas Wasser, das er ihr reichte.
»Soll ich trotzdem noch das Testament Ihrer Schwiegertochter vorlesen?«
Maria trank das Wasser, holte tief Luft und sagte.
»Ja, bitte, Herr Wys, tun Sie das.«

Er setzte sich wieder an seinen Schreibtisch und öffnete das Testament von Johanna. Er begann zu lesen:

»Geliebter Sergio.
Sollte das Unmögliche doch möglich sein, dass ich vor Dir aus dieser Welt gegangen bin, danke ich Dir für Deine Liebe und Deine Geduld, die Du mit meinem Charakter, der manchmal für dich bestimmt nicht leicht zu ertragen war, aufbrachtest. Du weißt, dass ich nie Besitz haben wollte und damit auch nicht umgehen konnte. Sollte meine Mutter, Agnes Berg, noch leben, dann würde ich gerne die beiden Häuser, die du mir geschenkt hast, ihr überlassen, das Haus in Stein am Rhein und unser Ferienhaus in Sils Maria. Sie hat es wahrlich verdient. Sollte sie nicht mehr leben, geht es in den Besitz unserer Kinder über. Ich danke, dass ich an Deiner Seite leben durfte und vielleicht an Deiner Seite sterben konnte.
Deine Johanna Convalli, geborene Berg.
Lugano, 21. Mai 2004.«

Es war still in dem Raum.
Agnes hatte das Taschentuch in der Hand und versuchte dem Fluss der Tränen Einhalt zu gebieten. Maria hatte sich wieder gefasst.
»Bitte, Herr Doktor Wys, lesen Sie jetzt mein Dokument vor.«
Der Notar zog ein weiteres Dokument hervor und begann zu lesen:

»Ich, Maria Convalli, bestimme hiermit in Anwesenheit des Anwaltes Dr. Paul Wys Herrn Dr. Reto Zumsteg zum Vermögensverwalter des Vermögens meines Sohnes und meiner Enkel, Natascha und Maximilian Convalli.
Ebenso bestimme ich Agnes Berg als Erbin des Hauses an der Seepromenade Nr. 5 mit allen Mieteinnahmen. Ich möchte, dass Frau Agnes Berg finanziell unabhängig wird und dadurch in der Lage ist, für meine Enkel zu sorgen.
Maria Convalli
Lugano, 28. September 2007.«

Agnes wandte sich zu Maria. Sie war nicht fähig, mehr zu sagen als: »Danke, Maria.«
Dr. Wys bat jetzt Herrn Dr. Zumsteg und Frau Convalli, das Dokument zu unterschreiben, das Dr. Reto Zumsteg zum Vermögensverwalter der Familie Convalli einsetzte.
»Ich denke, Sie sind bereit, diese Aufgabe zu übernehmen«, meinte Dr. Wys.
Ruhig antwortete Reto: »Ja, ich bin bereit.«
Maria stand mühsam auf. Reto versuchte sofort, sie zu stützen. Sie schaute ihn an: »Verstehen Sie jetzt, warum ich Sie unbedingt dabeihaben wollte? Sie werden viel Arbeit haben.« Dann unterschrieb Maria das Dokument, dann auch Paul Wys und Reto.
Maria bedankte sich höflich bei Paul Wys.
Agnes riss sich zusammen. Jetzt nur nicht schwach werden, dachte sie.
Auch sie stand mühsam auf. Ihre Knie zitterten. Sie musste sich am Stuhl festhalten.

Jetzt nur nicht in Ohnmacht fallen, das wäre doch peinlich. Sie nahm sich ein Beispiel an Maria, die in diesen Tagen bei all den tragischen Ereignissen nie in Ohnmacht gefallen war. Mit diesen Gedanken bekam sie ihre Kraft und Fassung wieder.

Dr. Paul Wys übergab Reto alle Papiere.

»Viel Glück, Herr Kollege. Es freut mich, dass Sie das übernehmen.«

Er verabschiedete sich von den Damen mit einer Verbeugung und begleitete sie zur Tür.

Maria bat Agnes und Reto noch zu sich nach Hause.

Der Tisch war gedeckt, Kaffee bereitgestellt.

»Ich denke, ein Glas Champagner tut uns jetzt allen gut.«

Marias junge Freundin schenkte die Gläser ein und verschwand. Maria erhob das Glas.

»Herr Doktor Zumsteg, darf ich zu Ihnen Reto sagen? Ich glaube, Sie gehören ab jetzt zur Familie. Sie dürfen mir einen Kuss geben.« Damit hielt sie ihm ihre Wange hin. »Ich heiße Maria.«

Reto gab ihr einen Kuss auf die dargebotene Wange. »Ich heiße Reto.«

»Also, Reto, Agnes« – sie erhob ihr Glas –, »auf euch und die Kinder.«

Agnes war noch wie betäubt. Wenn ich jetzt noch etwas trinke, falle ich wirklich um. Sie musste sich setzen.

»Entschuldigt, mir ist etwas schwindlig.«

Maria reichte ihr ein Körbchen mit frischen Croissants.

»Iss etwas, das wird dir guttun.«
Agnes war sich dessen nicht so sicher, weil heute so viel über sie hereingebrochen war. Das Testament von Johanna hatte die Wunde wieder aufgerissen. Der Reichtum, den Maria über sie ausgeschüttet hatte, hatte ihr den Boden unter den Füßen weggerissen. Das musste sie erst mal wirklich begreifen, dass sie von einem Moment auf den anderen zu einer reichen Frau geworden war.
Maria wandte sich wieder an Reto: »Ich nehme doch an, dass du, Reto, hier in Lugano ein Büro eröffnen möchtest. Im ersten Stock dieses Haus steht zufällig eines leer, das ich für dich ein paar Tage freigehalten habe. So, auch das wäre gesagt. Entschuldigt mein Tempo, aber ich weiß ja nicht, wie lange ich noch zu leben habe. Reto, du wirst über die Vermögensverhältnisse von Sergio erstaunt sein. Das Ganze zu entwirren wird nicht einfach werden. Kümmere dich am besten zunächst um die Baufirma. Verkauf sie. In unserer Familie wurde genug gebaut. Du hast mein vollstes Vertrauen. Die Vollmacht dafür gebe ich dir noch schriftlich. Ich weiß auch nicht im Detail, wie das gehen soll. Vielleicht müssen wir nochmals Paul Wys einschalten.«
Agnes hatte inzwischen ein Croissant gegessen und fühlte sich doch etwas besser. Maria setzte sich zu ihr.
»Nun denken wir alle vorwärts. Die Tür zum Gestern ist zu und das Tor für morgen noch nicht geöffnet. Verbringt ein paar schöne Tage im Hotel. Ruht euch aus. Ihr habt es verdient. Für mich ist es ein Geschenk, mit den Kindern zu sein. Vielleicht gefällt es ihnen sogar bei mir.«

Agnes, die nun ihre Fassung wiedergefunden hatte, sagte: »Maria, wie kann ich dir danken? Du kannst mich doch nicht so beschenken.«
»Warum nicht, Agnes?«
Trocken sagte sie. »Ich kann es ja nicht mitnehmen. Im Grunde hättest du alle drei Häuser haben können. Ich bin dir unendlich dankbar, dass du so bereitwillig die Sorge für die Kinder auf dich genommen hast, ohne zu klagen, und dein Leben umstellst. Und dir, Reto, danke ich auch. Was kann ich alte Frau, die ich für die Kinder nicht mehr vernünftig sorgen kann, anderes tun, als euch wenigstens finanziell abzusichern? Nun ist alles gesagt, lasst uns noch ein Glas Champagner trinken.«
Sie saßen noch eine Weile zusammen.
»Oh, dass ich es nicht vergesse, Agnes. Hier ist die Karte mit der Adresse von den Leuten, die eine Gärtnerin suchen. Ich habe schon mit ihnen gesprochen und die Tatkraft von Katharina geschildert. Ihr bringt mir morgen nach der Schule die Kinder einfach her.«

Beim Mittagessen nach diesem ereignisreichen Morgen schnitt Agnes vorsichtig das Thema vor den Kindern an: »Oma Maria lädt euch ein, morgen nach der Schule zu ihr zu kommen. Aber nur, wenn ihr wollt. Sonst wäre sie bereit, auch hierherzukommen. Sie freut sich wirklich, mit euch einmal allein zu sein.«
Natascha fragte sofort: »Und ihr, wo seid ihr dann?«
»Oma Maria hat uns für zwei Tage ins Hotel Principe eingeladen.«

Max seufzte: »Zwei Tage?«
»Wenn Katharina da wäre, dann wäre es lustig, aber was sollen wir mit Oma Maria?«
»Ich glaube, sie hat genug Einfälle. Ist es nicht schön, auch einmal unten in der Stadt zu schlafen? Wenn das Wetter so schön ist wie heute, könnt ihr morgen noch eine Bootsfahrt machen.«
Max schaute Agnes an.
»Wir hatten uns so auf Reto gefreut.«
Reto unterbrach Max: »Übrigens, Maria hat mir ein Büro angeboten. Also, du siehst, Max, ein Büro habe ich schon und in der nächsten Woche muss ich sowieso hierbleiben.«
»Wirklich, Reto?«
»Ja, Max.«
»Na gut, wenn du ein Büro kriegst, dann gehen wir auch zu Oma Maria. Oder, Natascha?«
»Na ja, wenn du meinst, Max…«

Die beiden Kinder gingen in ihre Zimmer, um Schulaufgaben zu machen. Agnes wollte ihre Koffer auspacken.
In ihrem Zimmer legte sich Agnes erst einmal auf ihr Bett. Sie war erschöpft. Sie dachte an den Tag, an dem der silberschwarze Engel ihr in München erschienen war und das Unheil ankündigt hatte. Nur hatte sie es nicht verstanden. Sie hatte geglaubt, den Tod ihrer Tochter verkraftet zu haben, aber durch die Verlesung des Testamentes war der Schmerz wieder da.
Es klopfte an ihre Tür.
»Darf ich eintreten?«

Reto setzte sich zu ihr.
»Ich weiß, wie du dich fühlst. Bleib liegen, vielleicht kannst du ein bisschen schlafen. Die Koffer kannst du am Abend auspacken.«
Er küsste sie auf die Stirn: »Ich gehe in Sergios Büro und fange an zu arbeiten.« Sergios Büro war sehr puristisch eingerichtet, eine klassische Bauhaus-Couch und ein ebensolcher Sessel, ein moderner Schreibtisch, an den Wänden dunkelgraue Lackschränke, in denen wahrscheinlich alle Dokumente untergebracht waren. Das Büro hatte eine gute Atmosphäre. Reto dachte bei sich: »Hier lässt sich's arbeiten. Sergio, auch wenn ich dich nicht kannte, du bist mir sympathisch.«
Er setzte sich an den Computer. Vorsichtig öffnete er den versiegelten Brief. Mit dem Kennwort »Maximilian und Natascha« würde er das Vermögen von Sergio einsehen können.
Unter Maximilian fand er das Vermögen der Baufirma, das Sergio schon von seinem Vater geerbt hatte. Ebenfalls Häuser in Lugano, in Zürich und anderen Städten. Die Firma selbst hatte in eigener Regie Mietshäuser gebaut. Sollte diese verkauft werden, so hätte sie einen Wert zwischen zwanzig und fünfzig Millionen Franken. Reto musste erst einmal schlucken. Er wusste, dieses Vermögen zu klären und zu verwalten war nicht nur ein Zeitaufwand von Wochen. Jetzt war ihm klar, warum Maria ihn unbedingt dabeihaben wollte.
Er schloss die Augen und versuchte, Agnes zu spüren. Ob sie begreifen kann, was für eine reiche Frau sie jetzt ist?

Warum müssen Menschen sterben, um erst dann ihren Reichtum aufzuteilen?
Warum geben sie nicht schon zu Lebzeiten wie Maria? Das würde mehr Freude machen, mehr Freude bringen.
Er wunderte sich, warum Agnes in Stein im Haus ihrer Tochter Miete gezahlt hatte. Sie hatte doch erzählt, es gehöre Sergio, wahrscheinlich hat sie gar nicht gewusst, wem es wirklich gehörte.
Reto machte den Computer wieder aus. Ich will mich mit dem Vermögen von Sergio Convalli heute nicht belasten. Ich gehe lieber zu seinen Kindern.
Max saß mit hochrotem Kopf über einer Rechenaufgabe, die ihm nicht gelang.
»Kann ich dir helfen?«, fragte Reto.
»O Mann, Reto, ich hasse Zahlen. Ich finde Buchstaben viel verständlicher.« Reto setzte sich zu ihm.
»Es gibt Philosophen, die sagen: Am Anfang war die Zahl und nicht das Wort. Wenn du unser Leben anschaust, wirst du finden, dass wir alle in Zahlen aufzuschlüsseln wären. Schau, die Telefonnummer, die Autonummer, die Nummer des Bankkontos, Geheimzahlen oder ein Geheimcode, dein Geburtsdatum. Alles kann man in Zahlen erfahren. Die Eins steht allein. Die Zwei bist du und ich. Die Drei bist du, ich und Oma Agnes. Die Vier, das sind Natascha, Agnes, du und ich. Die Fünf sind Katharina, Agnes, Natascha, du und ich. Bei der Sechs nehmen wir noch Maria dazu. Die Sieben, sagt man, ist die Zahl der Erde. Die Acht, schon durch ihren Schwung von oben nach unten, ist die Verbindung von Himmel und Erde.

Die Neun symbolisiert die Ganzheit. Die Zehn ist wieder die Eins und die Null – ein Neuanfang. Du siehst, die Zahlen sind ganz lebendig. So, und jetzt lösen wir deine Aufgabe gemeinsam.«

Nachdem ihnen das gelungen war, schaute Reto nach Natascha. Sie saß über einer Geschichte und ihre Buchstaben torkelten über das Papier.

»Das sieht ja lustig aus, wie du schreibst.«

»O Reto, ich sollte mein Lieblingstier schreiben, aber ich hab gar keines. Außer ...« Sie dachte nach. »Vielleicht die Hühner von unserem Nachbarn, die finde ich witzig, die legen auch noch Eier.«

»Na, dann schreib das doch: Mein Lieblingstier ist die Henne und ihr Freund, der Hahn. Wenn du sie witzig findest in ihrem bunten Federkleid, schreib es auf. Wenn dir die Eier gut schmecken, ebenfalls.«

»Ja, der Hahn weckt mich manchmal, Reto, wenn er so früh am Morgen Kikeriki schreit.«

»Na, da hast du doch schon eine Geschichte. Versuche nur, die Buchstaben gerade auf das Papier zu schreiben, sonst sieht es aus, als ob sie zu viel Wein getrunken hätten.«

Sie hielt plötzlich inne, blickte von ihrem Blatt auf und sah ihn eindringlich an.

»Hast du keine Kinder, Reto?«

Er lachte.

»Nicht, dass ich wüsste, mein Schatz.«

»Dann warst du noch nie verheiratet?«

»Ich schwöre, Natascha, noch nie.«

»Na, dann bin ich ja beruhigt.«

»Schreib' das jetzt mal auf Italienisch und ich schaue es mir später an.«

Reto ging in sein Zimmer und dachte: Das sind jetzt meine Kinder. Ich werde das schon schaffen als Ersatzvater.

Er zog sich etwas bequemer an und sein Blick fiel auf den Schreibtisch unter dem Fenster. Agnes hatte eine Vase mit einer Rose daraufgestellt. An den Löwenfüßchen aus Metall erkannte er, dass es ein Empire-Schreibtisch sein könnte. Er setzte sich an diesen und schaute aus dem Fenster nach Westen. Vielleicht habe ich hier Zeit, den Sonnenuntergang zu genießen?

Es klopfte an seine Tür.

»Darf ich?«

Agnes war einigermaßen wiederhergestellt und trat ein.

»Gefällt dir der Schreibtisch? Ich habe ihn aus den Antiquitäten für dich ausgesucht. Meinst du, du kannst dich hier wohlfühlen?«

Er nahm Agnes in den Arm.

»Nicht das Haus, nicht die Möbel – du bist der Grund, weshalb ich hier bin.«

Sie lächelte ihn dankbar an. Er fuhr fort: »Ich gratuliere dir von ganzem Herzen. Du bist jetzt eine reiche Frau. Ich habe mir kurz das Vermögen von Sergio angeschaut, er ist sehr, sehr reich. Würdest du die Zahlen sehen, würdest du glatt in Ohnmacht fallen.«

»Ich falle schon fast in Ohnmacht über das, was mir Maria geschenkt hat. Noch mehr Reichtum geht über mein Fassungsvermögen.«

»Habe ich dir eigentlich schon erzählt, dass mein Kompagnon meine Kanzlei in Stein übernimmt? Ich bin also relativ frei, um dir hier beizustehen. Geht es dir besser?«
Agnes nickte nicht sehr überzeugend.
»Ich finde eine Reihe von guten Nachrichten sind manchmal schwerer zu ertragen als schlechte.«
Reto nahm Agnes in den Arm: »Agnes, für uns sind alle Hindernisse aus dem Weg geräumt und wir wollen uns doch nicht selbst welche bauen.«
»Hast du eigentlich noch mal mit Katharina gesprochen, bevor du hierherkamst? Ich denke, sie täte uns allen gut. Maria hat mir doch die Visitenkarte von diesem Gartenbesitzer gegeben. Soll ich nicht dort anrufen und fragen, ob wir uns den Garten heute ansehen könnten?«
»Gute Idee, dann räumen wir auch die Hindernisse für Katharina aus dem Weg!«

Die Gartenbesitzerin, eine Frau Bertram, war entzückt und sie durften sogar die Kinder mitbringen. Sie fuhren nach Agra, das oberhalb von Montagnola lag.
Eine schöne Villa in einem riesigen Garten mit wunderbarem alten Baumbestand empfing sie. Agnes ging das Herz auf, denn das Gärtnerhäuschen war eigentlich die Miniaturausgabe einer Orangerie mit Säulen wie in alten Schlössern, nur eben kleiner. Katharina hatte sich immer ein Gewächshaus gewünscht. Jetzt könnte sie in einem wohnen! Das Häuschen war entzückend, mit Fenstern bis zum Boden. Es gab nur einen Raum mit Terrakotta-Fliesen, das Schlafzimmer war durch Vorhänge

abgeteilt und ein helles, modernes Bad war auch vorhanden.
»Hier würde ich auch gerne wohnen«, sagte Agnes.
»Ich auch!«, rief Natascha.
Max war ebenfalls begeistert: »Dann kann Katharina ja gleich kommen.«
Agnes erklärte Frau Bertram: »Unsere Freundin ist eine hervorragende Gärtnerin. Sie ist ungefähr fünfundvierzig Jahre alt, sehr tatkräftig und herzlich.«
»Wir würden dreitausend Franken zahlen und Wohnen wäre frei.«
Agnes überschlug im Geiste. Viel mehr hat sie in Stein auch nicht, Katharina wäre damit sicher einverstanden.
»Vielleicht kann sie am Sonntag vorbeikommen, wenn es Ihnen recht ist. Ich glaube, sie wird Ihnen gefallen.«
Sie riefen Katharina gleich aus dem Auto an.
Agnes erzählte ihr begeistert von der Orangerie. Max schrie immer dazwischen, er wollte unbedingt mit ihr sprechen. Agnes übergab ihm das Telefon: »Katharina, das Häuschen ist viel schöner als deine Wohnung. Mit einer Terrasse und der Garten ist total klasse. Du wirst es super finden! Wenn das ein anderer Gärtner bekommt, ärgerst du dich grün und blau.«
Er gab Agnes wieder das Telefon, bevor Katharina überhaupt etwas antworten konnte.
»Du, Katharina, übrigens: dreitausend Franken und Wohnen frei.«
»Das ist ja schön, du Babe, dass ihr euch so bemüht.«

»Ja, bei uns gibt es viele Überraschungen! Also bis Sonntag? Ich nehme an, du kommst.«
Natascha und Max waren über die Aussicht, dass Katharina zu Besuch käme, ganz aus dem Häuschen. Agnes wusste: Wenn Katharina den Garten und die Unterkunft erst einmal sehen würde, gäbe es für sie gar keine Alternative.
Als sie heimkamen, krochen Natascha und Max in der Vorfreude auf das Kommen von Kasimir ins Zelt. Gott sei Dank war es für Anfang Oktober noch ziemlich warm.
»Was meinst du, Reto? Holen wir uns auch die Gartenstühle aus dem Keller?«
Gesagt, getan. Sie trugen einen ziemlich schweren weißen Gartentisch auf den Rasen und stellten Korbstühle um den Tisch.
Im Keller entdeckten sie Einbauschränke, in denen auch wieder eine unglaubliche Ordnung herrschte. Dort fanden sie Kissen und Tischdecken und richteten alles her. Es sah einladend aus. Sie holten sich Kaffee aus der Küche. Natascha und Max krochen, durch die Geräusche im Garten aufmerksam geworden, aus dem Zelt.
»Wow, das ist ja toll, dass ihr rauskommt zu uns. Könnten wir nicht hier zu Abend essen?«
»Gute Idee! Geht schon mal rein und sagt Elaine Bescheid, dass wir heute draußen essen!« Die beiden stürmten aufgeregt ins Haus. Agnes und Reto saßen eine Weile still nebeneinander und genossen das südliche Flair des Gartens. Agnes meinte plötzlich: »Reto, ich habe aufgehört zu vergleichen. Stein oder hier. Es geht uns gut im Tessin. Hast

du auch das Gefühl, es seien schon Monate vergangen seit dem …« – sie sprach es nicht aus –, »dabei ist es erst vierzehn Tage her …«

»Erst vierzehn Tage?« Reto war überrascht.

Die Kinder kamen mit Fruchtsäften und halfen dann Elaine, alles nach draußen zu tragen. Für Natascha und Max gab es Brot und Quark, Tomaten und Gurken, für die Erwachsenen Melone mit Parmaschinken.

Sie blieben alle noch so lange draußen sitzen, bis die Kinder müde wurden und freiwillig mit Elaine in ihre Zimmer gingen.

Reto holte aus dem gut sortierten Weinkeller eine Flasche Rotwein.

Agnes brachte die Gläser. Sie saßen in dieser warmen Herbstnacht und schauten auf den Mond, der durch die Buchen auf sie herableuchtete. Die Sterne konnte man besonders gut sehen, weil es in der Umgebung kaum Straßenbeleuchtung gab.

Reto staunte: »Wie lange habe ich schon keinen so klaren Sternenhimmel mehr gesehen.«

Es zeigten sich ihnen die Sternbilder Herkules und die Krone. Reto und Agnes saßen schweigend und tranken den Wein, bis die Feuchte der Nacht sie ins Haus trieb, in das Haus, das jetzt ihr Zuhause war.

Am nächsten Morgen stand Agnes früh genug auf, um wirklich Zeit für die Kinder zu haben. Sie weckte Natascha, die wieder mit der Perlenkette im Bett lag.

»Konntest du dir die Kette allein festmachen, kleine Prinzessin?«

»Elaine hat mir dabei geholfen. Ich finde sie so schön.«
»Wenn ich dich nach der Schule zu Oma bringe, lege ich sie dir wieder um.«
»Versprochen?«
»Versprochen. So, wir packen gleich deinen Kulturbeutel und deinen Schlafanzug in eine Tasche. In jedem Fall lege ich eine Strickjacke dazu.« Natascha lief zu Max.
»Los, aufstehen! Zahnbürste, Schlafanzug einpacken und einen Pullover, meint Oma, aber sie hat ja noch keine Ahnung vom Tessin.«
Agnes musste lächeln.
»Du sagst es, mein Kind.«
Nachdem sie alles eingepackt hatten und hübsch angezogen waren, trabten sie in die Küche zu Elaine.
»Elaine, morgen sind wir nicht da und heute Abend auch nicht. Aber es wäre gut, wenn Sie auf alle Fälle etwas einkaufen würden. Ich fahre die Kinder zur Schule und bin gleich wieder zurück. Dann endlich werde ich meine Koffer auspacken.«
»Soll ich sie nicht fahren? Dann können Sie schon damit anfangen.«
»Nein, nein, ich fahre gerne, so gewöhne ich mich an alles hier.«
Max meinte im Auto: »Oma, du bist nicht gerade fleißig! Du lernst gar kein Italienisch mehr.«
»Da hast du recht, Max. Sobald ich Zeit habe, mache ich einen Sprachkurs. Einverstanden?«
Sie fuhr gerne diesen schmalen Weg, mit der sich immer wieder öffnenden Aussicht auf die Berge. Sie mochte das

satte Grün dieser großen alten Bäume und der Lorbeerhecken. Sie erreichten die Schule.
»Tschüss, ihr beiden.«
»Tschau!« Damit sprangen die Kinder aus dem Auto.
Auf dem Heimweg freute sich Agnes auf Reto und darauf, eventuell mit ihm eine Tasse Kaffee vor dem Haus zu trinken.
Als sie ankam, saß Reto schon draußen bei einer Tasse Kaffee.
»Hallo, schöne Frau.«
»Guten Morgen.«
Sie gaben sich einen Kuss.
»Ich hatte auf der Herfahrt dieselbe Idee, mit dir hier einen Kaffee zu trinken.«
»Das sind die Vorzüge im Tessin, dass wir noch lange draußen sitzen können. Aber wehe, der Regen kommt, da werden wir uns noch wundern.«
»Vorläufig ist es schön. Das genügt«, lächelte Agnes. »Nach dem Kaffee gehe ich endlich Koffer auspacken.«
»Ich setze mich an den Computer und besuche dich ab und zu.«
Agnes stand in ihrem Zimmer und gab sich Mühe, ihre Sachen genauso ordentlich unterzubringen, wie Katharina sie eingepackt hatte. Dann ging sie zu Reto ins Büro.
»Bitte setz dich. Ich zeige dir nur eine Zahl der Baufirma und deren Besitz von zwanzig bis fünfzig Millionen.« Er zeigte ihr die Zahl auf dem Computer.
»Das glaube ich nicht, Reto.«

»Agnes, das ist ein seit drei Generationen gewachsenes Unternehmen. Wenn ich das verkaufen soll, dann Gnade mir Gott. Außerdem hat Sergio Häuser und Wohnungen, die er nicht verkaufen konnte, in die Firma aufgenommen. Da hängt ein ziemlicher Verwaltungsapparat daran, der auch bezahlt werden muss. Ab Montag kümmere ich mich intensiv um die Firma. Ich hoffe, ich habe dann noch Zeit für uns. Jetzt lassen wir das besser.«

Reto schaltete den Computer aus und fragte: »Hast du eventuell eine Tasche für mich für das Hotel? Ich habe doch nur meinen Koffer.«

»Wir fragen Elaine. Bestimmt hat Johanna auch einen Schrank nur für Taschen.«

So war es auch. Jeder fand etwas Geeignetes. Wenn sie schon in das Nobelhotel gingen, sollte das Gepäck, wenn es auch nur eine Tasche war, stimmen.

Sie sagten Elaine Adieu bis Sonntag und fuhren mit dem Auto von Reto die Kinder abholen. Von unterwegs riefen sie Maria an.

»Wir kommen gleich.«

»Wenn ihr keinen Parkplatz findet, stellt die Kinder einfach in den Aufzug.«

Sie fanden nur eine Parklücke vor einer Einfahrt und Reto musste im Auto bleiben. Agnes legte Natascha im Aufzug noch die Perlenkette um und sie fuhren hoch.

Als Maria die Tür öffnete, roch es fein nach Essen.

»Oh, Pommes frites!«, schrie Max.

»Kannst du das riechen?«, wunderte sich Agnes.

»Natürlich, die macht uns Oma Maria immer.«

Maria komplimentierte Agnes hinaus: »Du gehst, sofort. Viel Spaß, euch beiden.«
Damit war Agnes schon wieder draußen und lief die Treppe hinunter.
Es wird schon gut gehen mit den dreien.
Agnes war aufgeregt wie ein junges Mädchen. Vornehm fuhren sie im Principe Leopoldo vor.
Beim Einchecken war es etwas peinlich.
»Frau Berg und Herr Doktor Zumsteg.«
In der Schweiz wird man immer gleich mit Namen angesprochen.
»Bringen Sie Frau Berg und Herrn Doktor Zumsteg zum Zimmer hundertfünf«, wies der Concierge einen Pagen an.
Auf dem langen Weg durch die Gänge mit den römischen Skulpturen dachte Agnes: Es ist schon ein bisschen peinlich, Frau Berg und Herrn Doktor Zumsteg in unserem Alter zu einem Doppelzimmer zu begleiten.
Reto kannte die Zimmer dieses Hotels. Agnes hingegen war überrascht über die Größe und den Luxus. Irgendwie kam sie damit nicht zurecht. Außerdem war sie zum ersten Mal mit Reto in einem Hotelzimmer, was sie etwas nervös machte.
Sie dachte: Erst mal aus diesem Zimmer raus.
»Was hältst du davon, wenn wir auf die Terrasse gehen und dort etwas essen? Eigentlich habe ich Hunger.«
»Natürlich, du bist ja schon den ganzen Morgen auf den Beinen. Nur einen Moment noch, ich muss noch etwas holen.«
Sie gingen diesen langen Gang im Hotel zurück, dann

über die Straße ins Haupthaus. Im Frühjahr müsste das hier ein Blütenmeer sein von Rhododendron und Azaleen, die zwischen dieser herrlichen Zeder, dem echten Lorbeer und einem Kamelienbaum hervorleuchteten.
Auf der Terrasse war nicht mehr so viel Betrieb, sodass sie einen Platz bekamen.
Agnes bestellte einen Rucola-Salat mit Lamm und Gemüse, Reto ebenfalls Rucola-Salat und ein Filetsteak.
»Trinken wir einen Weißwein?«
»Bitte nur ein Glas.«
»Du kannst dich jetzt entspannen, Agnes. Wir essen in Ruhe, dann legen wir uns hin und du versuchst zu schlafen. Ich verspreche dir, ich bin ganz brav.«
Agnes entgegnete lachend: »Genau das ist es, was ich nicht will. Ich war lange genug brav.«
Agnes breitete ihre Arme weit aus, als wollte sie die Berge und den See umarmen, und sagte: »Unser neues Zuhause, Reto.«
Die Sonne war immer noch heiß, der Himmel tiefblau mit Federwolken.
»Agnes, weißt du, was mir am Haus von Sergio aufgefallen ist? Es ist alles praktisch und durchdacht. Die Schränke wirken teuer, aber bei so viel Schränken ist ja kaum Platz für Bilder.«
»Du hast recht, Johanna mochte keinen Schnickschnack. Sergios Geschmack war bestimmt anders, aber er fügte sich.«
Sie starrte nachdenklich auf das Wasser: »Man sollte sich nicht fügen oder beugen. Jeder sollte das Recht haben, sei-

nen Geschmack in seinen Räumen auszuleben. Deshalb wollte ich nicht wieder heiraten, weil ich dachte, dass in einer Ehe der eine für den anderen zurückstecken muss oder sich selbst aufgibt.«

Nachdenklich meinte Reto: »Glaubst du, dass man das wirklich tut?«

»Ich weiß nicht, Reto. Ich denke, alle meine Grundsätze hinken. Wie soll ich es ausdrücken? Ich habe mich immer nach Liebe und Vertrauen gesehnt, aber da ich kein passendes Gegenüber gefunden habe, habe ich mir eingeredet, dass es besser sei, allein zu sein. Aber das habe ich dir ja schon alles erzählt. Du bist für mich, ich weiß nicht, wie ich es ausdrücken soll, eine Ausnahme, eine Art Wunder.«

Reto nahm ihre Hand.

»Wir beide, Agnes, haben dieses Wunder unserer Begegnung verdient und in diesem Falle auch die Kinder deiner Tochter.«

Das Essen wurde serviert.

Agnes, die Rucola-Salat sehr mochte, aß ihn langsam und genussvoll und trank nur wenig. Humorvoll meinte sie: »Sonst müsstest du mich ins Zimmer tragen.«

»Nichts, was ich lieber täte!«

»Das will ich dir lieber nicht zumuten.«

Kichernd rannten sie den langen Flur entlang.

»Wie unanständig, Herr Doktor Zumsteg, mit einer etwas älteren Frau in einem Doppelzimmer zu verschwinden!«

Lachend und nach Atem ringend sank Agnes aufs Bett.

Reto verschwand noch kurz im Bad. Als er wiederkam, schlief sie schon tief und fest.
Leise legte er sich zu ihr, betrachtete sie eine Weile versonnen und versank dann ebenfalls in den Schlaf.
Als Reto erwachte, spürte er Agnes neben sich in ihrer weiblichen Fülle. Langsam entfernte er alles, was ihre Nacktheit bedeckte und erkundete ihren Leib mit seinem Mund, seiner ganzen Sinnlichkeit, umfasste ihre Taille, ihren Bauch. Er zog sie an sich, um sie auf eine andere Weise zu nehmen.
Ihre kleinen erschrockenen Schreie erhöhten sein Verlangen, sodass er sie in einem wilden Sturm mit sich riss. Nach diesem fast bewusstlosen Höhepunkt lagen sie ermattet ineinander.
»Am liebsten würde ich mit dir immer so verschlungen liegen bleiben.«
»Agnes, weißt du was, genau das wollen wir tun. Wir werden uns lieben und niemanden sehen.«
Es wurde eine ihrer schönsten Nächte.

Die Oktobersonne weckte sie am nächsten Morgen. Ihr Zimmer war überflutet von rosagoldenem Licht. Reto drehte sich zu Agnes: »Ich habe jetzt wirklich Hunger. Gehst du mit mir frühstücken?«
»Du wirst es nicht glauben, ich auch!«
Im Frühstücksraum waren nur sehr wenig Gäste. Sie setzten sich ganz nach vorn mit Blick in den Garten und bestellten Kaffee.
»Was soll ich dir vom Buffet mitbringen?«, fragte Agnes.

»Alles, Agnes, alles. Aber ich hol's mir lieber selbst.«
Als der erste Hunger gestillt war, holte Reto ein Kästchen aus seiner Hosentasche, nahm einen Ring heraus, ergriff ihre Hand und steckte ihr einen Brillantring an den Finger.
»Agnes, würdest du mich heiraten?«
Er wusste, sie würde hundert Einwände dagegen vorbringen, deshalb hielt er ihr vorsichtshalber den Mund zu.
»Agnes, ich liebe dich und ich möchte dich als meine Frau an meiner Seite. Zusammen können wir die Kinder glücklich machen, wir können anständig im Hotel einchecken. Außerdem bist du jetzt eine reiche Frau und brauchst mich, um überhaupt damit zurechtzukommen.«
Sie nahm seine Hand von ihrem Mund.
»Das letzte Argument gilt. Ja, ich will dich, Reto Zumsteg.«
Sie mussten beide lachen.
»Der Ring ist wunderschön, ich danke dir.«
Sie schauten sich an.
»Agnes, Weißt du eigentlich, was wir hier im Hotel machen?«
»Du?«
»Na ja, ein bisschen haben wir schon gemacht.«
»Meinst du nicht, dass unser neues Haus auf uns wartet? Wenn die Kinder nicht da sind, stört uns auch dort keiner.«
»Agnes, Agnes, was sind denn das für Ideen nach zwanzig Jahren ohne Sex? Also gut, fahren wir heim!«
Unterwegs kamen sie an einer Gärtnerei vorbei.
»Du, Reto, sollten wir uns nicht ein paar Pflanzen kaufen für unseren Garten? Jetzt wäre die richtige Zeit, um sie in

die Erde zu bringen. Es ist dir bestimmt aufgefallen, dass wir wunderschöne Bäume haben, aber keine Blumen.«
Das Angebot war überwältigend und sie kamen in eine Art Blumenkaufrausch: Englische Rosen, die wirklich dufteten, Hortensien in Lila, Weiß und Rosa, damit die Farben zusammenpassten, einen violetten Flieder und für jedes Kind einen Feigenbaum.
Glücklich fuhren sie mit dem vollbeladenen Auto nach Hause. Agnes hatte vorsichtshalber eine Hacke, einen Spaten und eine kleine Schaufel dazugekauft. Auf dem Weg rief Agnes Katharina an.
»Katharina, ich mache dir ein Angebot. Solltest du dich entschließen zu kommen, engagieren wir dich auch für unseren Garten. Wir haben eben ganz viele Blumen eingekauft und es wird viel Arbeit geben.«
Katharina sagte: »Du Babe, das ist Erpressung. Ich komme am Sonntag.« Ihre Stimme klang ziemlich glücklich.
Zu Hause angekommen, setzte sich Agnes erst mal in einen Korbstuhl vor dem Haus.
»Wir müssen einen Plan machen, Reto, wo was hinsoll. Lass uns mit den Feigenbäumen für die Kinder anfangen.«
»Wir machen es aber nur halb fertig, damit Natascha und Max es selbst zu Ende bringen können«, sagte Reto, indem er die Bäume aufhob.
Agnes nahm Hacke und Schaufel und sie gingen um das Haus herum zur Südseite. Reto versuchte, mit der Hacke die Erde zu lockern, aber sie war steinhart. Mit dem Spaten konnten sie auch nicht viel ausrichten.
Reto machte den Vorschlag: »Wir stellen die Bäume nur

hin, weil wir die Erde vorher wässern müssen, und machen das am Sonntag mit Katharinas Hilfe.«

Als sie von hinten wieder vor das Haus kamen, saß überraschenderweise Maria mit den Kindern da.

»Was macht denn ihr hier. Wir haben gar nicht gehört, dass ihr gekommen seid.«

Maria fragte erstaunt: »Warum seid ihr nicht im Hotel? Hat es euch nicht gefallen?«

Wie aus einem Munde sagten Reto und Agnes: »Doch, es war wunderbar!«

»Die Kinder haben mich geplagt, sie wollten lieber zu Hause sein.«

»Wir wollten auch lieber zu Hause sein.«

»Max, vorn vor dem Haus stehen eure Feigenbäume. Doch die Erde war zu hart und wir konnten sie nicht einpflanzen. Es wäre lieb von dir, wenn du sie gießen könntest.«

Die Kinder rannten gleich nach vorne, um ihre Bäume zu begutachten.

Sie fanden es toll, eigene Bäume zu haben.

»Ich gieße sie, das mache ich!«, rief Max.

Natascha kam zurück, setzte sich zu Oma Maria und sah zu, wie Agnes und Reto nun an der Westmauer versuchten, die Rosen einzupflanzen.

Agnes richtete sich auf, lehnte sich an Reto.

Er fuhr über ihr Haar.

»Bist du glücklich, ist alles gut so, wie es ist?«

Agnes nickte und legte ihren Kopf an seine Schulter.

»So bei dir zu sein tut gut.«

Natascha, die im Buddhasitz dieses kleine Szene beobachtet hatte, legte ihre Stirn in Falten und schaute auf zu Maria.

»Findest du nicht, Oma, dass die beiden ein bisschen zu alt sind, um so verliebt zu sein?«

Maria lächelte leise.

»Ach, Kind, die Liebe stört das Alter nicht.«